Markus Haack

Niobe

Letzte Hoffnung für Terranova

Originalausgabe
2. Auflage 2017
© Markus Haack
Covergestaltung und Satz: Markus Haack
Herstellung und Verlag:
BoD - Books on Demand, Norderstedt
ISBN: 9783743101609

Bildlizenzen für Umschlagillustration:
Gesicht: Fotolia_2905868_Isis Ixworth
Hintergrund: Fotolia_69611226_isoga

1. Teil

Ly Xian
Jahr 2017 nach der Erleuchtung, 8. Monat

Ly hatte ihrem Vater Thanh eine Mitteilung zu machen. Sie war vor kurzem mit ihrem Studium der Heilkünste an der Akademie des Distrikts Nanjing fertig geworden und hatte sich am renommiertesten Krankenhaus ihres Heimatdistrikts beworben. Heute war die Zusage in der Post gewesen. Sie würde in einem Monat dort die Leitung einer Station übernehmen können.

Mit wippendem Gang lief sie durch den Hain aus Feuerahorn, der den Abschluss der größten privaten Biosphäre auf Terranova bildete. Dieser Garten unter einer gläsernen Kuppel verband die beiden Türme des Habitats der Xian. Wollte Ly zu ihrem Vater, musste sie immer hier entlang, da die Gemächer der Söhne und Töchter in dem hinteren Trakt waren, während ihr Vater in den drei obersten Geschossen des Turms zur Seeseite hin residierte.

Ly erreichte bald den Lift, der sie nach ganz oben beförderte. In weiten Spiralen fuhr die kleine gläserne Gondel an dem helixförmigen Turm empor, der die ansonsten flache Bebauung der Agglomeration weit überragte. Ly kannte den Blick hinüber zu den Bergen und über die Schaumkronen der See schon seit frühen Kindheitstagen und nahm die Schönheit kaum mehr war. Jetzt hatte sie erst Recht keinen Blick dafür, da sie beseelt war von der Freude, ihrem Vater von ihrem großen Erfolg erzählen zu können.

Sie schritt den Flur entlang, der zu den Räumen führte, in denen ihr Vater sich zu dieser Zeit üblicherweise einige entspannende Momente auf der Massageliege gönnte. Als sie an einer der Türen vorbeikam, in denen manchmal kleinere Versammlungen abgehalten wurden, hielt sie inne. Die Tür war nicht ganz verschlossen, sondern nur angelehnt und Ly hörte die Stimme ihres Vaters durch den Spalt dringen. Sie wollte die Tür aufreißen, doch dann erschien ihr im Tonfall ihres Vaters etwas unvertraut und merkwürdig. Sie blieb stehen und spitzte die Ohren. Was sie hörte, ließ sie innerlich vor Schreck erstarren.

„Wenn wir erst im Glanz der zwei Sonnen das neue Terranova erschaffen haben, dann kehren wir als unsterbliche Triumphatoren zurück und nehmen uns, was uns gebührt."

Lu Xian, Lys Bruder, erwiderte darauf: „Was ist mit all den Menschen, mit all den Unschuldigen?"

„Diese paar Menschenleben sind der Preis dafür, dass wir nicht nur den Clan der Xian, sondern das ganze Menschengeschlecht in ein neues Zeitalter führen." Thanh unterbrach sich. „Ich habe etwas gehört."

Ly verbarg sich rasch im benachbarten Raum und hielt still. Sie hatte Angst. Nie zuvor hatte sie Angst vor ihrem Vater gehabt, aber auch nie zuvor hatte sie ihn so sprechen hören, so fanatisch, so abgründig und böse. Er war ihr immer ein strenger, aber guter Vater gewesen. Sie hatte immer gewusst, dass er nur so erfolgreich hatte werden können, weil er zuhause wie auch in seinen vielen Unternehmen ein strenges Regiment führte. Sie hatte immer daran geglaubt, dass er alles, was er tat, für das Wohl seines Clans tat. Sie war auch immer davon überzeugt gewesen, dass alles, was für den Clan gut war, am Ende auch zum Wohle von ganz Terranova sein müsse. Was aber hatte er diesmal nur vor? Was hatte ihn so sehr verändert, dass ihm offenbar Menschenleben nichts mehr wert waren? Das war nicht der Vater, den sie kannte. Etwas musste mit ihm geschehen sein, was sie nicht verstand. Ihre Gedanken überschlugen sich und die Freude über ihren kleinen Erfolg war vergessen. Was bedeutete es schon, dass sie wegen ihres Namens in irgendeinem Krankenhaus eine Station würde leiten können, wenn ihr Vater womöglich Dinge vorhatte, die dem Wahnsinn entsprangen und ihnen allen schaden könnten? Sie musste erfahren, was es war, aber sie konnte ihn nicht fragen. Mit ihr hatte er nie über das Geschäftliche gesprochen und in diesem Fall, wo es um etwas Schlimmes ging, würde er ihr mit Sicherheit nicht die Wahrheit sagen.

Niobe
Jahr 2020 nach der Erleuchtung, 4. Monat

Niobe stand am Fenster und ließ den Blick schweifen über die Kuppeln, die Biosphäre und die hängenden Gärten zwischen den Habitaten Tsingtaos. Der Abend war gekommen und tünchte alles in den roten Schimmer der untergehenden Sonne, die als große Scheibe am Himmel über den flachen Bauten hing. Einzig ein Bauwerk ragte weit in die Lüfte empor. Es war ein Protzbau des Clans der Xian, für den ein Teich hatte weichen müssen, auf dem früher immer der Lotus geblüht hatte.

Hinter Niobe lagen die Gemächer, die sie in dem großen Habitat des Clans der Lingdao bewohnte. Als sie in die Stille lauschte, wurde sie der Anwesenheit einer weiteren Person gewahr. Ihr Bruder Lao hatte beinahe lautlos das Zimmer betreten und kam zu ihr ans Fenster.

Niobe wollte die Stimmung nicht zerstören und sprach daher im Flüsterton. „Lao, sieh nur wie schön alles ist in diesem Licht. Die Kirschbäume wirken wie entflammt von einem magischen Feuer." Im Glas sah sie das Spiegelbild von Laos Gesicht, das die Farbe des Himmels angenommen hatte.

„Verzeih, dass ich mich angeschlichen habe, aber ich wollte dich nicht stören. Ich möchte bloß ein wenig bei dir sein." Lao sah schemenhaft Niobes Gesicht im Glas und bemerkte die Anmut, die darin lag. „Sieh nur, der Abendstern steht schon am Himmel."

Niobe sah den Stern und sprach, noch immer flüsternd. „Überall ist Schönheit, hier unten und dort oben. Wir ergänzen uns gut darin, uns gegenseitig zu zeigen, dass wir von Schönheit umgeben sind. Du öffnest mir die Augen für die Blüten, die am Himmel blühen und ich zeige dir die Ebenbilder der Sterne hier unten." Hier machte Niobe eine Pause und Lao sah den Schatten, der über ihr Gesicht huschte. „Aber, ich habe Angst", fuhr sie mit leiser Stimme fort, „dass die Schönheit verblasst. Überall verändern sich die Dinge so rasch, dass es mir den Atem raubt."

„Ja, die Schönheit hier unten ist vergänglich und sie ist bedroht. Alles, was wir am Firmament sehen und von dessen Schönheit nur ein schwacher Abglanz zu uns strahlt, überdauert Jahrmillionen. Nur ist es so unerreichbar fern und wir wissen so wenig darüber. Dort gibt es noch so vieles zu entdecken und zu lernen." Niobe hörte auch im Flüstern, welche Sehnsucht in den Worten ihres Bruders mitschwang.

„Zu viel zu wissen kann der Schönheit ihr Geheimnis und damit auch ihren Zauber nehmen. Sieh noch einmal hinab auf die Kirschblüten. Ginge ich hinunter, um sie mir aus der Nähe zu betrachten und würde ich damit beginnen, die Blütenstände zu untersuchen, dann verlöre sich die Schönheit."

„Aber, du hast die Botanik studiert und nimmst die Schönheit doch noch wahr, obwohl du das Geheimnis dahinter kennst, so wie auch ein Medicus jeden Knochen des menschlichen Körpers kennt. Was hat dich angetrieben, mehr über das zu erfahren, was das Auge nicht sieht? Doch das Gleiche, was mich angetrieben hat, als ich das All von hier unten aus studiert habe und zur Akademie gegangen bin, um alles über die noch so unvollkommene Weltraumtechnik zu lernen." Lao sah, dass Niobe jetzt ein wenig lächelte.

„Lao, du hast ein unausstehliches Talent, meine eigenen Argumente gegen mich zu verkehren. Du hast recht, Wissen und Empfinden sind nicht immer im Widerstreit zueinander und vielleicht ist dort oben auch tatsächlich noch viel Schönheit, die nur darauf wartet, von uns entdeckt zu werden. Ich habe nur Angst, dass es uns entzweien könnte, wenn du die Schönheit dort oben suchst und ich hier unten. Dann ist es so, als würden das ewige Yin und das ewige Yang voneinander getrennt."

Niobe und Lao standen noch so lange am Fenster, bis sie sich nicht mehr sahen und alles um sie herum dunkel geworden war. Dann schlich Lao sich aus dem Gemach seiner Schwester und ging in sein eigenes.

Niobes Geschichte

Niobe war nicht in den Clan hineingeboren worden. Vor nunmehr gut zwanzig Jahren wurde sie als Baby aus einer Einrichtung für Waisen in Ostia, der ärmsten Provinz des Distrikts Italia, von Caius Lingdao aufgenommen und als Andenken an seine Heimat mit in den Clan nach Tsingtao gebracht. Auf Terranova war es üblich, dass die reichen Clans Waisenkinder aufnahmen, die wie Geschwister von eigenem Blut zusammen mit den vielen Kindern des Clans aufwuchsen. In den Habitaten ringsherum war es nicht anders, dass die Alten mit den Jungen zusammenlebten und der Reichtum daran abzulesen war, wie viele Angestellte und Ziehkinder der Clan um sich scharen konnte. Das wurde lange Zeit auch als soziale Verpflichtung gesehen, von der nicht nur die Clans profitierten. Es war nunmehr aber zu beobachten, dass die Zahl der Bedürftigen und Waisen in den letzten Jahren immer weiter angestiegen war und auch manchen ehemals reichen Clans das Geld ausging, um ihre Angestellten zu halten.

Niobe wusste um ihre Stellung innerhalb des Clans. Sie hatte zusammen mit Lao gelernt, gespielt und war für ihn wie eine Schwester. Dennoch konnte sie als Waisenkind nie ganz eine Lingdao werden und wusste, dass Laos Vater sie damals auch aufgenommen hatte, damit sein einziges Kind eine Spielgefährtin bekäme. Auch wenn es im Umgang zwischen ihr und Lao, seinen Eltern oder anderen untereinander blutsverwandten Mitgliedern des Clans fast nie zu spüren war, so fehlte ihr doch der Stolz der Lingdaos. Aber sie spürte, dass sie von ihren Zieheltern nicht nur für das geschätzt wurde, was sie ihrem Sohn bedeutete. Sie war nicht betrübt darüber, keine geborene Lingdao zu sein, denn sie wurde geliebt und es ging dem Clan und somit auch ihr noch verhältnismäßig gut.

Als Lao an die Akademie gegangen war, um sein Studium in Weltraumtechnik aufzunehmen, war sie ebenfalls zur Akademie gegangen, um alles über die Botanik zu lernen. Die Wahl des Studienfachs war ihr nicht leicht gefallen, da sie lieber die Geschichte von Terranova oder Archäologie studiert hätte. Diese Fächer waren aber längst einem Nützlichkeitsdenken zum Opfer gefallen, das Einzug gehalten hatte, kurz nachdem die Xian das Regiment an der Akademie Tsingtaos übernommen hatten. Der Hohe Rat hatte mit einem Federstreich gebilligt, dass auf ganz Terranova Bildungseinrichtungen privatisiert werden durften. Die Folgen davon waren verhängnisvoll.

Der Gram über die geringe Auswahl an Studienfächern dauerte nur kurz. Niobe fand sich damit ab, Botanikerin zu werden. Sie liebte alles, was lebte und hatte sich schon seit Kindheitstagen an der Zartheit der Blütenblätter oder dem morgendlichen Tau an den Gräsern erfreuen können. Auch sah sie mit Freuden den Aufgaben entgegen, die sich ihr als Pflanzenpflegerin in der etwas heruntergekommenen Biosphäre der Lingdaos noch bieten würden.

Mit der gleichen Liebe und Sorgfalt, mit der sie Pflanzen behandelte, spielte sie auch mit den Kindern des Clans oder pflegte die Alten. Niobe verstand es, die richtigen Worte und Gesten zu finden, um den Kindern die kleinen Bekümmernisse zu nehmen und die Alten zu erheitern, wenn sie ihres Todes gedachten. Oft bekam sie bei solchen Gelegenheiten zu hören, dass sie so gut zu allen sei, aber sich selbst dabei vergesse. Sie antwortete dann immer, dass sie vom Wohlergehen und Glück jedes Lebewesens um sich herum etwas aufnähme und in ihrem Innern gar nicht so viel Glück fassen könne, wie ihr von allen Seiten zuteil werde. Für Verrichtungen des häuslichen Alltags wurde sie nicht gebraucht, denn das erledigten Maschinen flink und beinahe ohne dabei von den Menschen des Habitats bemerkt zu werden.

Niobe und die Kunde von der Sternenstadt
Jahr 2020 nach der Erleuchtung, 4. Monat

Manchmal verließ Niobe auch das Habitat und wanderte über die Pfade, die zwischen den allerorts angelegten Landschaftsgärten verliefen. Es war früher eine herrliche Ruhe überall gewesen. Man hatte nur das gedämpfte Reden anderer Spaziergänger gehört oder die Schritte von Menschen, die ohne Eile von ihren Habitaten aufgebrochen waren, um zu einer der Kuppeln zu laufen. In manchen der Hallen blühte der Handel mit Waren von überall her noch immer wie in ihrer Kindheit. In anderen konnte man sich noch immer vergnügen oder aber seine Fähigkeiten erweitern. Alles war aber teurer geworden und an vielen der Hallen prangte heute das Signet der Xian oder einer der anderen großen Clans. Auch sah Niobe auf ihren Spaziergängen immer häufiger Menschen ohne Obdach, die an Brotresten nagten. Noch zu Zeiten ihrer Kindheit wäre sofort jemand gekommen und hätte Hilfe angeboten, wenn ein anderer solche Not erlitten hätte. In den Jahren, die seitdem vergangen waren, war ein notleidender Mensch am Wegesrand aber schon ein vertrautes Bild geworden und jeder hatte seine eigene Last zu tragen.

Niobe hatte einige Orte, die sie außerhalb des Habitats gerne aufsuchte. Dafür musste sie mit einer Gondel fahren, die lautlos durch Röhren aus einer unverwüstlichen Kohlenstofffaser glitt. Die gläsern schimmernden Röhren verliefen an manchen Stellen unterirdisch durch Tunnel, durch die vor langer Zeit noch stählerne Wagons auf Schienen gefahren waren. Diese einst staatlich betriebenen Gondeln gehörten seit einigen Jahren auch den Xian, was einen stetigen Preisanstieg zur Folge hatte.

Eine kaum mehr beachtete museale Attraktion Tsingtaos waren zwei Haltestellen, an denen der Innenausbau und sämtliche Einrichtungen, die seit bald 1800 Jahren dort existierten, konserviert worden waren. Niobe war dort gerne, weil es ein merkwürdiges Gefühl in ihr wachrief, dass alle Dinge und alle Zeiten irgendwie miteinander in Verbindung stehen. Oft war sie alleine dort und dachte darüber nach, warum sie vieles so anders empfand als die meisten Menschen, die sie kannte. Es musste etwas in ihr sein, das sie in allen Dingen mehr erkennen ließ, als die Oberfläche preisgab. Was war heute mit dem einst großen Geschichtsbewusstsein geworden, das die meisten Bewohner von Terranova in sich getragen hatten? Für die Menschen war dieses Bewusstsein einst eine der Säulen gewesen, auf denen Terranova ruhte. Diese Zeit war lange vorbei. Heute waren die Bewohner Terranovas vor allem dem Gegenwärtigen zugewandt und suchten ihr Glück in den Dingen und Vergnügungen des Hier und Jetzt. Doch auch das war ihnen nur so lange möglich, wie die Not, die allerorten um sich zu greifen schien, sie noch nicht erreicht hatte.

Niobe fuhr oft mit der Gondel zum großen Kreuz. Das große Kreuz war der Verkehrsknotenpunkt im Distrikt Tsingtao. Dort starteten die Expresslinien, die den gesamten Planeten umspannten und die entferntesten Gegenden in nur wenigen Stunden erreichbar machten. Von dort aus hob auch einmal am Tag ein lautloses, gläsernes Shuttle ab, das wie ein Aufzug zuerst zu Tetrathlon, der bewohnten Außenstation Terranovas im All und dann zu den spärlich besiedelten Kolonien auf dem Mond und dem Mars glitt. Diese überwiegend wenig einträglichen Kolonien waren die Zeugnisse eines Wettlaufs der Xian, der Antracis und einiger anderer Clans um die Vorherrschaft im All. Einmal wöchentlich startete von hier aus auch ein kleineres Shuttle der Xian, das eine Forschungsstation anflog, zu der nur Befugte reisen durften.

Niobe saß gerne auf einer Bank auf dem Platz vor dem großen Gebäude, das ihr mit seiner avantgardistisch anmutenden Architektur wie ein Objekt aus einer fernen Welt vorkam. Sie selbst war noch nie mit einer der Expresslinien gefahren und sah immer wieder mit Staunen, wie der Platz sich leerte, wenn eine Großraumgondel einfuhr und die Menschen von den Vergnügungen, die der Platz bot, abließen und hastig das Gebäude betraten. Mit noch größerem Staunen sah sie zu, wie der Platz sich kurz darauf wieder füllte mit Menschen aller Couleur, die von überall her kamen. Gerne hätte sie mehr erfahren über ihre Beweggründe und über die Orte, von denen sie kamen.

An einem Tag, als sie wieder einmal am großen Kreuz saß, sah sie von ihrer Bank auf und bemerkte eine Werbetafel, die vor ihr über den Platz schwebte. Früher hatte es das kaum gegeben, aber jetzt war jeder öffentliche Platz überfrachtet davon. Niobe las den Schriftzug „Wir greifen nach den Sternen", der über einem Raumschiff prangte, neben dem die Raumstation Tetrathlon, die als Maßstab abgebildet war, wie ein Staubkorn anmutete.

Für gewöhnlich ignorierte Niobe solche Werbetafeln. Diesmal suchte sie aber im Menü ihres Neuroimplantats die Funktion, mit der sie eine Verbindung zu der Tafel und den Informationen herstellen konnte, die sich darin befanden. Vor ihren Augen spannte sich ein großes Feld mit bewegten Bildern auf und sie hörte eine Stimme, die vom Aufbruch zu einer Galaxie kündete, in der kurz zuvor ein neuer Planet entdeckt worden war. Nicht nur sollte es sich um einen Planeten mit einem großen Reichtum an Rohstoffen handeln, sondern er sollte auch noch bewohnbar sein und ein herrlich mildes Klima haben. Die Worte waren so gewählt, dass jeder Zweifel an der Realisierbarkeit eines so tollkühnen Kolonialisierungsprojekts lächerlich erscheinen sollte. Eine Vorhut der Menschheit sollte aufbrechen und mit ihrer Großtat den Reichtum und das Wohl aller Menschen auf Terranova vermehren. Niobe ahnte, worum es tatsächlich ging: Um Rohstoffe, Macht und noch mehr Geld für die Xian, die federführend hinter dem Projekt standen. Mit diesem Coup würden sie den Wettlauf gegen die anderen Clans für sich entscheiden. Niobe erkannte aber auch, dass die Xian mit ihren Plänen an den innersten Instinkten des Menschen rührten, zunächst für den eigenen Clan, dann für den eigenen Distrikt und letztendlich für die gesamte Menschheit den Lebensraum verbessern und vergrößern zu wollen. Bestimmt, so erschrak Niobe, verfehlte diese Vorstellung auch bei Lao nicht ihre Wirkung.

Niobe hatte Angst bei der Vorstellung, dass die Dinge auf Terranova sich weiter verschlechtern würden. In der Schulzeit hatte sie noch in den knappen Unterweisungen über die Geschichte Terranovas gelernt, dass die Gier nach immer mehr und der unbedingte Fortschrittsglaube längst überkommene Gedanken waren. Ihre Überwindung hatten erst Frieden und die greifbare Realität eines Wohlstands für die meisten Menschen möglich gemacht. Gleichzeitig empfand Niobe in einem Winkel ihres Geistes auch eine Faszination daran, was der Mensch vollbringen kann. Unter ganz anderen Vorzeichen hätte sie dem Vorhaben, in die Tiefen des Alls vorzudringen, etwas abgewinnen können. Sie spürte durchaus eine Neugierde, fremdes Leben und was es dort draußen alles geben mochte, zu sehen und selbst untersuchen zu können. Aber, so war sie sich sicher, war dies alles andere als eine Forschungsmission zum Wohle aller.

Die Werbetafel enthielt auch eine Ausschreibung, in der nach verschiedensten Mitarbeitern für das Projekt gesucht wurde. In der Ank-Climat, der größten Wüste der Welt und damit einem der wenigen kaum besiedelten Gebiete, war die Sternenstadt bereits im Bau. Dort sollten die bislang größten wissenschaftlichen und technischen Anstrengungen der Menschheit unternommen werden, um das Projekt zum Erfolg zu führen, zum Erfolg für die Xian. Unter den Gesuchen waren auch solche für Raumfahrttechniker, die sich bei der Entwicklung neuer Triebwerkstechnik und neuer Materialien für die Hülle des Schiffes einsetzen sollten. Lao, so fürchtete Niobe, würde also mit seinem guten Abschluss bestimmt dort unterkommen können, wenn er wirklich so dumm wäre, sich dafür zu bewerben.

Niobe sprang sofort auf und eilte heimwärts. Sie konnte nicht darauf vertrauen, dass Lao von all dem nichts mitbekäme. Sie musste handeln und ihm vorauseilend sicherstellen, dass er nicht seinem Traum alles andere opfern würde. Ihm würde eine Verbannung aus dem Clan drohen, ließe er sich mit dem Dämon ein, der in der Sicht der Lingdaos von ihrer Welt besitzergreifen wollte. Die Lingdaos waren immer Verfechter eines unabhängigen Terranovas gewesen, dessen politische Organe auf dem Boden der Werte handelten. Wäre es nach ihrem Vater Caius gegangen, dann wäre kein Clan jemals so reich und so mächtig geworden wie es die Xian und die Antracis heute waren. Caius würde seinen Sohn nicht verstoßen, aber er würde sich dem Votum des Clanrates beugen müssen. Aber noch war nichts geschehen.

Lao auf der Suche nach sich selbst
Jahr 2020 nach der Erleuchtung, 6. Monat

Lao lehnte an der Bar auf dem Dach des runden Gebäudes mit seinen vielen Erkern, hängenden Gärten und Terrassen. Er sah über die Brüstung des Daches hinunter zu den benachbarten, flacheren Bauten, von denen die meisten mehrere Habitate beherbergten, in denen die Clans Tsingtaos wohnten. Er sah auch die kuppelförmigen Gebäude, in denen die Menschen ihrer täglichen Arbeit nachgingen, sofern sie noch eine hatten.

Früher war der Wohlstand allgegenwärtig gewesen. Davon zeugten noch die weitläufigen Parkanlagen und die Verzierungen an vielen Bauten. Und doch hatte Lao beim Blick über die Stadt schon immer gespürt, wie privilegiert er war, als Lingdao geboren worden zu sein. Alles unter seinen Füßen gehörte seinem Clan. In fünf Ebenen trachtete jeder danach, seinen nächsten und so auch dem gesamten Clan dienen zu können. Dazu zählten auch sein Vater Caius und seine Mutter Ailan, die beide hohe Ämter bekleideten. Trotzdem waren sie alle unbedeutend und arm, verglichen mit den Xian. In jeder größeren Agglomeration des Ostens hatten die Xian einen Prunkbau errichtet, der alles andere überragte.

Das schmälerte nicht den Stolz, den Lao gegenüber seinen Eltern empfand. Laos Mutter Ailan war Richterin am Kommunalgericht des Distrikts und sein Vater überstand als unabhängiger Berater des Hohen Rates im Rang allen Mitgliedern seines Clans.

Während Lao seinen Blick wandern ließ, sah er bald nichts mehr von dem, was um ihn herum geschah, so sehr ergriff ihn eine Unruhe. Er war ganz in sich gekehrt und überlegte, wie so oft in diesen Tagen, wo sein Platz im Habitat und in der Welt sein könnte.

Zur Politik taugte er nicht. Das wusste er schon früh, weil er als Kind zuerst lieber mit physikalischen Baukästen experimentiert hatte und dann als Jugendlicher aus Einzelteilen einen Jahrhunderte alten, mit Wasserstoff betriebenen Hydrokopter wieder lauffähig gemacht hatte. Damit hatte er, den Zorn des Vaters in Kauf nehmend, im Luftraum Terranovas einige verbotene Pirouetten gedreht. Lao war ein Tüftler und liebte nichts so sehr, wie mit seinem besten Freund und späteren Kommilitonen Jun Chou an technischen Geräten zu basteln oder Programme für sein Implantat zu schreiben. Mit solchen Programmen konnte er frei durch das virtuelle Weltall fliegen, wenn er nur seine Augen schloss. Jun hatte von Anfang an mit ihm zusammen die Akademie besucht und teilte viele seiner Interessen. Lao bewunderte Jun für sein mathematisches Genie und sein absolutes Gedächtnis, für das er sein Implantat gar nicht zu bemühen brauchte. Jun hingegen bewunderte Lao für seine Unerschrockenheit und seinen Mut. Manchmal schlug diese Bewunderung auch in Furcht um, dass Lao zu weit gehen könnte. Im Studium der Antriebstechnik ergänzten sich beide perfekt, indem Lao mit flammender Begeisterung immer die besten Ideen und Konzepte entwickelte, während Jun still die geometrischen Berechnungen anstellte, die in ihren Ansätzen oft unkonventionell waren.

Doch diese Zeiten waren vorbei. Jun hatte eine Anstellung bei einem der wenigen noch unabhängigen

Konstruktionsbüros gefunden und arbeitete, ohne dass ihn dies sonderlich gefordert hätte, an einem Entwurf für eine neue Transfergondel für den Verkehr innerhalb des Distrikts. Lao hatte sich bei einem Unternehmen beworben, dass für die Erschließung neuen Wohnraums den Meeresboden besser nutzbar machen wollte. Die Ironie, dass der ewige Sternengucker womöglich bald in den Tiefen der Meere im Schlamm versacken würde, war Lao nicht entgangen. Doch er musste etwas tun und eine Möglichkeit, seine Träume vom Weltall zu verwirklichen, sah er nicht. Er war ein Lingdao und dazu der einzige Statthalter und spätere Erbe des von allen verehrten Caius. Daher erwartete man viel vom ihm. Jede Woche des Müßiggangs spürte er den Druck stärker auf sich lasten.

Während Lao betrübt vor sich hinstarrte und ihm dabei ein Gefäß mit einem grünen Ale an den Lippen hing, kam Niobe auf die Dachterrasse.

2. Teil

Die Geschichte des Caius

Caius´ langer Weg nach oben hatte in dem Distrikt Ostia begonnen. Er wurde als Sohn eines Vaters geboren, der sich in Gelegenheitsjobs verdingte. Seine Mutter hatte die Familie schon verlassen, als Caius noch klein gewesen war. Von ihr hatte er kaum mehr als ein schemenhaftes Bild in Erinnerung behalten. In der Kindheit hatte er sich daher andere Vorbilder suchen müssen. Schon früh hatte er eine große Bewunderung für ein paar Jungs aus seinem Viertel entwickelt, die es verstanden, durch Einschüchterung Macht über andere Kinder zu erlangen. Er eiferte ihnen nach und übertraf sie bald noch, wenn es um aufschneiderisches Verhalten ging. Südlich vom Nabel der Macht über ganz Terranova hatte Caius als zehnjähriger die Regentschaft über den Bezirk übernommen. Er führte eine Horde von Kindern an, vor denen jüngere und gleichaltrige Angst hatten und denen auch die älteren nicht in die Quere kommen wollten. Wenn es darum ging, wer die besten Plätze am Strand, in der Holotech-Spielwiese oder im Schulzubringer bekam, war die Verteilung klar. In der Schule hingegen besetzte er immer die letzte Reihe, von wo aus er den Unterricht am besten ignorieren konnte. Caius drohte sich zu einem Nichtsnutz zu entwickeln, aus dem bestenfalls kaum mehr als ein Gelegenheitsjobber oder schlimmstenfalls ein Kleinkrimineller hätte werden können.

Die Dinge entwickelten sich aber anders. Ab etwa seinem zwölften Geburtstag ging mit hoher Rasanz eine

Veränderung in Caius vor, die allen in seinem Umfeld den Atem verschlang. Der Grund für diese Veränderungen war ein Mädchen, in das er sich unheilbar verliebt hatte. Das Ganze hatte aber einen Haken. Sie war zwei Jahre älter als er und stand als Musterschülerin in der Gunst des gesamten Lehrpersonals. Caius spürte, dass er nie mit Kühnheit würde aufwiegen können, was dieses Mädchen ihm an Geist voraus hatte. Alles, wonach er bis dahin getrachtet hatte, wurde ihm wertlos, wenn er an sie dachte. Und das tat er sehr oft. Er träumte von ihr während des Unterrichts, während der Pausen, während des Nachhausewegs und Abends, wenn er in seiner schäbigen Kammer die Augen schloss und nur mit ihr zusammen ganz weit fort sein wollte. Sein Charakter und seine zweifelhaften Fähigkeiten, die eher darauf ausgerichtet waren, Unfrieden zu stiften, erschienen ihm gleichermaßen wertlos. Er wusste, dass das Mädchen nie ein Auge für ihn haben würde, wenn er so bliebe, wie er war. Also dachte er nach und dachte und dachte. Er hörte nicht mehr auf nachzudenken und an seinen geistigen Fähigkeiten und seinem Charakter zu arbeiten. Das hielt an, auch nachdem das Mädchen längst anderer Wege gegangen war, ohne ihn jemals beachtet zu haben. Bis heute hält es an, dass Caius jede Schlechtigkeit, die er an sich spürte, mit seinem mittlerweile gereiften Geist im Zaum zu halten weiß. So gelang es ihm, sich über die Position des Schulsprechers, dann des Sprechers der Akademie und des Präsidenten des Rates der Studierenden über die öffentlichen Ämter des Tribuns, des Ädils und des Prätors bis an den Rand des hohen Rates Terranovas zu bringen. Ihm war sogar der Rang eines Konsuls ehrenhalber verliehen worden.

Seine Frau Ailan Lingdao hatte Caius damals durch einen großen Zufall kennen gelernt, als er in der Funktion eines Assistenten für einen Ministerialbeamten nach Tsingtao gereist war. Doch das ist eine Geschichte, die vielleicht ein andermal erzählt wird. Entscheidend war, dass er sich nach so vielen Jahren, in denen er vor allem nur an seine Karriere gedacht hatte, wieder verliebte. Diesmal wusste er aber, dass er eine Chance hatte. Und diese nutzte er auch. Den Namen Lingdao nahm er selbstverständlich an, da er so viel wie ein Ritterschlag für jemanden bedeutete, der aus so kleinen Verhältnissen stammte.

Caius arbeitete nun, mehr als zwanzig Jahre später, als hoher Berater des Ministeriums für Sicherheit und Freiheit und war so dem ständigen Ränkespiel der Ministerialbeamten ausgesetzt. Die eine Hälfte des Ministeriums stand für mehr Sicherheit ein und die andere für mehr Freiheit. Das Ministerium war vor zwei Jahrhunderten als Zusammenschluss zweier Ministerien entstanden, die sich einen so heftigen Kampf um ihren jeweils eigenen ideologischen Nährboden geliefert hatten, dass keine Beschlussfassung mehr möglich gewesen war. Die einen wollten die technischen Möglichkeiten der Implantate stärker zur Überwachung nutzen. Dabei gingen einige so weit, dass sie damit auch kleinkriminelle Absichten vor der Ausübung von Verbrechen erkennen und ein Einschreiten vorab ermöglichen wollten. Die anderen waren strikt dagegen und verwehrten sich grundsätzlich einer Nutzung der Implantate für Überwachungszwecke. Die einen wollten alle nur irgendwo verfügbaren Daten für alle Ewigkeit speichern. Die anderen sahen in diesem Vorhaben den drohenden Untergang der Menschheit. Sie sahen die Gefahr, dass einige wenige, die eine Befugnis dazu hatten, ein gottähnlicher Überblick über alle Vorgänge auf Terranova gegeben würde. Dadurch würden Tür und Tor für jede Art von Missbrauch geöffnet. Die Situation war bald so verfahren, dass keiner von der einen Seite mehr mit einem von der anderen Seite überhaupt sprechen konnte, ohne dass es zu Handgreiflichkeiten kam. Die einzige Lösung war, beide Ministerien aufzulösen und ein neues Superministerium zu gründen, in dem das Verhältnis von Sicherheit und Freiheit immer wieder neu verhandelt werden musste.

In diesem Spannungsfeld hatte sich also Laos Vater mit größter diplomatischer Souveränität in den letzten zwanzig Jahren bewegt. Dabei war ihm immer das Wichtigste gewesen, für die Erhaltung der Werte Terranovas zu kämpfen, die schon so lange die Grundfesten des gesellschaftlichen Zusammenhalts und auch des Friedens gebildet hatten. Umso schmerzlicher war es für ihn, erleben zu müssen, wie das Ministerium von der gleichen Korrosion befallen wurde, die auch alle anderen Regierungsorgane von innen langsam zerfraß. Er wollte es sich noch nicht ganz eingestehen, aber er spürte bereits, dass die Gier nach Macht und Geld überbordend geworden war und dass daraus eine große Gefahr für Terranova entstanden war. Der Sog des Geldes, das sich in den Händen der mächtigen Clans befand, hatte die Ministerien erfasst. Er spürte es auch daran, dass sein Rat immer öfter ungehört verhallte und die Seite derjenigen, die unter Werten nichts als Reichtum verstanden, an Gewicht zunahm.

Caius vor dem Hohen Rat
Jahr 2019 nach der Erleuchtung, 3. Monat

An einem Tag, vor nicht allzu langer Zeit, betrachtete Caius Lingdao sich im Spiegel. Dabei brachte er, so wie er es gewohnt war, mit einem Brenneisen seine Augenbrauen in Form. Es war noch eine Stunde Zeit bis zu seinem großen Auftritt vor dem Hohen Rat. Er brauchte dafür nicht zu reisen, sondern würde sich im Wohnzimmer des Gemaches vor die große Regalwand mit antiken Schriftrollen und Büchern aus dem ersten Jahrtausend nach der Entdeckung des elektrischen Stroms setzen. Für den Erwerb dieser Schätze war er im Laufe der letzten zwanzig Jahre in alle Teile Terranovas gereist.

Gleich würde er den Sphärengenerator einschalten und auf den Anruf der Kanzlerin warten, bevor er und ein Teil seiner Umgebung als holographisches Abbild im Saal des Hohen Rates im fernen Rom erscheinen würden. Eine Reise dorthin war zum letzten Mal vor 5 Monaten nötig gewesen, als man ihm für seine Leistungen persönlich den saphirblauen Adler am Bande überreicht hatte. Diese Auszeichnung bewahrte er in einer Schatulle auf und hatte sie noch nie getragen. Er hatte das Gefühl, dass diese Bauchpinselei nur dem einen Zweck diente, ihn in Selbstgefälligkeit bequem und gefügig zu machen.

Zwischen den Terminen, an denen sein holographisches Bild zur Beratschlagung vor den Hohen Rat zitiert wurde, recherchierte er und wertete geheimdienstliche Informationen aus. Diese gewann er aus den unermesslichen Datenströmen des gesamten Terranovas, auf deren verstecketste Bereiche er durch die Sonderrechte

Zugriff hatte, die nur Mitgliedern und hohen Beratern des Rates eingeräumt wurden. Diese Macht war etwas, das ihn selbst mit einer Furcht erfüllte und ihn zu einem noch selbstkritischeren Menschen gemacht hatte. Seine Stärke, die der Hohe Rat früher einmal sehr geschätzt hatte, lag aber in der hohen Sensibilität, jedes Anzeichen für Unruhe und Unfrieden auf dem Planeten erkennen zu können und Schlüsse daraus zu ziehen, auf denen dann auch seine Ratschläge beruhten. Er hielt das, was er tat, im Grunde seiner Überzeugungen für falsch, rechtfertigte es aber damit, dass es sonst jemand anders tun würde, der vielleicht die falschen Schlüsse ziehen würde. Mehrmals wöchentlich stand er per Implantatverbindung mit dem Minister für Freiheit und Sicherheit in Verbindung und konnte so unmittelbar Einfluss auf die Geschicke Terranovas nehmen.

In letzter Zeit war er mit seinen Einschätzungen immer öfter auf erheblichen Widerstand gestoßen. Früher hatte er eindeutig kriminelle Aktivitäten versprengter Grüppchen aus dem Untergrund aufgedeckt. Wenn er sich dann mit den Ministerien beratschlagt hatte, gab ihm das immer das Gefühl, auf der richtigen Seite zu stehen. Heute war er gezwungen, gegen Widerstandsgruppen zu ermitteln, deren Motive er mehr und mehr nachvollziehen konnte. Als er einmal einen Vorstoß gewagt und diejenigen angeklagt hatte, die das Recht der einfachen Arbeiter beugten und Profitmaximierung über alles stellten, spürte er, dass die Feinde des alten Terranovas bereits gewonnen hatten.

Seine Frau Ailan hatte ihn immer belächelt, wenn er feierlich seine Tunika aus dem Kleidermagazin des Habitats entnahm. Dies tat er auch vor dem heutigen Termin. Nachdem er im Menü des Holospiegels das Kleidungsstück ausgewählt hatte, das nach dem Vorbild der Tuniken geschneidert war, die schon die Würdenträger der Antike getragen hatten, stand er noch immer fast nackt im Zimmer. Er sah dabei aber bereits in der bekleideten holographischen Kopie seiner selbst, welch stattliche Figur er mit der Tunika abgeben würde. Er bestätigte die Auswahl und fand wenige Augenblicke später das gewünschte Gewand im Schacht des Kleidermagazins. Mit wenigen Handgriffen streifte er es sich über und befestigte es mit einer rubinbesetzten goldenen Fibel, die einen Habicht darstellte, das Clansymbol der Lingdaos. Am Bauch spannte die Tunika bereits ein wenig. Er würde bald etwas dagegen unternehmen müssen.

Es war alles vorbereitet. Caius nahm seinen Platz an der großen hölzernen Tafel ein und richtete den Ausschnitt, den der Sphärengenerator erfassen würde, auf sich und das Regal im Hintergrund. Er hatte, um Eindruck zu schinden, einen besonderen Coup geplant, für den er das Regal und seinen Inhalt noch brauchen würde. Vor ihm war eine leere Fläche. Er brauchte keine Aufzeichnungen, kein weiteres Gerät, das ihm Informationen bereitstellen würde. Er würde sich nicht einmal seines Implantats bedienen müssen, da er alles in seinem Kopf gespeichert hatte. Eine Rede zu halten, so hatte er früh gelernt, erfordert die Fähigkeit, durch seinen sprühenden Geist überzeugen zu können. Dieser geriete in einen Schlafmodus, würde er nur Worte reproduzieren, die zuvor im Implantat gespeichert worden waren. Caius war gefasst und innerlich ruhig, als der Anruf kam und kurz darauf die Kanzlerin vor ihm erschien. Er deutete mit dem Kopf eine Verneigung an und hörte die Worte, die im fernen Rom gesprochen wurden.

„Ehrenwerter Caius Lingdao," hob die Kanzlerin an, „wir haben sie dazu eingeladen, vor dem Hohen Rat zu sprechen, da wir alle gerne erführen, ob beunruhigende Neuigkeiten in der Luft liegen, die den Frieden und Wohlstand Terranovas gefährden könnten. Besonders möchte ich um eine Einschätzung zu der jüngsten Häufung von Aktivitäten des Widerstands bitten."

Caius war auf dieses Ansinnen des Rates vorbereitet und begann mit seiner Rede. „Verehrte Kanzlerin, ich danke für die Gelegenheit, meine Sicht dem Hohen Rat darlegen zu dürfen. Es wird jedem von Ihnen bekannt sein, dass der Hohe Rat in der letzten Zeit Beschlüsse gefasst hat, die von Teilen des Volkes als Verrat an den alten Werten Terranovas aufgefasst werden können. Es wurden den reichen Clans so weitreichende Zugeständnisse gemacht, dass dies als Kapitulation des Hohen Rates vor dem Kapital und dem Machtgebaren einer kleinen Oberschicht gewertet werden könnte. Ich möchte nur ein paar Beispiele nennen. Die Akademie der Wissenschaften des Distrikts Ostia wurde privatisiert und steht nun unter der Ägide der Ramses-Dynastie. Was dort gelehrt wird, bestimmt fortan nicht mehr der autonome Wissenschaftler, sondern der reichste Clan des

Vorderen Orients. Den Xian wurden exklusive Schürfrechte für Bodenschätze auf dem Saturn übertragen. Die Antracis dürfen im Gegenzug den Mars ausbeuten. Wissen Sie, was die Unterbindung jeglichen Wettbewerbs für die Rohstoffpreise bedeuten wird? Haben Sie eine Ahnung, was das für den Wohlstand Terranovas bedeuten wird? Doch damit nicht genug. Der Hohe Rat hat die Eugenik-Gesetze geändert, die uns seit dem Skandal im letzten Jahrhundert davor geschützt hatten, dass die reichen Clans bald ihre Vorstellungen vom Übermenschen oder auch vom willenlosen Arbeiter realisieren können."

Caius unterbrach sich, da Stimmen des Protests laut wurden.

„Es waren Beschlüsse des Rates aus der letzten Zeit, die ein Erstarken unterschiedlicher Widerstandsbewegungen zur Folge hatte."

Der Protest wurde lauter.

„Offenbar teilen nicht alle meine Auffassung, dass der Rat selbst diesen Widerstand provoziert hat." Er wartete ab, bis das Raunen sich gelegt hat.

„Alle Evidenzen sprechen auch dafür, dass die Entscheidungen des Rates die Balance von Sicherheit und Freiheit in den letzten Jahren ins Wanken gebracht haben. Es hat viele Verhaftungen gegeben, die nur aufgrund solchen Wissens geschehen konnten, das die Sicherheitsbehörden sich durch das Erfassen der Datenströme aus Implantaten angeeignet haben. Dies mag vom Standpunkt der beschlussfassenden Richter eine Notwendigkeit zur Verbrechensbekämpfung gewesen sein. Dennoch verstößt es gegen die Werte und damit auch gegen die Grundfesten unseres Rechtssystems. Eine Behörde bedient sich damit an dem Privatesten, was der Mensch besitzt, nämlich seinen Gedanken. Es wurden Menschen für etwas bestraft, was sie noch gar nicht getan hatten. Diese vielen Brüche eines Vertrauens, dass die Regierung innerhalb der letzten tausendfünfhundert Jahre bei seinem Volk geschaffen hatte, hat viele Menschen beunruhigt, weil niemand sich mehr vor dem Zugriff des Staates sicher fühlt und sich die Position breitmacht, der Hohe Rat stünde auf der falschen Seite."

Die Kanzlerin unterbrach und wies Caius an, den Redebeitrag eines Ratsmitglieds anzuhören.

Es erschien Marcus Secundus, eine schmächtige Gestalt in moderner Kleidung, die er sich morgens von einem der in fast jedem Haushalt befindlichen Kleidungsautomaten an den Leib hat drucken lassen. Damit alleine schon, so dachte Caius, war ein Statement verbunden, dass eine Abkehr vom Traditions- und Wertebewusstsein darstellte, das den Hohen Rat von je her ausgezeichnet hatte.

Die Lippen des Mannes begannen sich zu bewegen, während seine Stimme noch im All war. Mit Verzögerung hörte Caius ihn sprechen. „Die Auswüchse des Terrors, der um sich greift, begründen Sie mit dem Fehlverhalten des Hohen Rates. Das ist allerhand. Es sind andere Zeiten angebrochen. Wir müssen als die eine Regierung von Terranova, die die Interessen aller vertritt, hart durchgreifen. Wenn der eine oder andere es nicht versteht, dass die reichen Clans die Stützpfeiler unserer Welt sind, dann müssen wir dafür sorgen, dass er es verstehen lernt. Ihre Kritik an der Privatisierung der Akademie ist unbegründet. Es wird sich zeigen, dass dort endlich Dinge gelehrt werden, die dem Fortkommen unserer Gesellschaft nützen. Außerdem haben wir dadurch viel Geld eingenommen, das wir für die längst überfällige Schaffung einer weltweit operierenden Polizeibehörde gut gebrauchen können. Die Verteilung von Schürfrechten war nach Jahren des Stillstands ebenfalls dringend nötig. Das hat auch viel Geld in die Staatskassen gespült, wovon wir Gefängnisse modernisieren und von mir aus auch ein paar Schulen bauen können. Wir müssen darauf achten, dass die wenigen Aufrührer, die alles aufs Spiel setzen wollen, nicht am Ende obsiegen. Wir müssen hart durchgreifen, müssen die Informationen nutzen, an die wir herankommen können, und müssen zeigen, wer Herr von Terranova ist."

Caius unterbrach an dieser Stelle. „Am Ende kommt dann heraus, dass tatsächlich der Clan der Xian über ganz Terranova herrscht, und seine wirtschaftlichen Interessen über alles stellt. Er wird noch so mächtig werden, dass er dem Hohen Rat diktieren kann, was er zu tun und zu lassen hat."

Erneut wurde ein Raunen, begleitet von einigen lauten Protestrufen, vernehmbar.

Secundus machte eine wegwerfende Handbewegung. „Es sind die Separatisten und Widerständler, die sich von Terranova und damit von der besten aller Welten lossagen, um eine vermeintlich noch bessere Welt für sich zu schaffen. Sie erzeugen das Chaos, dass wir ein für alle Mal beendet zu haben glaubten. Wenn nur ein einziger Flecken Erde mit einer Gruppe von Separatisten darauf aus dem engen Bund heraustritt, den die gesamte Menschheit geschlossen hat, dann sind wir alle gescheitert und fallen zurück in ein Zeitalter der großen Kriege."

Das war der Zeitpunkt für den dramaturgischen Kniff, den Caius sich für diesen und ähnliche Fälle zurechtgelegt hatte. Er griff hinter sich in das Regal und zog ein offensichtlich sehr altes, in Leder eingebundenes Buch hervor.

Caius las. „Wir müssen unsere Kräfte mobilisieren gegen den Feind, der in unseren eigenen Reihen, in unserer Mitte lebt und nur darüber nachsinnt, wie er uns schaden kann. Wir müssen alles über ihn wissen und dafür unsere eigene Freiheit für einen Moment opfern, um am Ende freier zu sein als jemals zuvor." Caius sah auf und blickte seinem Gegenüber ins Gesicht.

„Welche Weisheit aus vergangenen Tagen", sagte Secundus.

„Sie scheinen nicht zu wissen, von wem diese Worte stammen. Sie sind vor mehr als tausendfünfhundert Jahren von einem Unmenschen gesprochen worden, der die Welt in dem Blut seines eigenen Volkes getränkt hat. Es war Marcus Valerius, dessen Namen und Schandtaten wir nie vergessen sollten."

Den Rest seiner Rede konnte Caius ungestört halten, da niemand es mehr wagte, ihm die Stirn zu bieten und womöglich auch auf so peinliche Weise bloßgestellt zu werden. Caius appellierte mit aller Macht gegen eine Fortführung der Politik, die er für alle Missstände verantwortlich sah. Alles, was dadurch erreicht würde, sei nur eine Aufwiegelung weiterer Aufstände und eine Unzufriedenheit mit der Regierung, die auch in der breiten Masse ankommen könnte und bald schon nicht mehr nur einige wenige zu Taten drängen würde. Die tradierten Werte Terranovas seien wieder stärker in den Fokus zu rücken. Die größtmögliche Freiheit des Einzelnen schüfe demnach im Großen eine Kontinuität von Wohlstand und Frieden. Diese Werte waren vor langer Zeit einmal in dem für alle Menschen verbindlichen Buch der Ethik festgeschrieben worden, dass Caius den Ratsmitgliedern als Nachtlektüre empfahl. Den Abschluss seiner Rede bildete ein Plädoyer für mehr kollektive Demut, die dem Größenwahn Einzelner für immer Einhalt gebieten müsste.

Bevor das Wohngemach wieder zum Wohngemach wurde und nicht mehr Projektionsfläche der hohen Politik Terranovas war, nahm Caius den förmlichen Dank der Ratsvorsitzenden entgegen und hörte den verhaltenen Applaus einiger weniger Ratsmitglieder und die empörten Rufe der anderen, die in seinen Ohren noch eine Weile nachhalten, als es wieder still geworden war.

Lao und Niobe
Jahr 2020 nach der Erleuchtung, 6. Monat

Lao war immer da gewesen. So sehr sie sich auch bemühte, konnte sie sich keine Erinnerung an eine Zeit wachrufen, in der er ihr nicht nahe gewesen wäre. Wollte sie ihm etwas zeigen, so musste sie ihn nur rufen und er kam, sah es an und kommentierte es auf seine unverwechselbare Art. Hatte sie wegen etwas Gewissensbisse oder litt sie, weil ihr Ziehvater auf sie geschimpft hatte, dann kam Lao und nahm ihr etwas von ihrer Last. Das war nicht selten geschehen, da Caius sie liebte und besorgt um sie war. Lao liebte er nicht weniger, doch ließ er ihn öfter das tun, was er wollte. Wahrscheinlich erinnerte sein Sohn Caius mehr an den eigenen rebellischen Geist seiner Jugendtage und er wusste ja, was sich daraus entwickelt hatte. Zu ihr, das wusste Niobe, hatte Caius eine besondere Beziehung, da sie ihn mit ihren großen dunklen Augen an die Augen seiner eigenen Mutter erinnerte, von der er so wenig gehabt hatte. Mit ihrer honigfarbenen Haut erinnerte sie ihn an die Erde seiner Heimat. Ihr braungelocktes Haar ließ ihn an die Wogen des Mare Nostrum denken. Ihre Gestalt war weniger zierlich als die der jungen Mädchen von Tsingtao, doch sie war hochgewachsen und in ihren Proportionen erkannte Caius das Ebenmaß wieder, an dem Marcus Vitruvius Pollio sich in seiner Proportionenlehre orientiert hatte, die in Rom seit mehr als zwei Jahrtausenden in der Architektur hochgehalten wurde. Niobe war nicht unglücklich. Sie liebte ihren Ziehvater. Dennoch spürte sie immer seine Präsenz und bisweilen auch einen Drang, von zuhause fortzugehen. Doch sie war darin weit mehr im Widerstreit mit sich selbst als Lao, der schon früh davon gesprochen hatte, einmal in weite Ferne aufbrechen zu wollen. Niobe fühlte auch in sich einen unbestimmten Forscherdrang. Hier aber hatte sie Heimatgefühle, die sie nur in den sanften Hügeln Tsingtaos empfand, die den einst so lieblichen, heute aber zunehmend verkommenden Ort am sachte wogenden Meer umkränzten. Was sie hier hielt, war aber vor allem die Liebe zu ihren Angehörigen. Wenn sie darüber nachdachte, was ihr hier das Wertvollste war, dessen Verlust für sie am schmerzlichsten wäre, dann dachte sie zuerst an Lao und dann an ihre Zieheltern. Was würde aus ihren Heimatgefühlen werden, wenn einer von ihnen nicht mehr hier wäre? Sie hatte Angst, dass Lao, der sich einmal mit einem Vogel mit gestutzten Flügeln in einem goldenen Käfig verglichen hatte, etwas Dummes tun würde, nur um aus diesem Käfig auszubrechen. Sie wusste, dass es immer sein Traum gewesen war, ins All aufzubrechen und sie wusste auch, dass er dafür vieles aufzugeben bereit war.

Lao war tief in Gedanken, als Niobe auf das Dach des Bauwerks kam, das der reiche Clan der Lingdaos sich mit niemandem teilen musste. Lao sah an ihrer Gangart und dann in ihren Augen, dass etwas sie bedrückte. Sein Eindruck bestätigte sich, als Niobe in einem Tonfall unterdrückter Melancholie zu ihm sprach.

„Das Dach war schon immer dein Lieblingsplatz gewesen. Hier bist du den Sternen am nächsten."

Lao nickte und nahm einen Schluck aus dem Glas, das er in der Hand hielt. Als er ihr antwortete, versuchte er Heiterkeit in seine Stimme zu legen, so als müsste er sie wegen einer Sache trösten. Nur wusste er noch nicht, worum es sich dabei handelte. „Setz dich doch zu mir und trink einen Quimtau mit mir."

Niobe setzte sich und ließ die klare, rötlich gefärbte Flüssigkeit in ein mehrfach gewundenes und gedrechseltes gläsernes Gefäß einlaufen. Nachdem sie daran genippt hatte, fuhr sie mit gedämpfter Stimme fort.

„Lao, ich habe Angst vor der Zukunft."

Lao schüttelte sachte den Kopf und seufzte leise. „Was ist denn los? Wovor genau hast du Angst? Sorgst du dich wegen der Veränderungen, die auf Terranova vorgehen? Ich glaube nicht, dass es uns dadurch so bald schlechter gehen wird. Ich glaube sogar, dass wir langfristig zu den Profiteuren gehören werden." Laos Stimme wurde lauter und im Tonfall härter, als er weitersprach. „Wenn es mehr Licht in unserer Welt geben soll, dann müssen wir auch den Schatten in Kauf nehmen. Wichtig ist nur, dass wir uns nicht in den Schatten verkriechen, weil wir Angst vor der Sonne haben. Lass dich also nicht von deinen Ängsten leiten."

Niobe verzog das Gesicht fast unmerklich, als sie die Härte in den Worten ihres Bruders spürte. Auch Lao spürte die Veränderung. Er hatte Niobe nicht weiter verunsichern wollen. So traurig und durcheinander hatte er sie lange nicht erlebt.

„Niobe, ich verstehe ja, dass du Angst hast, aber...", hier unterbrach ihn Niobe. „Es ist nicht das, was du denkst. Vor den Veränderungen habe ich auch Angst. Fast jeder hat Angst davor. Viel mehr Angst aber macht mir die Vorstellung, dass unser Leben sich so rasch verändert." Sie hielt kurz inne und es schien, als ringe sie nach Worten. „Vielleicht kann unser Clan profitieren von den Veränderungen, aber was macht das mit uns? Wir verraten das, was uns immer wichtig war, nur damit es uns weiterhin gut geht. Aber, das war es auch nicht, was ich dir eigentlich sagen wollte." Hier schwieg sie erneut für einige Sekunden, bevor sie Lao direkt in die Augen sah und das Wort wieder ergriff. „Ich habe Angst davor, dass du fortgehst."

Lao lachte kurz auf. „Fortgehen? Wieso sollte ich? Was mir auf der Welt wichtig ist, das ist hier. Die Sterne sind so fern, dass ich ihnen nicht bedeutend näherkomme, wenn ich von hier aufbreche. Ja, ich hatte einmal davon geträumt, dass ich später einmal auf Tetrathlon würde forschen können. Die Raumstation gehört aber seit ein paar Jahren den Antracis und außerdem, weshalb sollte ich dort gebraucht werden. Ich weiß, wie man Antriebe entwickelt, aber die wenigsten Ingenieure haben jemals diesen Planeten verlassen. Außerdem, was ist das schon? Selbst wenn ich als Techniker ein paar Jahre in einer der Minen im All arbeiten könnte, hätte das noch wenig zu tun mit dem Aufbruch in die Tiefen des Alls, von dem ich träume. Vater würde mir auch niemals erlauben, für unsere Feinde zu arbeiten. Er ist so stur. Er versteht die Zeichen der Zeit einfach nicht und denkt nur in seinem Schema von Gut und Böse. Jeden Fortschritt, den die Xian und Antracis uns bringen, verteufelt er."

Niobe las in Laos Gesicht, dass sie ungewollt in eine offene Wunde gefasst hatte. Lao hatte nie zur Schwermut geneigt und hatte mit seinem Tatendrang immer dafür gesorgt, dass dunkle Gedanken nie lange Bestand hatten. In ihrer Kindheit hatte Lao Niobe manchmal mitgenommen, wenn er mit Jun zusammen draußen Rollenspiele gespielt hatte. Er war dann zu dem geworden, was er hatte sein wollen. Oft hatte er den Kommandanten gespielt, der seine Besatzung von den vertrauten Pfaden fortgeführt hatte. Das waren Kinderspiele gewesen. Auch Niobe erkannte, dass ihr Bruder jetzt vor einer Realität stand, aus der er sich nicht fortträumen wollte, sondern in der er selbst zum Gestalter werden wollte.

Niobe brach das Schweigen. „Du sagtest, alles, was dir auf der Welt wertvoll ist, sei hier. Ich weiß aber, wie sehr du darunter leidest, dass du deine Träume nicht verwirklichen kannst. Es macht mir Angst, dass du eine Dummheit begehen könntest, wenn du doch die Chance dazu siehst."

Lao unterbrach sie. „Welche Chance meinst du?"

„Anscheinend hast du noch nichts von der Sternenstadt gehört. Die Xian planen den Aufbruch ins All. Sie wollen eine ganze Heerschar von Wissenschaftlern und Technikern mitnehmen und auf einem fernen Planeten eine Kolonie gründen. Jeder weiß, dass es ihnen dabei darum geht, den Wettlauf ums All zu gewinnen und sich Rohstoffquellen zu sichern. Dafür würden sie alles tun, auch wenn die Vorhut dabei sterben müsste. Dann versuchen sie es eben wieder und wieder."

Lao schaute ungläubig in Niobes Gesicht. „Ist das wirklich wahr oder ist das vielleicht ein Werbegag gewesen? Am Ende steht dahinter die Produktionsfirma für eine neue virtuelle Welt, die nur Werbung für ihr Produkt machen wollte?"

Niobe schüttelte heftig den Kopf. „Unter der Anzeige prangte das Wappen der Xian, die nicht für ihren Humor bekannt sind."

Lao lächelte und es erschien Niobe, als läge in diesem Lächeln eine Spur von aufkeimendem Wahnsinn. „Das ist ja fantastisch. Ich werde mich bewerben."

„Aber Lao, ich habe dir davon erzählt, weil ich dich für so vernünftig gehalten habe, dass du mir die Angst nehmen kannst." Niobe musste ein Weinen unterdrücken, bevor sie weitersprach. „Bitte, sag mir, dass du nicht wirklich vorhast, dich für diesen Wahnsinn zu bewerben. Es würde uns alle hier in die Verzweiflung treiben, wenn du das tätest. Und wenn du sterben würdest…"

Lao stand mit offenem Mund und schüttelte den Kopf. „Nein, was sprichst du denn von meinem Tod? Die Menschheit ist reif, nach den Sternen zu greifen. Wenn die Xian das als erste erkannt haben, dann muss ich eben mit dem Feind paktieren. Vielleicht solltest du auch darüber nachdenken."

Niobe verstand nicht, wie ihr Bruder so reden konnte. Sie hatte nicht bemerkt, wie sein Denken sich in den letzten Jahren verändert hatte.

„Du und ich, wir beide im Weltraum. Das wäre doch fantastisch" fuhr Lao fort. Du könntest auch deinen Traum wahrmachen. Du könntest im All Pflanzen entdecken, die ganz anders sind, als alles andere, was du je gesehen hast. Und mehr noch. Wolltest du nicht eigentlich immer Archäologin werden? Wie wäre es mit Weltraumarchäologie? Vielleicht treffen wir auf Zeugnisse fremder Kulturen da draußen, die wir erstmal verstehen lernen müssten."

Niobe war erschrocken über die energische Reaktion ihres Bruders und seinen irrsinnigen Gedanken, sie könnte dabei mitmachen wollen.

Lao stellte sein Glas auf den Tisch und erhob sich. „Ich muss mir das genauer ansehen. Dann muss ich Vater damit konfrontieren. Er wird toben, aber am Ende muss er es verstehen." Mit diesen Worten ging er hinein und ließ Niobe auf dem Dach zurück.

Lao und Ailan
Jahr 2020 nach der Erleuchtung, 6. Monat

Lao wollte mit seinem Vater sprechen. Er hatte es sich fest vorgenommen, schob es aber vor sich her, weil er Angst vor den Konsequenzen hatte. Sein Entschluss stand aber fest. Er hatte sogar seine Bewerbung für eine Stelle in der Sternenstadt bereits abgeschickt.

Während er im letzten Licht der untergehenden Sonne auf dem Bett in seinem Schlafgemach saß, legte er sich Worte für das Gespräch zurecht. Er liebte seine Eltern beide und wollte ihnen nicht wehtun. Während er darüber nachdachte, wie er die Wogen würde glätten können, hörte er den Summer der Tür. Er wollte niemanden einlassen, konnte aber seiner Mutter nicht den Zutritt verweigern.

Ailan Lingdao trug noch die Robe, die ihr vor Gericht Autorität verlieh. Lao erkannte zuerst nur ihre Silhouette, weil er nach draußen in das letzte Licht des Tages geblickt hatte und im Zimmer keine Beleuchtung eingeschaltet war.

Vielleicht war es aber auch gut so, dass seine Mutter in diesem Moment zu ihm kam, dachte er. Vielleicht sollte er sich zuerst ihr anvertrauen, um sich Mut für das Gespräch mit dem Vater zu holen. Seine Mutter war eine große und stolze Frau, die den Namen Lingdao mit Würde trug. Er hatte so viel von ihr gelernt. Im Gegensatz zu seinem Vater hatte sie meist auf seiner Seite gestanden, wenn es um die Erfüllung seiner Wünsche gegangen war.

Mit ihr verband ihm auch noch etwas. Sie war seine spirituelle Mentorin gewesen. Er war mit ihr als Kind oft im Tempel des Konfuzius gewesen, wo er das Paradoxon erlebt hatte, dass gerade die Wahrnehmung des Transzendenten den Blick auf die Kostbarkeit des Lebens freistellte. Auch das hatte ihm immer Kraft gegeben. Vielleicht würde er seine Mutter überreden können, vor seinem Aufbruch noch einmal in den Tempel zu gehen, damit sie gemeinsam ihre spirituelle Verbindung erneuern könnten. In der Ferne würde ihm die physische Trennung von seiner Mutter leichter fallen, wenn er wüsste, dass sie ihm spirituell nahe war.

Seine Mutter war eine anmutige Frau, deren Schönheit nicht oberflächlich war, sondern in für Lao unbegreifliche Weise mit ihrer Kraft zusammenhing. Diese Kraft schöpfte sie eben auch aus dem Glauben, den sie von ihrer Mutter gelernt hatte und der bis auf Zeiten vor der Erleuchtung zurückging, als das Feuer noch die einzige Lichtquelle in der Nacht war. Laotse und später Konfuzius waren in diesen Zeiten in Fleisch und Blut durch Täler gewandert und auf Berge gestiegen.

Durch Täler und auf Berge. Das schoss Lao durch den Kopf, als seine Mutter eintrat. Er würde auch durch Täler gehen müssen, bevor er die Aussicht vom Gipfel seines Erfolgs würde genießen können. Das würde seine Mutter verstehen.

Ailan legte die Hand auf die Schulter ihres Sohnes. „Lao, ich habe eine großartige Neuigkeit für Dich. Ich habe heute mit dem Stabschef des Transportkonsortiums von Tsingtau gesprochen, der ein alter Bekannter von mir ist. Er könnte dich in seinem Stab aufnehmen.

Du würdest dann direkt dem Ministerium für Transportwesen in Rom zuarbeiten und müsstest nicht einmal hier wegziehen."

Laos Blick verfinsterte sich. Er ahnte, dass es doch schwerer werden würde, seine Mutter mit seinem Plan zu versöhnen. Doch es hatte keinen Sinn, es weiter für sich zu behalten. Er musste es ihr erzählen.

Ohne Umschweife und fest entschlossen begann er zu sprechen. „Mutter, ich habe mich bereits entschieden. Meine Bewerbung für die Sternenstadt habe ich vor ein paar Tagen verschickt."

Lao hielt daraufhin den Blick starr durch das Fenster auf einen fernen Punkt am Horizont gerichtet und wartete auf die erste Reaktion seiner Mutter.

Die Reaktion ließ nicht lange auf sich warten. Ailans Stimmung war von euphorisch auf wutentbrannt umgeschlagen. „Die Sternenstadt? Weißt du, dass die Xian dahinterstecken? Weißt du, dass es dabei nur um Geld und Macht für einen Clan geht, an dessen unmoralischem Handeln Terranova gerade zugrunde geht? Das kannst du nicht ernst meinen. Lao, komm zur Vernunft."

Lao blickte weiterhin durch das Fenster, hinter dem die Gebäude, hängenden Gärten und Wasserfälle im Abendrot lagen und ihm alles so friedlich und vertraut erschien. Das würde er hinter sich lassen.

„Mutter, ich weiß, was es bedeutet. Ich werde, wenn man mich nimmt, all das hier verlassen und aufbrechen, vielleicht sogar fortgehen von dieser Welt in ein unbekanntes Leben irgendwo da draußen. Aber es wird nicht umsonst geschehen. Ich werde glücklich sein, was ich nie könnte, wenn ich sehen müsste, dass andere genau das tun, wovon ich schon als Kind geträumt habe. Ich habe die Chance, die nur wenigen vergönnt ist, meinem Traum zu folgen." Die Tragweite dessen, was er aussprach, wurde ihm erst in diesen Momenten bewusst und es fühlte sich dennoch richtig an.

Ailan sprach mit einer von Wut verzerrten Stimme, die Lao von seiner Mutter nicht kannte. „Ich verstehe dich nicht. Es ist nicht nur, dass du irgendwelche Traditionen damit brichst oder anders bist als deine Vorfahren oder deine Neffen und Nichten, die fast alle ihren eigenen Weg gegangen sind. Ich gebe nichts auf Zwang und Sippenhaft, sondern würde jedem dazu raten, seinen eigenen Weg zu suchen. Es macht mich nur wütend, dass dein Weg, für den du dich offenkundig entschieden hast, dich von uns wegführt - nicht nur physisch, sondern in allem, was uns ausmacht und was uns heilig ist. Es wird auch deinen Vater umbringen, verstehst du das?"

„Mutter, ich gehe nicht, weil ich euch verlassen möchte. Ich kann mir keine besseren Eltern vorstellen. Ihr habt mir immer gegeben, was ich gebraucht habe. Ich habe mich immer von euch geliebt gefühlt. Und, wenn du es so sehen willst, habt ihr mir auch das gegeben, was mich jetzt scheinbar von euch entfernen wird, nämlich den Glauben an mich selbst und daran, dass meine Träume wahr werden können. Ihr habt mir Grenzen gezeigt, aber habt mich doch so geliebt, dass ihr mein Verlangen danach, diese Grenzen zu überwinden, nicht genommen habt, weil ihr wusstet, dass ihr mich damit verlieren würdet. Ich konnte immer frei zu euch sprechen. Dafür liebe ich euch. Ich werde nie einem Menschen näher sein, egal wie weit weg ich bin."

„Lao, wir beide lieben dich, aber diese Grenzen, die wir dir gezeigt haben, haben wir dir nicht ohne Grund gezeigt. Vor allem dein Vater." Die Mutter unterbrach sich und schüttelte den Kopf. „Die Grenzen habe ich nie so starr ausgelegt und habe immer beschwichtigende Worte gefunden, wenn dein Vater wütend wurde und dich auf den rechten Pfad, wie er sich ausdrückte, bringen wollte. Es mag dir immer so vorgekommen sein, dass er eingeknickt ist und dir zuliebe die Grenzen aufgeweicht hat, aber dieser Eindruck ist falsch. Er hat es mir zuliebe getan und weil er selbst zwischen den Kulturen steht und sich seiner dadurch oft nicht sicher war. Es war meine Milde, die gegen seine Härte stand. Es waren aber immer Fälle, die in ihrer Bedeutung gering waren gegen das, was du für dein zukünftiges Leben beschlossen hast. Es wird nicht wieder so sein, dass ich deinen Vater umstimmen kann. Nicht diesmal, weil ich selbst es nicht zulassen kann, was du vorhast."

„Mein Entschluss kommt doch keineswegs so plötzlich und unerwartet. Ich weiß, dass mein Vater schon die Wahl meines Studienfachs missbilligt hatte, weil ich damit mit der Tradition des Clans gebrochen habe, ein öffentliches Amt mit Würde und Ansehen anzustreben. Dies, so musste ich täglich auf die eine oder andere Art erfahren, sei der nobelste Weg, den Geist und Willen in den Dienst des Kanons zu stellen, auf den sich die Verfassung Terranovas beruft. Ich respektierte meinen Vater und war es leid, mit ihm zu streiten, weshalb ich es immer darauf beruhen ließ, ihm in den Glauben zu lassen, dass alles, was er sagte, richtig sei. Meine Träume vom Weltall und mein Verlangen danach, im Denken ganz frei zu sein, verschwieg ich euch beiden. Aber, ich will nicht immer an den Ketten eurer Werte und Denkweisen hängen. Ich will nicht alles beim Status Quo halten, um ja nicht die Geister einer schrecklichen Vergangenheit heraufzubeschwören. Nicht verheimlicht habe ich euch aber mein Interesse für Technik und Wissenschaft, das Vater spätestens seit der Wahl meines Studiums nicht mehr als jugendliche Verirrungen abtun konnte."

„Lao, Vater hat sich längst damit abgefunden, dass sein Sohn seinen eigenen Weg finden würde. Du musst aber verstehen, dass der Plan der Xian in seinen Augen und auch in meinen eine Monstrosität ist und du mit deiner Teilhabe daran alles verrätst, woran wir immer geglaubt haben. Du hast sicher eine Idee davon, welche Interessen die Xian mit ihren Plänen wirklich verfolgen. Und trotzdem willst du dorthin. Ich verstehe dich nicht."

„Ja, ich weiß, dass die Xian nach Reichtum und Macht streben. Ich weiß auch, dass dieser Clan nicht für die Werte des alten Terranovas steht."

Ailan verdrehte die Augen und sprach nun wieder energischer zu ihrem Sohn. „Die Werte des alten Terranovas sagst du? Das klingt so abfällig. Es sind die Werte, die tausendfünfhundert Jahre lang für einen annähernd gleichbleibenden Wohlstand und vor allem für Frieden gesorgt haben, bis sich einige Clans von diesen Werten freigemacht haben."

„Aber die Werte haben auch für Stillstand gesorgt", warf Lao ein.

„Wir haben fast alle Krankheiten ausgerottet, wir können innerhalb weniger Stunden an jeden Punkt des Planeten reisen, ja sogar an Orte, die außerhalb des Planeten liegen. Wir haben jederzeit durch die Kraft unserer Gedanken Zugriff auf fast das gesamte Wissen der Menschheit. Armut, die vor der Gründung Terranovas und auch in den ersten hundert Jahren noch den meisten Menschen ein unwürdiges Leben beschert hatte, war fast ein Randphänomen geworden, bevor Macht- und Geldgier wieder das Regiment übernommen haben. Es musste niemand mehr hungern und jeder hatte Aufstiegschancen und selbst wer nicht arbeitete, war von einem engmaschigen Netz aufgefangen worden. Gut, es war dann kein Leben im Luxus, aber erzähl mir nicht, dass wir hier auf Terranova nicht gut gelebt haben. Was willst du denn mehr? Warum aufbrechen in ein großes unbekanntes Leben in der kargen Einöde des Alls? Kämpfe lieber für das, was Terranova einst ausgemacht hat."

„Mutter, ich weiß, dass es für dich schwer zu verstehen ist. Dort draußen ist ein Raum, der unermesslich groß ist und wo überall Entdeckungen auf uns warten. Wir aber stecken hier fest und stehen uns mit unseren Werten und Direktiven selbst im Weg. Gut, für viele mag das ein Leben sein, vielleicht auch das Leben, was die meisten Menschen sich wünschen. Für mich ist es das aber nicht. Ich weiß auch, dass es den Xian um Macht und Denare geht, vielleicht auch um so etwas wie die Vorherrschaft über das All, auch wenn ich nicht daran glaube, dass der hohe Rat es jemals soweit kommen lassen wird. Die Xian und die anderen reichen Clans sind aber die einzigen, die die Mittel dazu haben und es wagen können, ein so gigantisches Projekt anzustoßen. Ich glaube, dass sie zwar die Vorreiter sein werden, dass es aber irgendwann normal sein wird, in Alpha Centauri oder auf dem PK27 zu leben, genauso, wie das Leben hier auf Terranova weitergehen wird. Es werden andere Clans folgen und die Macht wird sich verteilen. Das All ist unendlich groß. Das kann nicht von einem Clan beherrscht werden."

Ailan schüttelte den Kopf, bevor sie weitersprach. Es war draußen mittlerweile fast stockfinster geworden und Lao hatte mit einer Anweisung durch sein Implantat den Raum in ein gedimmtes Licht getüncht, das direkt aus den Wänden zu kommen schien. Die Decke des Raumes schien sich zu öffnen und den Blick auf einen Sternenhimmel freizulegen, von dem Lao und Ailan kurz darauf von allen Seiten umgeben waren, als würden sie durch das All schweben. Tatsächlich war dies nur eine Projektion, die Lao sich oft vor dem Einschlafen ansah.

„Lao", fuhr die Mutter fort, wobei sie versuchte, ihrer Stimme einen sanfteren Ton zu geben, um Lao vielleicht doch noch umstimmen zu können. „Ich kann dir deine Träume nicht nehmen. Was aber die Xian und auch die Antracis angeht, so unterschätzt du sie. Beide Clans stehen für eine menschenverachtende Behandlung ihrer Arbeiter und für Gesetzesverstöße, die nicht oder kaum geahndet werden. Viele Millionen Menschen arbeiten in den Minen und Werken der Clans unter menschenunwürdigen Bedingungen. Ich selbst war schon an mehreren Scheinverfahren gegen die Xian beteiligt, weil sie auch hier in Tsingtao durch ihr werteverachtendes Verhalten aufgefallen sind. Auch wenn wir ein paar kleinere Prozesse gewonnen haben, standen wir letztendlich auf verlorenem Posten, weil sie ihre Macht überall ausspielen können und jeder Distriktvertreter irgendwann einknickt, wenn der Bau eines großen Werkes auf der Kippe steht. Schau dir den Distrikt Beijing an. Dort sind ganze Straßenzüge gesäumt von Bannern der Xian. Genauso haben in Scotia oder Transilvania die Antracis überall ihre Hände drin."

Ailan spürte, dass ihre Worte nichts bewirkten. Sie sprach nun wieder energischer. „Außerdem, was ist mit Niobe? Wie kannst du ihr das antun?"

Sie hielt inne, als sie sah, das Lao ihr offenbar kaum mehr zuhörte, sondern den virtuellen Sternenstaub durch seine Finger gleiten ließ und in seinen Augen das Licht eines grün leuchtenden Gasriesen funkelte.

Lao wirkte abwesend, als er wieder zu sprechen begann. Er wollte den Schmerz nicht an sich heranlassen, den das Unverständnis seiner Mutter in ihm auslöste. Auch spürte er eine Taubheit dort, wo der Gedanke an den Verlust seiner Schwester ihm vor kurzem noch größte Schmerzen verursacht hätte.

„Mutter, ich habe Niobe gefragt, ob sie mich begleiten will. Sie hat abgelehnt, aber ich werde sie wieder fragen und am Ende werden wir gemeinsam gehen."

Ailan sprach mit großer Bitterkeit in ihrer Stimme. „Lao, das wirst du nicht tun. Ich kann dich offenbar nicht belehren und nichts auf ganz Terranova wird dich wohl davon abhalten können. Verdammt, also lassen wir das. Dass du jetzt auch noch Niobe mitnehmen willst, ist selbstsüchtig von dir. Das darfst du nicht tun. Denke auch an das Glück von Niobe. Sie wäre dort in einem Distrikt, in dem alles nach anderen Regeln verläuft. Niobe ist hier zuhause und sie ist glücklich, wenn sie mit den Kindern des Clans spielt oder wenn sie die Pflanzen in der Biosphäre pflegt. Sie weiß mehr über Botanik als alle anderen hier in unserem Habitat, vielleicht sogar in ganz Tsingtao. Was soll sie in der Wüste mit sich anfangen. Lao, lass es. Wenn du schon gehen musst, dann lass Niobe aus dem Spiel. Geh einfach, ja, verschwinde, wenn du unsere Werte so sehr missbilligst."

„Ja, das werde ich tun. Ich werde gehen."

Lao blieb stumm inmitten des Sternenhimmels zurück, während sich ein heller Spalt darin öffnete und das Licht aus dem Flur einfiel, in dem seine Mutter kurz darauf verschwand.

Caius spricht erneut vor dem Hohen Rat
Jahr 2020 nach der Erleuchtung, 6. Monat

Nachdem Caius von den Plänen der Xian gehört und Lao jede Form der Beteiligung daran strikt verboten hatte, setzte er sich nieder und recherchierte mit regloser Miene in den Tiefen des Netzes. Dort fand er selbst in zugangsbeschränkten Bereichen, nur spärliche Informationen über die Hintergründe des gigantischen Weltraumprojektes. Alles schien darauf hinzudeuten, dass vieles von dem, was dort geschah, im Dunkeln gehalten werden sollte.

Die Suche nach Wissenschaftlern und Ingenieuren aller Art war angelaufen und Caius hatte eine fast panische Angst um seinen Sohn. Er wusste, dass er sich kaum von einem Verbot würde abhalten lassen. Er musste etwas unternehmen. Vielleicht gab es Hoffnung, das Projekt auf irgendeine Weise zu stoppen, dachte er. Doch diese Hoffnung schwand, als er erfuhr, dass die Xian gründlich gewesen waren und den Hohen Rat früh in ihre Pläne einbezogen hatten. Das Vorhaben war vom Hohen Rat in einer Sitzung gebilligt worden, die unter Ausschluss der Öffentlichkeit stattgefunden hatte. Dies allein war schon eine Abweichung von allen Prinzipien, in denen Caius die Grundpfeiler eines sauberen Politikstils sah. Dass ein Projekt dieser Tragweite, das alles auf Terranova verändern könnte, auf eine so geheimniskrämerische Art beschlossen wurde, das konnte und durfte nicht sein. Auch in seinem persönlichen Stolz als Berater des hohen Rates fühlte Caius sich verletzt, war aber vor allem außer sich vor Zorn, dass die Werte des Kanons, für die er einstand und die bis dahin für ihn als universell galten, auf diese Weise missachtet wurden. Er beschloss, den Hohen Rat anzurufen. Ohne vorher seine Tunika übergeworfen zu haben und seine Augenbrauen mit dem Brenneisen in Form gebracht zu haben, verlangte er Sprechzeit und war fast überrascht, dass ihm diese sofort gebilligt wurde. Kurz hielt er inne, bevor er sprach. Er durfte sein Gesicht nicht verlieren und musste seine Emotionen im Zaum halten, sonst würde seine Rede, die diesmal, entgegen seiner sonstigen Handlungsweise, improvisiert sein müsste, an Wirkung verlieren.

Caius sprach mit lauter Stimme, die in ihrem Unterton keinen Zweifel an seiner unverrückbaren Überzeugung ließen: „Mir ist zu Ohren gekommen, dass die Menschheit erneut über sich hinauswachsen will. Es soll da draußen im All irgendwo einen Klumpen Erde geben, nach dem einige vom Größenwahn infizierte Menschen, darunter auch Mitglieder des Rates, in ihrer Gier trachten wie nach dem goldenen Vlies. Es mag sein, dass Menschen dort leben könnten, wenn sie denn nach einer mehrjährigen Überfahrt dort ankämen. Ich hege aber den Verdacht, dass es nicht um neuen Wohnraum geht, denn der wird bei einer seit zwei Jahrhunderten stagnierenden Bevölkerung von 6 Milliarden Menschen, von denen die meisten hier alles haben könnten, um im Wohlstand zu leben, nicht benötigt. Es geht vielmehr darum, dass bestimmte Industrien und damit auch der Clan der Xian, die in diesen Industrien den Ton angeben, ihre Macht ausdehnen wollen. Ich spreche dabei aus Erfahrung mit den Xian, die ihre Denare in alles stecken, was mehr Kontrolle über die Zugangswege zu den Kostbarkeiten in den extraterrestrischen Böden verspricht. Wie anders ist es zu erklären, dass sie, erwiesenermaßen auch durch Bestechung, mehr als die Hälfte aller Schürfrechte für Edelsteine und Metalle innerhalb unseres Sonnensystems erhalten haben? Wie anders ist es zu erklären, dass sie auch dieses irrwitzige Sternenstadtprojekt durchführen dürfen? Auf dem fernen, vermeintlich bewohnbaren Planeten, den die Sonde Perimedes da draußen irgendwo gefunden haben soll, gibt es mit Sicherheit große Vorkommen solcher kostbaren Substanzen. Es ist skandalös, dass dieses Vorhaben noch mit allen Mitteln vom Hohen Rat unterstützt wird, der damit eine Mitverantwortung bei der Erschaffung dieser Monstrosität trägt. Die Sternenstadt, wie sie sie nennen, zieht aus allen Teilen Terranovas die fähigsten Wissenschaftler und Techniker sowie Unsummen an Denaren ab, um ein Projekt voranzutreiben, dessen Idee nur den Hirnen Wahnsinniger entsprungen sein kann. Ein Raumschiff, hundert Mal so groß wie Tethralon, in dem eine ganze Kolonialisierungsheerschar Platz findet, soll dort gebaut werden. Noch ist es nicht zu spät, diesem Irrsinn ein Ende zu setzen. Wozu brauchen wir eine Arche Noah, ohne dass die Welt eine Sintflut erlebt? Niemand kann die Folgen absehen. Das Gefüge gerät aus den Angeln, weil ein einziger Clan sich mit seinen aberwitzigen Interessen durchsetzt und dadurch übermächtig wird. Und eine Gefahr wurde noch von niemandem erwähnt. Wer kann mit Sicherheit ausschließen, dass womöglich fremde Lebewesen, die uns gefährlich werden könnten, in den Tiefen des Alls wohnen? Ich spreche nicht einmal von intelligentem Leben, sondern von mikrobiologischen Lebensformen, die Krankheiten auslösen könnten, gegen die wir mit unserer Medizin nicht gewappnet sind. Beendet diesen Wahnsinn, dem, so spreche ich mit schwerem Herzen, mein Sohn auch zum Opfer zu fallen droht."

Das Letzte, so wusste er, hätte er lieber nicht ausgesprochen. Es war die Wahrheit, so wie er sie sah, aber es war dennoch ein Fehler, wie er ihn sonst immer zu vermeiden gewusst hätte. Man würde ihn für befangen halten, da er von der Angst getrieben schien, dass seinem Sohn etwas zustoßen könnte.

3. Teil

Ragnar Lodbrok
Jahr 2020 nach der Erleuchtung, 5. Monat

Auf den Tag genau drei Wochen zuvor strichen in einem weit entfernten Distrikt eisige Winde über die Ebenen und trieben den Schnee in die Schluchten zwischen den schwarzen säulenförmigen Strukturen, die wie Stalagmiten aus dem Boden emporgewachsen zu sein schienen. Das Material stammte von einer extraterrestrischen Mine und spiegelte wie polierter Bergkristall seine Umgebung wider. Eine Gestalt, eingehüllt in schweren Stoff, kämpfte sich durch das Schneegestöber und erreichte mit Mühe das Portal des Bauwerks. Es gab keine Gondelverbindungen in diesen abgelegenen Teil des Distrikts Gotenburg, den nur einige Einsiedler als ihre Heimat empfanden.

Unter diesen Einsiedlern war auch Ragnar Lodbrok, der seine zehnjährige Tochter Freya in den Schlaf sang. Das gelang ihm nur mit Schwierigkeiten, da er sich unablässig an der frischen Narbe kratzen musste, unter der sein neues Implantat angebracht war. Das alte war entfernt worden, da es keinen ausreichenden Schutz vor Fremdzugriffen mehr geboten hatte und Ragnar keine Spione in seinem Kopf dulden konnte. Auf das Implantat verzichten konnte er hingegen auch nicht, da Kommunikation und Informationen für sein Metier das nötige Schmiermittel waren, ohne das die Maschinerie nicht funktionieren würde. Die Maschinerie war in diesem Fall eine Organisation, die von außen nur als der Widerstand bezeichnet wurde, in Wirklichkeit aber noch ein zersplittertes Gebilde von kleinen und ein paar größeren Gruppen war. Sie hatten unterschiedliche Interessen und waren über ganz Terranova versprengt.

Ragnar war in diesem nördlichsten Teil des nördlichsten noch bewohnten Distrikts der Mittelsmann für die größte Widerstandsgruppe. Der Kopf dieser Gruppe war genau dort, wo auch das Zentrum der Macht über ganz Terranova seinen Sitz hatte, in Rom. Von dort aus war bereits von langer Hand geplant worden, den noch recht losen Verbund von Gruppen zu einen. Hinter diesem Bestreben stand eine bemerkenswerte Frau, die den Decknamen Dalila trug.

Kurz nachdem Freya mit einem leichten Seufzen auf ihren halb geöffneten Lippen in das Reich süßer Kinderträume entglitten war, ertönte von weit unten der tiefe Klang des Gongs, der den Besucher ankündigte, der vor dem Portal bald zu erfrieren drohte. Ragnar eilte die Wendeltreppe hinunter, die vom Turmzimmer seiner Tochter in die hohe Eingangshalle führte. In den schwarzen Wänden spiegelten sich tausend Lichter, die im Raum zu schweben schienen. Die große Tür öffnete sich lautlos durch die bloße Kraft von Ragnars Gedanken. Die Gestalt trat ein und sprach kein Wort, sondern hielt Ragnar bloß einen Brief entgegen, der auf Papier gedruckt war. Dieses Material war in Zeiten der Implantatkommunikation fast in Vergessenheit geraten. Der Widerstand bediente sich nur dann eines Boten, wenn der Inhalt einer Botschaft von äußerster Brisanz war. Der Widerstand wusste, dass der Hohe Rat begonnen hatte, ihm mit Spionen aufzulauern.

Ragnar dankte dem Boten und bat ihn, seine schwere Kleidung abzulegen und sich am Kamin im großen Salon aufzuwärmen. Dort brannten immer ein paar Holzscheite. Ragnars Frau Vara würde ihm gerne auch eine warme Suppe servieren. Währenddessen zog Ragnar sich in sein Zimmer zurück, das ebenfalls in einem hohen Turm lag, der sich aber am anderen Ende des Anwesens befand. Dort breitete er den Brief auf einem alten, schweren Holztisch mit kunstvollen Schnitzereien aus und las den Inhalt.

Der Brief von Dalila
    Verehrter Ragnar,

dieser Brief wird Dich am Ende eines Tages erreichen, der für uns einen Wendepunkt darstellt. Der Hohe Rat hat heute früh unter dem Ausschluss der Öffentlichkeit einen Beschluss gefasst, mit dem er, wieder einmal, einen Verrat an den Werten des Kanons und somit an seinen eigenen Werten begangen hat. Erst kürzlich wurden zahlreiche einst angesehene Akademien an Höchstbietende verkauft. Dann wurden Gesetze zur Eugenik neu gefasst und es wurde im Namen der Sicherheit die Einrichtung einer Gedankenpolizei beschlossen, die in unsere Implantate eindringen wird. Von all dem weißt du bereits. Der neueste Verrat an den Werten Terranovas verdient aber unsere besondere Aufmerksamkeit. Das Gerücht, von dem Du bereits durch mich gehört hast, ist wahr. Der Bau der Sternenstadt findet statt. Einige Ratsmitglieder schienen ahnungslos zu sein, wie weit die Pläne bereits gediehen waren. Andere, die den kanonischen Werten des Terranovas weniger zugetan sind und wieder andere, die leicht durch die entsprechende Menge an Denaren zu manipulieren sind, wurden offenbar schon früher eingeweiht und haben in einer geheimen Kommission bereits alles beschlossen, was dem Hohen Rat heute vorgelegt wurde. Die Abstimmung soll eine reine Farce gewesen sein. Das Ergebnis stand im Vorhinein schon fest. Es soll sehr viel Geld geflossen sein, mit dem der Hohe Rat den Polizeistaat ausbauen will. Der Hohe Rat ist zum Spielball der mächtigen Clans, allen voran der Xian, geworden. Wir müssen uns vereinen und handeln. Wenn wir mit politischen Mitteln keine Wirkung erzielen, dann müssen wir zu anderen Mitteln greifen, ohne dabei unsere Maxime des friedlichen Widerstands aufzugeben.

Ich habe auch den Kontaktpersonen der Gruppen in den anderen Distrikten geschrieben und alle zu einer Zusammenkunft in Scotia gebeten, wo wir unsere Thingstätte einrichten werden. Ich schreibe bewusst von der Widerstandsbewegung, denn ich bin davon überzeugt, dass wir unsere gemeinsamen Ziele finden werden und uns zu einer einzigen großen Bewegung mit neuer Schlagkraft formieren können. Uns alle verbindet, dass wir uns eine Regierung wünschen, die nicht den Interessen der Mächtigen folgt. Es darf nicht länger sein, dass die Regierung das Volk drangsaliert und die Sicherheit einzelner gegen die Freiheit der vielen gegeneinander ausspielt. Dort, wo Macht und Reichtum zuhause sind, wachsen die Bauten mit ihren Wasserfällen und paradiesischen Biosphären in den Himmel, während immer mehr Menschen an Hunger leiden. Wir müssen gegen solche Entwicklungen angehen, die auf Terranova Jahrhunderte lang als überwunden galten und deren trauriger Höhepunkt in einem Projekt zu erkennen ist, das von überall her die fähigsten Leute abzieht und die Vormachtstellung der Xian ausbauen wird.

Jede Gruppe des Widerstands hat ihre eigenen Möglichkeiten, den friedlichen Kampf dagegen zu unterstützen.

Frieden in Freiheit
Dalila

Ragnar Lodbrok und die Bibliothek des Lebens

Ragnar führte als leitender Botaniker eine einzigartige Bibliothek des Lebens, in der von jedem bekannten Lebewesen, sei es Tier oder Pflanze, eine sehr große Menge an Eiern oder Samenzellen tief unten im Permafrost verwahrt wurden, die für jede Art ein breites Spektrum genetischen Codes repräsentierte. Seine Frau, die eine ausgebildete Biochemikerin war, sowie ein kleines Team von fünf Wissenschaftlern und gelegentlich ein paar Gastwissenschaftler standen ihm dabei zur Seite. Sie hatten lange recht gut davon gelebt, weil der Hohe Rat Terranovas das Projekt für die Erhaltung der Artenvielfalt mit großzügigen Mitteln bedacht hatte. Seit einigen Jahren verebbte der Zufluss öffentlicher Denare jedoch, weil überall nur noch die Sorten, die in den Biosphären bereits vorhanden waren, schon vorort repliziert wurden. Der Hohe Rat sah keinen Sinn mehr darin, die Finanzierung des Erhalts der anderen Millionen von Arten zu garantieren, die man in den urbanen Naherholungsbieten nicht brauchte. Das eingesparte Geld machte den Hohen Rat blind für die Erkenntnis, dass eine Artenarmut und eine Armut an Genom in den Biosphären langfristig verheerende Folgen haben würde. Die fehlenden Mittel musste Ragnar vermehrt durch Privatleute ausgleichen, denen er vor zwei Jahren erstmals den Zugriff auf seine Datenbanken gewährt hatte. Reiche Bürger, darunter auch die Lingdaos, zahlten teilweise hohe Summen dafür, in ihren privaten Biosphären Sorten pflanzen zu können, die es nirgendwo anders gab.

4. Teil

Stiller Abschied von Niobe
Jahr 2020 nach der Erleuchtung, 7. Monat

Die Zusage kam per Bote. Lao nahm den Brief entgegen, der ihm die Gewissheit gab, dass er vom Führungskomitee der Sternenstadt genommen worden war. In weniger als zwei Wochen würde er aufbrechen. Von seinem Freund Jun hatte er bereits am Tag zuvor erfahren, dass er auf seine Bewerbung hin ebenfalls eine Zusage erhalten hatte. Sie würden gemeinsam in der Sternenstadt wohnen.

Seinen Eltern und Niobe hatte er nichts von der Zusage erzählt. Er hatte nicht mehr von der Sternenstadt gesprochen und auch Niobe und seine Eltern hatten darüber geschwiegen. Caius schien noch zu hoffen, dass Laos Plan nur ein Anfall von Unvernunft war, der sich ganz von selbst wieder legen würde. Offenbar glaubte auch Niobe wirklich daran, dass Lao.am Ende nicht gegen den Willen seiner Eltern und gegen die Prinzipien des Clans handeln würde. Die Stimmung hatte sich bald fast wieder normalisiert. Nur Ailan war oft tief in Gedanken und blickte mit Wehmut zu Lao herüber. Ihr hatte er unmissverständlich klargemacht, dass er gehen würde.

Und sein Entschluss stand noch unverrückbar fest, obwohl er gleichzeitig tiefe Trauer empfand. Er würde sich heimlich davonstehlen wie ein Dieb. Er konnte sie sowieso nicht umstimmen, also wollte er seine Familie an den letzten Tagen vor seiner Abreise noch einmal so erleben, wie er sie in Erinnerung behalten wollte. Tatsächlich fühlte er sich dabei aber wie ein Dieb und auch noch wie ein Lügner, der schon davon wusste, dass er denen, die er am meisten liebte, die Freude und auch etwas von ihrer Ehre rauben würde. Sein Pakt mit den Xian würde für einiges Aufsehen in den Clans sorgen, von denen die Lingdaos immer für ihre Integrität geschätzt worden waren. Besonders litt Lao aber unter der Vorstellung, Niobe zurückzulassen. Er war mit ihr aufgewachsen und hatte alles mit ihr geteilt. Eines aber wusste er: Niobes Trauer und Enttäuschung würden sich irgendwann legen und sie würde ihr Glück schon finden. Sie war eine starke Frau geworden. Hier könnte sie es mit ihren Fähigkeiten sicher bald zu etwas bringen und würde dem Clan noch viel Freude und auch Ehre bereiten. Die spontane Idee, sie mitnehmen zu wollen, war irrsinnig gewesen. Er sah jetzt klar, dass er nicht bei Verstand gewesen sein konnte, als er daran gedacht hatte.

Dennoch würde es schwer werden, sie hier zurückzulassen. Sie bedeutete ihm mehr als jeder andere Mensch. Er fühlte, dass es für ihn der schmerzlichste Verlust sein würde, sie nicht mehr sehen und hören zu können. Niemand hatte ihn je auf die Weise zum Lachen bringen können wie sie. Selbst dann, wenn er noch so niedergeschlagen war, hatte sie immer etwas gefunden, womit sie ihn aufmuntern konnte. Aber, die Sternenstadt war für ihn die Chance, seine Träume vom All zu verwirklichen. Kein Abschied verläuft ohne Schmerz, aber bald würde alles gut werden, dachte er.

Es würde doch auch kein Abschied für immer werden. Auch seine Eltern würden ihm irgendwann verzeihen.

Als er nun zu Niobe trat, die sich gerade in der Biosphäre des Habitats befand, sah er sie schon mit anderen Augen als noch ein paar Stunden zuvor, als die Zusage noch nicht eingetroffen war. Es war ihm vorher noch unwirklich erschienen, dass er bald nicht mehr hier sein würde.

Niobe war in einen seidigen Stoff gehüllt, dessen Blau dem der blauen Stunde glich, wenn die Sonne bereits untergegangen ist, aber ihr letztes Licht noch über den Saum des Horizonts dringt. Sie stand inmitten von Büscheln des Zittergrases, das sich sachte in einem leichten Lufthauch wog, der durch die Luken der nur halb geschlossenen gläsernen Kuppel drang. Dieses Bild war von solcher Anmut, dass Lao eine Träne vergoss und noch in der Stille und Dunkelheit des Arboretums verharrte, bis er sich wieder gefangen hatte. So würde er sie in Erinnerung behalten, wie ein Halm dieses Grases, das sich im Wind beugt und dann wieder aufsteht.

Lao raschelte an einem Zweig, um auf sich aufmerksam zu machen. Niobe drehte sich zu ihm um und lächelte.

„Lao, es ist ein so schöner Tag heute. Schau dir die Passionsblumen an, die gerade in voller Blüte stehen." Während Niobe sprach, begann auch Lao ein wenig zu lächeln.

„Ja, wir sind umgeben von Schönheit, hier unten und dort oben."

Ailans Geständnis gegenüber Niobe
Jahr 2020 nach der Erleuchtung, 7. Monat

Niobe hatte Lao seit gestern Abend nicht gesehen. Heute Morgen hatte sie mit wachsender Sorge nach ihm gesucht. Er war weder in der Biosphäre, noch in seinen Gemächern. Das war ungewöhnlich. Wenn er einmal über Nacht fortgeblieben war, dann hatte er vorher immer etwas gesagt.

Als Ailan an diesem Tag Niobes Gemach betrat, sah sie sie schweigend am großen Fenster stehen. Sie trat an Niobe heran und sah an ihr vorbei, den Blick auf die hängenden Gärten gerichtet, auf die verspielt gedrechselten Türme und das Glitzern der See in der Ferne.

„Nun ist es geschehen", begann Ailan mit einer Schwäche in ihrer Stimme, die Niobe unvertraut war. Unten glitten schwerelos Gondeln in den Röhren dahin, die silbrig in der Sonne glänzten. „Ich habe gewusst, dass Lao…" Ailan brach mitten im Satz ab und senkte den Kopf.

Niobe erstarrte. Sie formte tonlos die Worte, die aus ihrem Mund drangen. „Lao ist fort. Er hat es wirklich getan? Meinst du das?"

Ailan schwieg eine Weile und sprach dann weiter, aber mehr wie zu sich selbst. „Ich war in der letzten Nacht in deinem Zimmer und stand so an deinem Bett, wie ich es immer getan habe, als du und Lao noch Kinder wart. Dann bin ich in Laos Zimmer gegangen und habe an seinem Bett gestanden. An seinem leeren Bett."

Ailan weinte, das sah Niobe an dem zucken ihrer Schultern. Sie erschien ihr wie ein verwirrtes Kind, als sie versuchte, sich zu fangen. „Ich bin doch seine Mutter und ich will doch immer, dass er glücklich ist. Ich bin auch deine Mutter. Ja, ich weiß, du wurdest nicht von mir geboren, aber du warst immer meine Tochter und ich musste an dein Bett treten, so wie früher, um nachzusehen, ob du es noch bist."

Ailan richtete den Kopf auf, als versuchte sie, ihre Kräfte zu sammeln und sich wieder zu fassen. „Ich war so egoistisch zu glauben, meine Kinder seien ein Teil von mir, der seinen Platz ganz natürlich für alle Zeiten bei mir haben würde. Ich glaubte oder fühlte, dass ich mir dessen immer sicher sein kann, bis Lao gehen wollte, fort von mir, fort von uns. Ich hatte solche Angst und ich war so egoistisch, so unverzeihlich egoistisch." Hier unterbrach sie sich, bevor sie leiser und mit trauriger Stimme weitersprach. „Wir hatten uns gestritten."

„Gib dir nicht die Schuld. Du konntest nichts tun. Ich habe geahnt, dass er gehen würde, aber wollte es auch nicht wahrhaben", sagte Niobe. In ihrer Stimme klang die unterdrückte Enttäuschung mit, dass Lao sie verlassen hatte und sie nicht einmal in seinen Plan eingeweiht hatte.

Ailan hatte die Augen geschlossen und schüttelte unablässig den Kopf. „Ich habe nichts dagegen getan. Ich hatte nicht einmal den Mut, es vor euch offen anzusprechen. Vielleicht hätten wir ihn gemeinsam umstimmen können."

„Er wusste, was er uns damit antut. Zerfleisch dich nicht selber", entgegnete Niobe, wobei es ihr sichtlich schwerfiel, tröstende Worte zu finden, wo sie doch selber eine aufkeimende Wut in sich spürte.

„Ich habe ihn eindringlich gebeten, nein, ich wollte ihn zwingen, hier zu bleiben. Ich habe ihn angeschrien, er würde sich mit dem Teufel einlassen. Ich habe ihm auch vor Augen geführt, wie unglücklich du und Vater werden würdet, wenn er ginge. Er wollte dann, dass du mitkommst."

Hier unterbrach Niobe sie, wobei sie ihre Wut, in die sie nun auch ihre Mutter mit einbezog, nicht mehr ganz so gut verbergen konnte. „Er wollte bis zuletzt, dass ich mitkomme?"

„Ich habe ihn angeschrien und ihm gesagt, er könne ja gehen, wohin er wolle, aber er soll nicht auch noch dich mit hineinziehen. Ich bin schuld, dass Lao nicht mehr darüber gesprochen hat. Ich wollte nicht, dass du schwach wirst und dich ins Unglück stürzt. Was sollst du denn auch in der Wüste anfangen? Er wollte dich einfach mitnehmen, dich mir auch noch wegnehmen und dich..." Ailan konnte nicht weiter sprechen und sah, wie aufgebracht auch Niobe war. Der Glanz in Niobes Gesicht rührte von Tränen, in denen sich das letzte Sonnenlicht des Tages verfing.

Sie wischte sich mit ihrem Ärmel die Tränen aus dem Gesicht und hob den Kopf, bevor sie sprach. „Arme Mutter. Lao ist so besessen. Ich hatte Angst, dass so etwas passieren könnte. Er hat mit allem gebrochen, was unserem Clan heilig ist. Und dann wollte er mich auch noch mitnehmen und mich mit hineinziehen in diesen Irrsinn? Das ist unfassbar. Hättest du doch nur etwas gesagt." Niobe wusste, dass auch sie wahrscheinlich nichts gegen den Entschluss Laos hätte ausrichten können, aber sie war aufgebracht und wollte ihrer Wut Luft machen.

Auch Ailan hob ihren Kopf, sodass ihre Blicke sich trafen. Sie fühlte plötzlich etwas, das sie trotz all ihrer Trauer und Wut tröstete und von innen heraus wärmte. Niobe hatte sie sonst nur Ailan genannt, nie aber Mutter. Das eine Wort schweißte sie zusammen in dem Gefühl von Liebe und gemeinsamen Verständnis.

Angst um Lao
Jahr 2021 nach der Erleuchtung, 3. Monat

Seitdem Lao fortgegangen war, hatte Niobe nichts mehr von ihm gehört. Er antwortete nicht auf ihre Versuche, ihn zu kontaktieren. Täglich suchte sie in den Weiten des Netzes nach Neuigkeiten über die Sternenstadt. Die Wut und Trauer, dass ihr Bruder nicht einmal ihr von seinen Plänen erzählt hatte, wichen bald einer Angst, dass ihm etwas zugestoßen sein könnte oder er schlecht behandelt würde. Es hat lange schon aus allen Teilen Terranovas Gerüchte gegeben, die Xian würden das einzelne Leben nicht so sehr schätzen, sofern es nicht um Angehörige des eigenen Clans ging. Es gab in den Arbeitsstätten der Xian weit mehr Arbeitsunfälle als anderswo. Auch häuften sich ominöse Todesfälle oder Fälle von Vermissten, die nie aufgeklärt wurden.

Bald gab eine Nachricht Niobe einen konkreten Anlass, Angst um Lao zu haben. Es war eine unter vielen Nachrichten der letzten Zeit, in denen es um Unruhen ging, die sich in ganz Terranova immer mehr häuften. Niobe las, es habe eine Detonation nahe der Sternenstadt gegeben. Es sei ein Fusionskraftwerk beschädigt worden, das die Anlagen mit Energie versorgte. Eine militante Widerstandsbewegung oder vielleicht auch nur ein Einzeltäter habe die Tat verübt. Lapidar hieß es noch, es seien verschärfte Sicherheitsbestimmungen eingeführt worden. Woanders fand Niobe Hinweise darauf, dass die Sternenstadt gegenüber ihrer Außenwelt fast hermetisch abgeriegelt worden war. Lao per Implantatkontakt anzurufen, wurde nun auch aus technischen Gründen zur Unmöglichkeit, weil die Xian den Kontakt unterbanden.

Angst und Sehnsucht um Lao wurden übermächtig und schienen um sie herum alles aus den Angeln zu heben. Wenn sie nicht auf ihrem Bett lag und Bilder, Töne und Stimmen aus dem Äther des Netzes auf sich eindringen ließ, schlich sie durch die Gänge. Sie vermied es auch, die Biosphäre zu betreten, da sie nicht spüren wollte, wie das Schöne an ihrem Innersten abprallte und nicht mehr zu ihr durchdrang.

Verstärkt wurde ihre Verzweiflung auch durch Veränderungen, die sie an ihren Eltern bemerkte. Besonders Caius wirkte oft nur noch wie ein Schemen seiner selbst. Sie mühte sich, ihm eine Tochter zu sein, die ihm etwas vom Gefühl des schweren Verlusts abnehmen konnte. Immer wieder machte sie ihm deutlich, dass Lao ja nicht gestorben sei und bestimmt bald wiederkäme. Doch das besserte seine Stimmung nicht. Im Gegenteil - einmal murmelte er, es sei vielleicht einfacher zu ertragen, wenn er tatsächlich gestorben sei. Bei Caius saß der Stachel so tief, dass er noch immer nur Enttäuschung und Wut spürte, wenn er an Lao dachte. Wie sehr er in seiner Wut gefangen war und wie wenig von dem übrig blieb, der er mal gewesen war, gab Niobe bald das Gefühl, zweifach verlassen worden zu sein. Einzig Ailan war gut zu ihr und gab ihr mehr Aufmerksamkeit als jemals zuvor.

Einmal brach Niobe während des Abendessens, das sie am Tisch mit Caius und Ailan einnahm, in Tränen aus und verbarg ihr Gesicht in ihren Armen. Da spürte sie den sanften Druck der Hände ihrer Ziehmutter, die ihr über den Rücken strich und versuchte, sie mit leisen, nur gehauchten Worten ein wenig zu trösten. Niobe ergab sich dem Trost, den Ailan ihr spendete und fühlte sich einen Moment darin geborgen, bis Caius seinen Teller von sich schob und den Raum verließ.

Es verging noch eine Zeit, bis Niobe langsam ein neues Gefühl und schon fast so etwas wie eine neue Hoffnung spürte. Aus der Angst um ihren Bruder heraus und aus der Sehnsucht, ihn wiederzusehen, wuchs in ihr eine Kraft, sich dagegen zu wehren. Sie erinnerte sich an einen Spruch, den ihr Vater früher einmal ausgesprochen hatte. Er hatte gesagt, es gäbe kein Schicksal und alles Geschehen in der Welt resultiere aus Wille und Vorstellung. Niobe spürte auch, dass sie die Untätigkeit nicht länger ertragen konnte.

5. Teil

Merian
Jahr 2020 nach der Erleuchtung, 6. Monat

In einer schlichten Behausung am Rande Roms lebte ein ungewöhnlicher Mann, ein Abenteurer, der immer auf der Suche nach neuen Erfahrungen war. Er lebte alleine, was für das Leben auf Terranova schon sehr seltsam war. Noch seltsamer schien den Menschen die Art und Weise, wie er lebte. Er gab nichts auf die Vergnügungen, denen die meisten Bürger Italias nachzugehen pflegten, sofern sie es sich noch leisten konnten. Auch in der Arena, die nach ihrem antiken Vorbild Kolosseum genannt wurde, hatte man ihn noch nicht gesehen. Dort traten Gladiatoren mit ihren virtuellen Surrogaten gegeneinander und gegen die aberwitzigsten Monstren an. Diese Art der Unterhaltung hatte regen Zulauf in Zeiten, in denen die Menschen Ablenkung von ihrer persönlichen Misere suchten. Von den Arkaden, wo für Romantiker und Nachtschwärmer ein Meer aus Farben und Klängen bereitet wurde, hielt er sich ebenso fern. Er war wie der letzte einer ausgestorbenen Art. Doch trotz oder gerade wegen seiner Lebensart hatte er Freunde und Verehrer, die seinen stillen Protest gegen die moderne Lebensweise schätzten. Seine Überzeugungskraft war groß, ohne dass er dabei auch nur eine Spur missionarischen Eifers gehabt hätte.

Die Behausung, in der Merian lebte, war eine Blockhütte nach nordländischem Vorbild, deren einziger Luxus in fließendem Wasser und Elektrizität für den Herd bestand. Selbst dieser war noch neu und hatte den Holzofen ersetzt, dessen Dämpfe Merian nicht mehr gut bekommen waren.

Seine Hütte stand ganz am Rand der Metropolregion, aber vor allem am Rand der großen Biosphäre, die als unbewohnte und dicht bewaldete Wildnis ein angenehmeres Klima für das einst so mondäne Stadtvolk schuf und auch dem Erhalt der Artenvielfalt diente. Manchmal ging Merian dort jagen und erlegte ein Reh oder eine heimische Wildkatze. Die Biosphärenaufsicht hatte ihm dafür anfänglich eine Strafe auferlegt, tolerierte ihn mittlerweile aber als ein Kuriosum, das ebenso wie die Wildkatzen unter das Artenschutzgesetz zu stellen sei.

Nun war Merian aber keinesfalls ein zurückgebliebener Mensch, sondern war im Gegenteil hoch intelligent und wusste genau, was auf Terranova passierte. Er hatte zwar als einer der wenigen Menschen auf Terranova kein Implantat, erfuhr aber Nachrichten von seinen Freunden und Anhängern, die ihm als perfekte Filter für alles Irrelevante dienten.

Zu der Zeit, in der Lao aufgebrochen war, wurde auch ihm von dem gewaltigen Projekt erzählt, mit dem die Menschheit in die weiten Fernen des Alls vordringen wollte. Seine Freunde hatten sich zu ihm an ein Lagerfeuer in seinem verwilderten Garten gesellt und genossen mit ihm das Erlebnis eines archaischen Lebens.

Sonst hörte Merian mit relativer Gleichgültigkeit die Nachrichten aus der eitlen Welt um ihn herum, doch diesmal stand er mit seiner Abenteurerkluft von seinem selbst gezimmerten Hocker auf, griff sich in seinen

Fünftagebart und setzte sich sofort wieder hin, ohne sich anmerken zu lassen, welche Veränderung gerade in seinem Inneren vorgegangen war. Er unterhielt seine Gäste noch eine Weile mit seinen Abenteuergeschichten und gab den Städtern das, wonach sie sich in solchen Stunden sehnten, bevor er endlich allein war, um nachzudenken.

„Das ist es", dachte er laut. „Ich muss auf dieses Schiff. Das ist das letzte und größte Abenteuer, das sich der Menschheit bietet und ich muss dabei sein. Aber wie? Die hochnäsigen, blasierten Tunichtgute der Xian wissen nicht, dass sie gerade so jemanden wie mich dabei brauchen, einen Menschen, der weiß, wie man überlebt, wenn der Nahrungsgenerator ausfällt." So hatte Merian, der schon den höchsten Gipfel der Welt erklommen, sich in den Vesuv abgeseilt und beide Pole besucht hatte, eine neue große Herausforderung gefunden.

Ragnar, Vara und Freya vor der Abreise
Jahr 2021 nach der Erleuchtung, 4. Monat

Der Tag der Abreise nach Scotia stand kurz bevor. Ragnar war seit mehreren Jahren nicht mehr aus der Kälte seines Distrikts herausgekommen und freute sich auf eine Abwechslung. Er liebte seine Heimat mit ihrem gleißenden Licht und der schon am Mittag tiefstehenden Sonne, die auf schneebedeckte Permafrostböden schien. Nur hier spürte er das Leben so intensiv, wenn er einsam durch die Tundra lief und die schneidende Luft einatmete, die beim Ausatmen sofort gefror. Aber das Grün von Pflanzen und Bäumen in freier Natur fehlte ihm doch auch manchmal. Dann erschien es ihm merkwürdig, als Hüter des Lebens in einer der lebensfeindlichsten Umgebungen der Welt zu arbeiten. In Scotia würde es viel regnen und überall würden die Wiesen saftig sein und Bäume in den Himmel ragen. Das wollte er seiner Tochter Freya zeigen. Auch seine Frau Vara war froh darüber, seit so langer Zeit so etwas wie einen Familienurlaub zu machen, auch wenn der Anlass ein so ernster war. Nachdem das Thing stattgefunden hat, würden sie sich aber noch mindestens eine Woche frei nehmen, um Zeit miteinander verbringen zu können. Nach Jahren, in denen Ragnar und seine Frau sich fast krank gearbeitet hatten, erschien ihnen die Aussicht auf Tage fernab ihrer Arbeit fast noch irreal.

Am Tag der Abreise standen die Koffer in der Eingangshalle bereit, von der eine verwirrende Anzahl an Türen abging. Die Tür zum großen Kaminzimmer, aus dem Licht und Wärme drangen, stand offen. Hinter anderen Türen lagen Wirtschaftsräume und Treppenhäuser, in denen steile Stiegen bis unter die Dächer der vielen Türme des Anwesens führten. Freya hatte zuletzt noch ihr Kuscheltier gegriffen und stand damit jetzt am Treppenabsatz der großen Freitreppe, die zum Hauptturm führte. Ragnar hatte ihr ein Stofftier in der Form einer Amöbe schenken wollen, was Vara jedoch damals verhindern konnte. Es gab Stofftiere auch mit beschränkter künstlicher Intelligenz, gegen deren Anschaffung Ragnar sich wiederum mit den folgenden Worten gewehrt hatte: „Das Leben zu imitieren ist armselig und ich will nicht, dass Freya zu einem Ding spricht, das den Kleingeist seiner Schöpfer in sich aufgenommen hat." Deshalb stand Freya nun mit einem Schneeleoparden aus Stoff in den Händen am Treppenabsatz, als der Gong ertönte und von der Ankunft des automatisierten Shuttles für den Transfer zum Transitknoten des Distrikts kündete.

Der Transfer per Gondel endete etwa hundert Kilometer entfernt vom Ort des Things im noch etwas dichter besiedelten Teil des Distrikts von Scotia. Von dort aus mussten Ragnar, Vara und Freya in ein altmodisches, brennstoffzellengetriebenes Shuttle umsteigen, das seine Fahrgäste per Autopilot gegen Gebühr wie in alten Zeiten auf steinernen Wegen zum gewünschten Ziel transportierte. Eine halbe Stunde Fahrzeit durch eine zunehmend karge, aber reizvolle Landschaft der Hochebenen Scotias lag vor ihnen.

Freya hatte während der Fahrt ihren Kopf auf ihre Arme gelegt, die auf der Fensterbank des Shuttles ruhten. Eine solche Landschaft hatte sie noch nie zuvor gesehen. Zuerst staunte sie über das viele Grün und die Bäume, die zwischen einzelnen hölzernen Häusern standen. Diese sahen in ihrer archaischen Blockbauweise merkwürdig aus. Freya kannte nur Häuser mit glatten Wänden, die entweder blank oder verspiegelt oder als Werbeträger in allen Farben bunt leuchteten. Sie konnte nicht sagen, was ihr besser gefiel.

Hier wohnten sicher Menschen, dachte sie, die einfach und ursprünglich, aber ehrlich und im Grunde gutmütig waren. Vielleicht waren die Menschen hier glücklicher, auch wenn ihr Leben hart sein mochte. Vielleicht war das Leben hier einfacher und die Bedürfnisse weniger künstlich. Freya ahnte nicht, wie sehr die Menschen in Wahrheit unter ihrer Armut litten. In diesem Teil Scotias wohnten viele der schlecht bezahlten Arbeiter, die für den Clan der Antracis arbeiteten.

Ragnar sah die Zusammenhänge klar und deutlich vor sich. Er sah, wohin Korruption und die Gier einiger Weniger führten. Die Armut hier war die Folge davon, dass die Werte des alten Terranovas täglich verraten wurden, indem ein überbordender Wohlstand einiger Clans auf Kosten derjenigen genährt wurde, die hier in einer konservierten Armut lebten. Dagegen hätte der Hohe Rat leicht etwas unternehmen können, wenn hier nur bestimmte Strukturen geschaffen würden. Ragnar wurde wütend, wenn er sah, wie die Missstände durch den Hohen Rat ignoriert und sogar gebilligt wurden, da es mit den Antracis so einflussreiche Nutznießer des Status Quo gab.

Die Fahrt endete vor einem stählernen Torbogen, dessen Enden ineinander zu einer Doppelhelix verschlungen waren, die wie ein Abbild der menschlichen DNS anmutete. Das Symbol erinnerte an die unrühmliche Geschichte des festungsgleichen Bauwerks, das wie ein glänzend blauer Saphir in einer smaragdenen Brosche aus Nadelgehölz eingefasst war. Vom Tor aus war es in der Ferne am Ende einer langen Schneise durch den Wald schon zu sehen. Hierher wäre der Stern der Antracis vor zweihundert Jahren beinahe gefallen, um für immer zu erlöschen, als ihnen nach dem größten Skandal der Clangeschichte eine in der Höhe historisch einmalige Strafzahlung auferlegt worden war. In der Folge davon hatten die Xian sich auch in der westlichen Hemisphäre breitmachen können, weil ihr mächtigster Konkurrent stark geschwächt war.

Das Haus, mit seiner Pracht aus im Licht changierenden Blautönen und einer Architektur aus Bögen und Kuppeln, war ein Forschungszentrum für Eugenik und Robotik gewesen. Darin hatte sich die Steuerzentrale für die Vermarktung von kybernetischen Organismen befunden, die jede Art von Arbeit ausführen konnten. Es war damals durch investigative Ermittlungen des Ministeriums für Freiheit und Sicherheit bekannt geworden, dass die Antracis in Wahrheit mit jedem dieser Organismen einen Trojaner erschaffen und die Denare in dem defizitären Geschäft nur mittelbar eine Rolle gespielt hatten. Es war vielmehr um Spionage im großen Stil und um den Wettbewerbsvorteil gegangen. In dem smaragdblauen Haus waren alle Daten zusammengelaufen, die die Organismen mit nanoskopisch kleinen Transpondern nachhause gesendet hatten.

Lange Zeit war dieses Haus verlassen gewesen. Nachdem die Antracis enteignet worden waren, hatte es zunächst dem Distrikt gehört und war dann an jemanden veräußert worden, der hier als Einsiedler bis zu seinem Tod gelebt hatte. Da kein Erbberechtigter hatte ermittelt werden können, war das Haus erneut an den Distrikt gegangen, der aber für die Instandhaltung keine ausreichenden Mittel hatte. Heute gehörte es Dalila, die den abgelegenen Ort mit Bedacht für das Treffen gewählt hatte.

Vom Vorplatz des Hauses aus sah Ragnar ein großes Banner, das von einer der oberen Luken im Mittelschiff des sakral anmutenden Gebäudes herabgelassen war. Darauf prangte eine Blüte mit blauen und weißen Blättern als das Symbol für den geeinten Widerstand. Ragnar betrachtete das Banner für einige Sekunden. Er erkannte in der Form der Blüte eine selten gewordene Pflanze mit dem irdischen Namen Akelei oder im Lateinischen nach irdischer Systematik aquilegia caerulea und nickte anerkennend. Auf Terranova trug diese Blume in der Systematik der wissenschaftlich betriebenen Botanik den Namen Violabila, was mit „die Verletzliche" übersetzt werden kann. Kein anderes Symbol als diese Blüte der vom Aussterben bedrohten Pflanzenart erschien ihm passender, um die Verletzlichkeit des Friedens, des Wohlstands und der Gerechtigkeit auf Terranova zu versinnbildlichen. Das Streben und Handeln des neuen Widerstands sollte sich der Wiederherstellung Terranovas widmen, in der diese hohen Güter der Zivilisation wieder hochgehalten wurden. Nimmt man zu den Farben weiß und blau den Duft der Blüte hinzu, konnte sie auch noch als Sinnbild für den scheinbaren Widerspruch von schwärmerischer Leidenschaft und Vernunft betrachtet werden.

Ragnar wandte sich an seine Frau: „Dieser Ort hat eine merkwürdige Aura."

Vara nickte bedächtig. „Es ist nur in unseren Köpfen. Ich frage mich, warum Dalila diesen Ort ausgesucht hat. Wäre nicht ein neutraler Ort sinnvoller gewesen, wo unsere Gedanken nicht durch Interferenzen mit der Vergangenheit gestört würden."

Ragnar schaute in die Richtung, aus der sie gekommen waren und sah am Ende der Schneise eine Gestalt auf sie zukommen. „Das wird sich klären. In wenigen Stunden wissen wir mehr. Ich glaube, dort hinten kommt jemand, den wir kennen. Es ist Merian. Dalila hat also auch ihn eingeladen. Das ist ein Zeichen für den neuen Geist der Widerstandsbewegung. Merian hat sich nicht nur Freunde gemacht mit seinen Ansichten, weil er die Ziele des Widerstands oft vergaß, wenn er ein neues Abenteuer witterte. Kommt, lasst uns ihn begrüßen. Ich bin froh, dass er hierher kommt und unsere Sache unterstützt."

Die drei gingen Merian entgegen. Ragnar und Vara umarmten ihn und drückten ihre Freude darüber aus, ihn nach so vielen Jahren wiederzusehen. Danach betraten sie gemeinsam das blaue Haus.

Der Widerstand hat einen Ehrengast
Jahr 2021 nach der Erleuchtung, 4. Monat

Am späteren Nachmittag hatten sich zu vereinbarter Stunde alle Angereisten im großen Saal eingefunden. Es wurde still unter dem hölzernen Gebälk, als Dalila vortrat und mit ihrer Ansprache begann. Sie trug eine schwarze Robe, auf der eine feine Stickarbeit mit der blauen Violabila prangte. In ihrem Gesicht hatten Sorgen und Gram der letzten Jahre Spuren hinterlassen. Ihre Stimme aber war die kraftvolle und klare Stimme einer Anführerin.

„Ich habe zu dieser Versammlung gerufen, weil Terranova am Abgrund steht. Täglich sehen wir den Verrat an den überlieferten Werten. Auch der Hohe Rat begeht diesen Verrat. Die Xian, die Antracis und die anderen machthungrigen Clans beider Hemisphären tragen ihre Kämpfe auf dem Rücken des Volkes aus. Der Widerstand muss sich angesichts dieser Bedrohung neu formieren. Wir alle wissen, dass einige Widerstandsbewegungen eine nicht immer rühmliche und auch nicht immer gewaltfreie Vergangenheit hinter sich haben und größtenteils im Untergrund ihre Wurzeln hatten. Diese Vergangenheit müssen wir hinter uns lassen. Es geht nicht mehr nur darum, die Xian aufzuhalten bei dem, was sie planen. Es hat schleichend ein neues Zeitalter begonnen, in dem die Menschen auf der Straße wieder nach arm und reich und gebildet und ungebildet zu unterscheiden sind. Es regiert vielfach, auch im Hohen Rat, nicht mehr die Vernunft, auf der die tradierten Werte fußen, sondern der Größenwahn. Terranova wird, wenn es so weitergeht, in naher Zukunft auseinanderbrechen.

Wir haben uns daher hier versammelt, weil wir uns als eine Gemeinschaft in der Ruhe und Abgeschiedenheit dieses Ortes konstituieren und zunächst Schritte festlegen wollen, um akute Gefahren abzuwenden. Wir müssen aber auch darüber hinausdenken und für Terranova eine neue Zukunft planen. Mit gemeinsamen Zielen und Plänen wollen wir dann in das helle Licht treten, wo wir allen sichtbar machen, welcher Frevel begangen wird. Wir wollen friedlich, aber nicht zahnlos für ein besseres und gerechteres Terranova kämpfen. Ich bitte nun alle, die ihre Position dazu darstellen möchten, dies zu tun. Besonders möchte ich darum bitten, dass vorgetragen wird, wo und wie der Widerstand in Erscheinung treten soll, um die größtmögliche Wirkung zu erzielen. Anschließend fassen wir Beschlüsse über konkrete Maßnahmen."

Als erster aus der Runde erhob Caius Lingdao das Wort, wobei ein Raunen durch die Reihen ging, da niemand mit einem solchen Ehrengast gerechnet hatte. Caius trug über seiner beträchtlichen Leibesfülle eine Tunika aus edlen Stoffen, die von einer goldenen, rubinbesetzten Fibel zusammengehalten wurde. Ein solches Antlitz irritierte einige unter den Anwesenden, da es für all das stand, was dem Widerstand verhasst war. Es stand für die fetten und satten denar- und machtgierigen Funktionäre, die die Flure in den Palästen des Hohen Rates bevölkerten. Einige unter den Teilnehmern witterten sogar Verrat und blickten hektisch um sich, ob sich nicht irgendwo weitere Funktionäre oder sogar

Vertreter des Geheimdienstes befanden, die ihr Vorhaben unterwandern würden. Als Caius die Kanzel betrat, war es daher so still im Saal, als wäre er menschenleer.

Caius stand zunächst stumm vor der Menge und jeder konnte sehen, wie er mit heftigen Emotionen rang. Dann erhob er das Wort und begann mit einer Rede, die offenbar abwich von dem, was er vorbereitet hatte. Seine Stimme wirkte ungewohnt holprig, während er sprach.

„Noch vor einem Jahr wäre es mir nicht in den Sinn gekommen, vor einem Gremium wie diesem hier zu sprechen. Ich bin einer der wichtigsten Berater des Hohen Rates und spüre den Stachel des Betrugs tief in mir. Ich bin um alles, woran ich glaubte und was ich liebte, betrogen worden und habe nicht kommen sehen, was nun passiert. Ich war mit solcher Blindheit beschlagen, dass ich nicht sah, dass ein Zeitalter endete, dessen Kind ich war und immer bleiben werde. Terranova stand vor bald tausendfünfhundert Jahren für einen Neuanfang, für den Aufbruch der Menschheit in eine neue Zeit. Diese Zeit ist beendet. Sie ist nicht plötzlich zuende gegangen, sondern endete schleichend in den Werkshallen der Xian und Antracis, in den Hirnwindungen der Mitglieder des Hohen Rates und in den Köpfen von Milliarden Menschen. Diese Menschen sehen nur noch sich selbst und kaum noch ihren Nachbarn geschweige denn den Nachbarn ihres Nachbarn. Wir alle haben die hohen Werte verraten."

In dem Sinne fuhr er fort und redete sich in eine Rage, die noch niemand zuvor an ihm gekannt hatte. Dieser Schmerz, den er dabei empfinde, habe sein Bild von Terranova und vom Hohen Rat so nachhaltig verändert, dass er nun hier stehe. Er habe es seinem Gewissen geschuldet, vor den Widerstand zu treten. Er wolle nichts weniger, als das Ende des Hohen Rates und das Ende all der Korruption und würde mit seinem Wort auch dafür einstehen und kämpfen, sollte der Tag einmal kommen. Er beendete seine Rede, indem er seinen eigenen Sohn als Beispiel für den Diebstahl anführte, den die Xian, Antracis und alle weiteren unehrenhaften Clans an ihm begangen haben. Dann tat er etwas, was alle im Saal tief bewegte. Caius kniete sich nieder, erhob die Hände und bat alle Anwesenden inständig, seinen Sohn zu retten, der in den Fängen des Ungeheuers war. Als Caius das letzte Wort gesprochen hatte, war zunächst Schweigen, bevor alle im Saal sich erhoben und ein lautes Klatschen von Handflächen auf Oberschenkeln den Raum füllte.

Der nächste, der sprach, war Ragnar, der seine Rede in der Manier eröffnete, die man von ihm kannte, mit einem Bild aus der Botanik. Vorher nickte er Caius zu und klatschte demonstrativ in die Stille hinein, die sich mittlerweile wieder über den Saal gelegt hatte. Ragnar hatte ein festliches Gewand aus schwarzem Leder mit metallenen Beschlägen an, wie man es in seiner nordischen Heimat trug, wenn man die Traditionen der Vorfahren ehrte.

„Ich bin tief berührt von der Rede Caius´. Die Blüten der Zivilisation Terranovas sind welk geworden. Wie in den Gärten die Mannigfaltigkeit des Lebens und die Pracht der Farben, so schwinden auch in unserem Volk die Ausdrucksformen, die das Glück einst kannte. Hier in Scotia finden wir in den aschgrau gewordenen Gesichtern unserer Mitbürger das beste Beispiel für die Erosion unserer einst in Frieden lebenden Gesellschaft. Wir sahen Liebende durch die Biosphären schreiten, hörten das Lachen der Menschen allerorten, nicht nur das Lachen der Reichen." So fuhr er fort und beklagte den Verfall von Werten und rief auf zur Tat. Mit rauer Stimme und Worten von Poesie und hehren Idealen, die viele tief bewegten, kam er bald zum Ende seiner Rede, die er mit folgenden Worten schloss:

„Die Sternenstadt ist nur einer von vielen Freveln, die uns von den mächtigen Clans angetan werden. Ich hätte viele Vorschläge, wo der Widerstand seine Schlagkraft einsetzen sollte. So viele, dass an jedem dieser Orte nur allzu wenig von dieser Schlagkraft übrig bliebe. Wir müssen uns also auf einige wenige Orte konzentrieren. Die Sternenstadt wäre nicht mein erster Vorschlag gewesen, aber nach der Ansprache des Caius´, wäre ich dabei, wenn ein Teil von uns dorthin entsendet würde. Wir sollten seinen Sohn und dann den Rest Terranovas retten."

Vielleicht beeindruckte Ragnar die Menschen, weil sie in seiner Gestalt eine Urgewalt erkannten, die sich gegen die Vernichtung des Schönen und Guten stellte. Jedenfalls war andächtige Stille, nachdem er geendet hatte.

Dann folgte bald Merian, der in einer Felljacke auftrat und auf dem Kopf einen merkwürdigen Hut mit Krempe trug, wie man ihn auf Terranova so nicht kannte. In seinem Gesicht lag ein süffisantes Lächeln, als er seine Stimme erhob.

„Ich will auch zur Sternenstadt. Ich will an Bord sein, wenn dieses Ungetüm sich aus dem Dreck der Wüste in den Himmel hebt und dann mit lautem Knall alles hinter sich lässt. Ich will im All neue Wandergründe und nie zuvor gesehene Schönheit erkunden. Denkt, liebe Leute. Denkt nach! Wie wäre es zu beurteilen, würde dieses Projekt nicht unter Federführung der Clans laufen, sondern die Last allen auferlegt werden und die Früchte unter allen verteilt werden? Wie wäre es, wenn alle von dem Zugewinn an Wissen profitieren könnten? Wäre dieses Projekt dann nicht ein Zeugnis unserer wiedergewonnenen Größe und würde unsere Werte wiederherstellen, die auch ich nicht in Frage stelle. Eines kann ich euch erklären. Der Reichtum der Xian und der Antracis würde nivelliert werden, wenn der Reichtum des Alls uns allen zugute käme. Bis es so weit ist, dass das geschehen kann, müssen aber vorher einige andere Dinge passieren. Ich gebe meinen Vorrednern darin Recht, dass all der Schmutz und die Korruption fortgespült werden müssen durch einen neuen Hohen Rat." Merian unterbrach sich kurz und versuchte zu ergründen, welche Wirkung seine Worte hatten.

„Also, lasst es uns angehen. Lasst uns auf die Suche gehen nach dem Hebel, mit dem wir alles kippen können, was sich an Unrat vor uns aufgetürmt hat. Wir müssen die Zusammenhänge besser verstehen, als jeder andere auf Terranova. Dann finden wir die Stelle, an die wir den Hebel ansetzen können. Große Dynastien sind doch immer irgendwann über ihre eigenen Fehler gestürzt. Lasst uns diese Fehler bei den Xian und beim Hohen Rat finden und den kontrollierten Sturz einleiten, bevor Terranova unter all dem Schutt aus Korruption und Machtgier begraben wird. Irgendwo muss eine Lücke sein, aus der die Informationen herausquellen, die wir brauchen. Irgendetwas muss den Xian, den Antracis oder dem Hohen Rat nachgewiesen werden. Etwas wie damals an diesem Ort, als man herausfand, was die Antracis hier wirklich betrieben haben. Ein bisschen Korruption reicht nicht, daran ist man auf Terranova mittlerweile gewöhnt. Ein großer Skandal muss her. Die Mutter aller Skandale. Es muss ein solcher Skandal sein, über den die ganze Bagage aus Hohem Rat und Xian zu Fall gebracht werden kann."

Nachdem Merian geendet hatte, klatschten zuerst einige wenige, sich umblickend, ob sie sich damit diskreditierten. Dann wurde es lauter, bis der ganze Saal tobte und skandierte „ein Skandal muss her, die Mutter aller Skandale."

Es folgten weitere Beiträge, die vor allem Zustimmung zu den Vorrednern zum Ausdruck brachten und zeigten, dass die Widerstandsbewegung ihr gemeinsames Ziel gefunden hatte. Es wurde beschlossen, dass die Wirkungsorte der Gemeinschaft dorthin zu verlegen seien, wo das größte Übel in den Augen der Anwesenden stattfand und wo am ehesten der Hebel anzusetzen sei, der alles zu Fall bringen könnte. Dalila würde nach Rom zurückkehren und dort weitere Anhaltspunkte suchen, einige würde nach Beijing gehen, einige in Scotia bleiben und eine kleine Delegation würde auch zu dem Wüstenort geschickt werden, in deren Nähe die Sternenstadt entstand.

6. Teil

Niobe bricht auf
Jahr 2021 nach der Erleuchtung, 3. Monat

In Niobes Kopf überschlugen sich die Bilder und der Moment wurde ihr zu einem Kulminationspunkt aus Vergangenem, der Gegenwart und der Ungewissheit des Künftigen. Sie erinnerte sich, wie sie als Jugendliche unter den Katechu-Akazien gelegen und den Klängen des Pirols gelauscht hatte. Das war im Marineum gewesen, der großen Biosphäre in den Hängen zur See hin. Niobe hatte dort immer die vollendete Schönheit der Natur bewundert. Nun lag sie in eine halbschlaftrunkene Trance versunken auf ihrem Bett. Ein Jahrhunderte altes Büchlein mit gedichteten Lobpreisungen an das Dasein war ihr aus den Händen geglitten und der Schlaf wollte sie überfallen und ihr das Bewusstsein und damit auch alle Angst vor der Zukunft rauben.

Am Abend zuvor hatte sie mit ihren Eltern gesprochen. Caius hatte von seiner Rede vor dem Widerstand erzählt und davon, wie er den Widerstand auf Knien um Hilfe gebeten hat. Doch sein Blick verfinsterte sich, und er gestand sich, Ailan und Niobe ein, für wie hoffnungslos er die Lage hielt, sollte Lao nicht von sich aus zur Vernunft kommen und heimkehren.

Niobe spürte, dass Caius´ Wut auf seinen Sohn mittlerweile auch der Angst gewichen war, die sie schon seit Wochen quälte. Niemand konnte voraussehen, was die Xian tatsächlich vorhatten und was mit der Sternenstadt und all den Wissenschaftlern und Arbeitern dort geschehen würde. „Irgendwie muss es doch möglich sein,

Lao zu erreichen", rief er, die Hände verzweifelt in Richtung Decke gestreckt, als hoffte er auf ein Wunder.

Auch für Niobe war die Untätigkeit unerträglich geworden. Also beschloss sie, das auszusprechen, was ihr in den letzten Tagen immer öfter durch den Kopf gegangen war.

„Ich muss ihn zurückholen. Ja, ich werde es tun. Ihr könnt nicht dorthin gehen. Ihr seid Würdenträger und den Xian seid ihr als Verfechter der alten Werte nur zu gut bekannt. Ich aber habe vielleicht eine Chance, zu Lao zu gelangen. Mir wird schon ein Vorwand einfallen, weshalb man mich in die Sternenstadt lassen muss. Bitte, lasst mich gehen."

Caius blickte sie erstaunt an. Ailan schüttelte heftig den Kopf und schrie fast. „Du willst dein Leben auch noch riskieren? Terranova gerät in Aufruhr und du willst in das Auge des Sturms reisen? Du warst noch vor kurzem ein Kind. Du warst nie außerhalb von Tsingtao und weißt nicht, was dich erwartet."

Caius strich seiner Frau über die Schulter. „Vielleicht ist das wirklich eine Chance. Niobe ist eine erwachsene Frau geworden und wir sehen doch jeden Tag, wie sehr sie darunter leidet, dass ihr Bruder fort ist." Er wandte sich an Niobe. „Ich stelle mich dir nicht in den Weg. Ich kann nur alles tun, was in meiner Macht steht, um dir zu helfen. Lass mich dich begleiten, zumindest, bis vor die Tore der Sternenstadt."

Niobe schüttelte sachte den Kopf. „Nein, Vater, das geht nicht. Wie du sagtest, bin ich eine erwachsene Frau geworden und muss den Weg alleine finden. Ich danke dir, aber lass mich gehen und mit eigenen Augen sehen und eigene Entscheidungen treffen. Vielleicht wird diese Reise mich sogar für das Leben stärken. Ich werde mich selbst erfahren können und am Ende wird bestimmt alles gut. Der Gedanke, dass ich auf einer Mission bin, die unsere Familie wieder zusammenführt, wird mir helfen, wenn ich fallen sollte."

So sollte es geschehen. Niobe packte noch am selben Abend einige wenige persönliche Gegenstände ein. Caius nahm sie in seine Arme und begann dabei leise zu weinen. So hatte Niobe den starken Mann nie erlebt und es rührte sie. Er konnte ihr in einem Moment so viel Liebe und Wärme geben, dass es den Schmerz, der zwischen ihnen gestanden hatte, kurz vergessen ließ.

Caius wünschte Niobe viel Glück und fühlte in dem doppelten Verlust zugleich eine Hoffnung, dass Niobe Lao zur Vernunft bringen könnte und sie bald zusammen heimkehren würden. Bevor Niobe ging, lud Caius ihr Konto per Implantattransfer mit einer fast beschämend großen Menge an Denaren auf und sagte ihr, dass dies nicht viel sei, aber doch das Mindeste, was er für sie tun könne.

Laos Gewissensbisse und Jun.
Jahr 2020 nach der Erleuchtung, 8. Monat

Einige Monate zuvor hatten Lao und Jun ihr Quartier in der Sternenstadt bezogen. Sie bewohnten barackenartige Bauten aus einer stabilen Kohlenstofffaser. Die Baracken standen auf dem rötlichen Sandboden, der charakteristisch für die Ank-Climat-Wüste war.

Die Fahrt hierher war, nachdem die letzten Ausläufer des Urbanen zurückgelassen waren, ein stundenlanger Höllenritt über unbefestigte Staubpisten gewesen, die teilweise über hohe Sanddünen führten.

Jun wurde schlecht bei dem Auf und Ab, bei dem das führerlose fusionsgetriebene Fahrzeug seine Insassen mal in die Höhe wuchtete und dann wieder in die Tiefe gleiten ließ. Es war wie bei schwerem Seegang. Jun hatte zu wenig gegessen und selbst das Wenige konnte er nicht bei sich behalten.

Lao spürte zuerst gar nichts. Weder war ihm schlecht, noch war er traurig oder voll von freudiger Erwartung. Alle Gefühle waren wie eingefroren. Er hatte seine Heimat hinter sich gelassen und fühlte selbst dann kaum etwas, wenn er an Niobe dachte. Sein Geist hatte ihn zum Schutz vor sich selbst in all den tränenreichen Stunden auf diesen Moment vorbereitet, in dem er seine Trauer über Bord werfen musste. In der Leere der Wüste konnte er sich neu kalibrieren. Er liebte sie alle noch immer, zuerst Niobe, dann seine Eltern, seine Nichten und Neffen, seine Onkel und Tanten, seine Freunde und er liebte auch das Land, aus dem er stammte. Doch nun stand er am Übergang von Trauer zur Euphorie und beide Gefühle schienen sich kurzzeitig gegenseitig auszulöschen. Dieser Zustand dauerte nicht lange. Noch bevor sie ankamen, begann die Freude eines neuen Anfangs zu dominieren.

Bald kam das Fahrzeug an den Rand der Sternenstadt. Lao sah zuerst die Wohncontainer der Medienleute. Dann waren dort einige Lehmbauten des ursprünglichen Dorfes, in dem noch immer Wüstenbewohner hausten. Lao erfreute sich an der Vorstellung, Teil des größten Abenteuers der Menschheitsgeschichte zu sein, das für ihn bald beginnen würde. Sie passierten einen Sicherheitsposten an einem der Tore in der hohen steinernen Mauer um die Sternenstadt, zu dessen Seiten hohe Wachtürme gebaut wurden. Kurz war Lao ein wenig mulmig zumute, als er den Übergang von der Welt außerhalb und dem Mikrokosmos innerhalb der Mauern spürte, wo andere Gesetzmäßigkeiten zu gelten schienen. Dann sahen er und Jun ein geschäftiges Treiben vor sich, das sie von dem Gedanken ablenkte, sie könnten in einem Gefängnis gelandet sein. Überall entstanden Baracken und in weiterer Ferne sahen sie Türme, in denen die Forschungs- und Entwicklungseinrichtungen untergebracht sein mussten.

Lao hatte schnell sein weniges Gepäck in den einfachen Holzschränken seiner Baracke verstaut und sich in der kleinen Badekabine gewaschen. Als er danach wieder in das quadratische Zimmer trat, in dem es neben dem Schrank bloß noch ein einfaches Feldbett, einen Schreibtisch mit Stuhl und eine kleine Replikatoreinheit für die Zubereitung von Mahlzeiten gab, spürte er eine neue Lebensenergie. Er rief Jun an und bat ihn, zu ihm zu kommen.

Juns Gesicht hatte wieder eine normale Farbe angenommen und sein Gang war wieder fest. Lao lachte, als er seinen Freund sah. „Dir scheint es wieder besser zu gehen. Ich vermute, dein Anwesen lässt auch keinen Komfort vermissen? Aber das ist mir völlig gleichgültig. Hier ist niemand, der uns sagt, was wir in unserer freien Zeit zu tun haben oder der uns ermahnt, wenn wir keine Ordnung halten oder erst mitten in der Nacht nachhause kommen. Kannst Du es begreifen? Wir sind hier und wir sind frei."

„Ich kann es noch nicht ganz fassen. Vor einem halben Tag waren wir noch auf der anderen Seite Terranovas und alles war noch wie eh und je. Und jetzt? Jetzt sind wir zusammen hier."

„Wir haben hier, wenn wir nicht arbeiten, wieder Zeit, um einfach Freunde zu sein. Ich bin so froh, dass Du hier mitmachst." Lao berührte Jun freundschaftlich an der Schulter.

Jun setzte sich auf Laos Bett und atmete tief aus. „Ich würde, glaube ich, hier in meiner Freizeit vor Langeweile eingehen und nur arbeiten und arbeiten, wenn du nicht wärst. Ich bin auch froh, dass wir zusammen hier sind. Es ist fast wie früher, und doch ist vieles anders. Hier gibt es kein Meer, keine Felsen, keine Wälder und vor allem, was können wir hier machen, um uns ein wenig von der Arbeit abzulenken?"

Lao lachte auf. „Wäre ich denn dein Freund Lao, wenn ich nicht für ein bisschen Spaß neben der Arbeit sorgen könnte?"

Jun nickte. „Ich habe dich immer bewundert für Dein Talent, jeder Situation das Beste abgewinnen zu können. Ohne dich wäre ich auch kaum dazu gekommen, Frauen kennen zu lernen. Ich weiß noch, wie du deine kleine Schwester immer abwimmeln musstest, damit sie uns nicht den Abend verdarb."

Laos Lächeln verschwand aus seinem Gesicht und er hielt kurz inne, bevor er antwortete. „Meine kleine Schwester? Niobe ist gerade einmal ein Jahr jünger als ich und sie ist eine erwachsene Frau geworden. Außerdem ist sie nicht meine Schwester, also zumindest nicht leiblich."

Jun zog seine Augenbrauen in die Höhe und schaute mit einem Ausdruck des Erstaunens. „Du hast sie früher immer kleine Schwester genannt. Ich weiß noch, wie du sie damit aufziehen konntest. Was macht sie eigentlich? Hätte sie nicht mitkommen können?"

Lao schüttelte den Kopf und sein Gesichtsausdruck verriet dabei, dass er in diesem Moment den Schmerz des Verlustes wieder spürte. „Sie konnte nicht mit. Sie wollte auch nicht. Lass uns jetzt nicht mehr davon sprechen. Es ging eben nicht. Lass uns einfach losziehen. Ich weiß wo wir hingehen können. Es gibt hier nämlich durchaus Vergnügungen. Denkst du etwa, hier würde nur gearbeitet werden? Es gibt ein paar Bars und eine davon ist ganz in der Nähe."

Jun lächelte jetzt wieder. „Gut, das wird bestimmt nett."

Sie brachen auf zu einer Bar, in der erst vor wenigen Tagen der Ausschank von Ales aus allen Teilen Terranovas begonnen hatte. Es verlief dort einiges anders, als sie erwartet hatten. Als sie heimkamen, waren sie sehr betrunken und dazu hatte Jun, als er im Bett lag und versuchte einzuschlafen, Bilder von Ly Xian vor Augen.

Lao und Jun hatten zuerst ihren Augen nicht getraut, als sie die prominente junge Frau an der Bar entdeckten. Ly, die etwas aus der Art geschlagene Tochter des Clanoberhauptes Thanh Xian, wirkte auf sie weder arrogant noch unnahbar. Beides waren Attribute, die den Xian allgemeinhin nachgesagt wurden. Nach ein paar Ales trauten sie sich dann, sie zu einem Getränk einzuladen. Sie kam scheinbar völlig unvoreingenommen zu ihnen an den Tisch. Bald plauderten sie miteinander und Ly erklärte, sie sei dort, um sich nach einem arbeitsreichen Tag als Leiterin der Krankenstation zu erholen. Sie redete mehr mit Jun als mit Lao, der verwirrt feststellte, dass er nichts empfand, obwohl eine der wohl schönsten und klügsten Frauen Terranovas vor ihm saß. Bei der belanglosen Plauderei mit Ly, versuchte Lao immer wieder, sich ins Gespräch einzubringen und lachte auch dann und wann. Als Ly ging, reichte er ihr galant den Seidenschal, den sie über den Stuhl geworfen hatte, womit er sich einen Blick von Jun einfing, aus dem er eine Spur von Eifersucht hätte herauslesen können. Das alles bedeutete ihm aber nichts.

Er hatte sich amüsieren wollen, aber das war ihm nicht gelungen. Als er sich dem Vergnügen hatte hingeben wollen, hatte er Niobe und seine Eltern vor sich gesehen, die ihn als Verräter beschimpften.

Verdachtsmomente
Jahr 2020 nach der Erleuchtung, 9. Monat

Am ersten Tag, an dem Lao zur Arbeit ging, staunte er darüber, was innerhalb kurzer Zeit mitten in der Wüste entstanden war. Er betrat mit Ehrfurcht ein kolossales, ringförmiges Gebäude, das wie polierter Chrom in der Sonne glänzte und in dessen Eingangshalle Wasserfälle von künstlichen Klippen stürzten. Hier haben die Xian der Oberklasse der Wissenschaft einen würdigen Rahmen geschaffen, dachte Lao im ersten Moment. Er kam aber schon in der Eingangshalle zu dem Eindruck, dass alles um ihn herum auch dazu da sein könnte, kleinen Leuten wie ihm zu zeigen, dass sie nur ein unbedeutendes Rädchen in einem Getriebe waren, das von weit größeren Kräften angetrieben wurde. Das Gefühl wuchs in ihm, als er seinen Arbeitsplatz in einem Raum vorfand, in den kein Abglanz des Pomps aus der Eingangshalle mehr hineinreichte.

Täglich teilte Lao sich den Weg zur Arbeit mit Jun. In der ersten Woche hatten sie dabei noch viel miteinander gesprochen und fachliche Diskussionen darüber geführt, wie man sich die Eigenschaften bestimmter Materialien zunutze machen könnte und wie Berechnungen zur Verdreh- und Verwindungssteifigkeit kristalliner Strukturen für die Außenhülle des Raumschiffs, den Antriebskorpus oder die Innenauskleidung durchzuführen seien. Lao nahm Arbeitsaufträge entgegen, die er anfänglich mit großem Eifer ausführte. Er verließ dafür häufig sein kleines Büro und tauschte sich mit Wissenschaftlern in den angrenzenden Büroräumen aus. Manche Ergebnisse erarbeitete er zusammen mit einem

Antriebstechniker aus Rom, andere Ergebnisse erzielte er im Austausch mit einem Experten für kondensierte Materie aus Alexandria. Die Ergebnisse wurden in eine Art von Intranet gestellt.

Zuerst genoss Lao es, so auf sich gestellt arbeiten zu können. Bald aber fehlte es ihm an Rückmeldung. Er speiste Ergebnisse in das Netz ein, korrigierte Ergebnisse anderer Wissenschaftler und schuf so mit all den anderen einen Fundus des Wissens über den Raumschiffbau, über den er in anderem Kontext sehr stolz gewesen wäre. Hier aber höhlte es ihn innerlich aus, dass er ein brillantes Ergebnis nach dem anderen erzielte und niemand ihm auf die Schulter klopfte. Manchmal schien es ihm, als würde sich da oben niemand für das Fortkommen des Projekts interessieren. Es dauerte auch nicht lange, bis er begann zu ahnen, dass irgendetwas nicht stimmte.

Als er nach einer Weile einen Statusbericht über den Fortschritt des Projekts las, der in öffentlichen Netzen kursierte, wurde er bleich im Gesicht und spürte, wie sein Mut und sein Glauben an das Projekt ihn langsam verließen. Der Bericht war erstaunlich detailliert und enthielt viele Daten zum strukturellen Aufbau des Raumschiffs und den verwendeten Legierungen. Das wäre alles hinnehmbar gewesen, wenn Lao in all den Daten wenigstens einen Teil seiner Arbeit oder der Arbeit all der um ihn herum versammelten Wissenschaftler wiedererkannt hätte. Das war aber nicht der Fall. Vielmehr waren, so stellte Lao nach einigen Tagen fieberhafter Berechnungen fest, offenkundig Angaben an die Öffentlichkeit gelangt, auf deren Grundlage niemals ein funktionstüchtiges Raumschiff würde entstehen können. Die Legierungen, die angeblich benötigt wurden, enthielten dabei bestimmte Rohstoffe in so großen Mengen, dass sich das Projekt gegenüber der ersten Kostenprojektion dadurch um ein Vielfaches verteuern würde. Diese Rohstoffe waren vor allem solche, die aus Förderunternehmen der Xian gewonnen werden konnten. Offenbar, so verstand es Lao, hofften die Xian auf die Bewilligung von Denaren aus Steuereinnahmen als Unterstützung ihrer Arbeit. Lao machte auch vor anderen kein Geheimnis aus seiner Wut.

Er fand viel Rückhalt unter den Wissenschaftlern, bis an einem Tag sein Büro und die Büros vieler anderer Kollegen nicht mehr zugänglich waren. Alle, die vor ihren verschlossenen Büros standen, wurden durch eine Durchsage in den großen Versammlungsraum gebeten. Lao ahnte, dass er mit seinem Protest eine Gegenreaktion hervorgerufen hatte. Ihm wurde, so sehr er auch für seine Prinzipien einstehen wollte, mulmig bei der Vorstellung, was ihm und den anderen drohen könnte. Als sie den großen Raum betraten, hatte es aber nicht den Anschein, dass man ihnen etwas antun würde. Vorne auf dem Podium standen tatsächlich der leibhaftige Obermagistrat Fei Dong Xian und seine Stellvertreterin Beata Cavoria Xian. Das waren die beiden obersten Köpfe der oberen Projektleitung, deren Existenz er schon beinahe für ein Gerücht gehalten hatte. Fei Dong war nach allem, was Lao über ihn gehört hatte, eine unantastbare Koryphäe und eine Art Universalgenie der Naturwissenschaften. Er hatte, so hieß es, mehrere Abschlüsse von den elitärsten Akademien Terranovas und soll unangefochten der einzige Mensch gewesen sein, der den Satz von Tanaos im Kopf anwenden konnte. Das war zwar angesichts unvorstellbarer Rechenkapazitäten keine Notwendigkeit, zeugte aber von der überragenden Intelligenz des Fei Dong.

Die beiden Obersten der Oberen standen also dort und plauderten und lächelten. Als Ruhe eingekehrt war, begann Beata Cavorius erstaunlicherweise mit einer Lobeshymne an den Geist der Wissenschaft, der durch all die anwesenden Köpfe an diesem Ort heraufbeschworen wurde. Sie hatte erfahren, dass die Veröffentlichung einiger Ergebnisse im Statusbericht einigen Unmut hervorgebracht hat und entschuldigte sich mehrfach und mit dem Ausdruck tiefsten Bedauerns über einen gewaltigen Fehler auf Seiten der Kommunikationsabteilung. Die anwesenden Wissenschaftler haben sich durch ihr Beharren auf wissenschaftlichen Erkenntnissen, die sich im Statusbericht teilweise in verzerrter Darstellung wiedergefunden hatten, sehr um das Projekt verdient gemacht. Dafür würde ihnen eine Sonderzahlung ausgezahlt werden, die sie binnen eines Monats bekämen.

Nach dieser Veranstaltung ging Lao in sein Büro zurück. Er fühlte dabei eine Verwirrung, bei der der Wunsch, dem Gesagten zu glauben und das Gefühl, dass an der Sache etwas äußerst faul war, sich im Widerstreit miteinander befanden. Bald überwog letzteres Gefühl, doch er konnte nichts ausrichten. Er sah, dass nichts geschah. Die anderen Wissenschaftler stellten wieder fleißig Ergebnisse in das Netz ein und freuten sich über eine Sonderzahlung und bald über einen deutlichen Gehaltsaufschlag. Lao wunderte dabei sehr, dass es kein Dementi des falschen Statusberichts gab und sich auch an den täglichen Abläufen nichts änderte. Es wurde ihm bald zur Gewissheit, dass er ins Leere arbeitete.

Er beschloss, seine Stunden im Büro nur noch mit Spielereien und Recherchen in den Weiten des Netzes zu verbringen, in denen er dank des Implantats wandeln konnte. Aber auch dabei holte ihn die düstere Realität schnell ein, als er merkte, dass jede Kommunikation nach außen aufgrund angeblich vorübergehender Störungen im Kommunikationssystem unmöglich wurden. Er konnte mit niemandem mehr sprechen, noch jemandem schreiben. Die offizielle Begründung dafür war so plump, dass er darüber unter anderen Umständen hätte lachen können. Er wusste, dass auch der Zugriff auf das Netz unmöglich wäre, wenn es tatsächlich Probleme mit dem Kommunikationssystem gegeben hätte. Ganz offensichtlich war aber eine Sperrvorrichtung installiert worden, die aus den Datenautobahnen Einbahnstraßen gemacht hatte. Den Zugriff auf das Netz ganz abzuschalten, hätte die wissenschaftliche Arbeit unmöglich gemacht und schnell zu Revolten geführt. Auch waren viele abhängig davon, in jeder freien Minute auf Unterhaltungsprogramme für jede Art der Zerstreuung zugreifen zu können.

Da Lao nun nicht einmal mehr mit Freunden von früher oder ab und zu mit seinen Eltern reden konnte, erfuhr er auch nichts davon, dass Niobe abrupt von zuhause abgereist war. Außerdem langweilte er sich noch mehr. Das verleitete ihn dazu, weitere Nachforschungen anzustellen. Er fand zu seinem eigenen Erstaunen schnell etwas, das sein Interesse weckte. Er fand heraus, dass Fei Dong zwar in den Abschlussregistern der elitären Hochschulen geführt wurde, aber nur vereinzelt in den Registern der Jahrgänge darunter auftauchte, die Lao mit bloß geringer Hackerraffinesse ebenfalls einsehen konnte. Dafür gab es nur die Erklärung, dass er höchstens einen der Abschlüsse tatsächlich gemacht hatte und auch dort vermutlich nicht mit solch guten Noten. Er war offenbar von den Xian mit ein wenig Geld zu einer würdigen Galionsfigur des Projektes gemacht worden.

Lao bekam Angst, als er darüber nachdachte, welche Absichten die Xian tatsächlich haben könnten und ob die ganze Sternenstadt bloß ein Potemkinsches Dorf war, das die wahren Absichten ihrer Erbauer verschleierte. Aber was und wozu, das war ihm völlig schleierhaft.

7. Teil

Persona non grata
Jahr 2021 nach der Erleuchtung, 5. Monat

Caius war seit seinem Auftritt vor dem Widerstand nicht mehr vor den Hohen Rat geladen worden. Vielleicht war sein Tun dem Hohen Rat nicht verborgen geblieben. Vielleicht war aber auch in diesen Zeiten seine Meinung nicht mehr gefragt. Es bereitete ihm bohrende Schmerzen, wenn er daran dachte, dass er nichts tun konnte, um weiteres Unheil abzuwenden. Aber die Taubheit des Hohen Rates gegenüber Worten der Vernunft war so umfassend, dass er ohnehin mit seinen Argumenten nichts würde ausrichten können. Es hatte sich die Position durchgesetzt, dass die beiden mächtigsten Clans als die einzig verbliebenen steinernen Säulen Terranovas zu schützen seien. Caius erschauderte bei dem Gedanken, dass der Hohe Rat ausgerechnet die Starken zu schützen suchte. Die wenigen Stimmen, die in den Clans keine steinerne Säulen sahen, sondern Pfähle im blutenden Herzen des Staatswesens, wurden ignoriert oder mit subtilen, aber wirksamen Methoden mundtot gemacht. Es war so weit gekommen, dass die Xian ihre Projekte dem Rat sogar als nutzbringend für die Allgemeinheit verkaufen konnten. Oftmals lag es auf der Hand, dass die einzigen Profiteure am Ende die Xian selbst sein würden. Trotzdem ließen die Minister Terranovas es zu, dass die Xian sich fast nach Belieben in der Staatskasse bedienen konnten. Was die Sternenstadt anging, so hieß es in einem internen Dossier, das

Caius zugänglich war, sei dieses Projekt wegen technischer Fehleinschätzungen ins Stocken geraten. Der Hohe Rat hatte jedoch beschlossen, dass dem Vorhaben von Staatswegen die höchste Priorität eingeräumt werden soll. Es flossen daher hohe Summen öffentlicher Gelder an die Xian, damit sie Terranova in ein neues Zeitalter der Ausbeutung des Weltalls heben könnten.

Niobe war nun schon seit zwei Wochen fort. Obwohl es schon bald Mittag war, hatten Caius´ Augenbrauen an dem Tag noch kein Brenneisen gesehen und sein Haar wurde rapide lichter, da er seine Kopfhaut schon seit Tagen nicht mehr dem Regenerator zugeführt hatte. Er war in eine einfache Haustunika gekleidet, die am Hals von einer schlichten Bronzefibel zusammengehalten wurde. Der Gram hatte Furchen in sein Gesicht gegraben und seine Haut wirkte fahl. In den letzten zwei Monaten hatte es mehr Katastrophen in seinem Leben gegeben als er ertragen konnte. Zuerst hatte ihn die Abtrünnigkeit seines Sohnes geschmerzt, den er liebte und immer lieben würde. Dann kam der endgültige Bruch mit dem Hohen Rat hinzu. Caius war ratlos und traurig und fühlte sich so machtlos wie nie zuvor. Der Widerstand würde sein Bestes versuchen und Niobe war aufgebrochen, um Lao zu bekehren. Beides ließ ihn aber kaum hoffen, dass sich die Dinge bald zum Guten wenden würden. Weder er noch Niobe konnten zudem das Ausmaß der Gefahr erahnen, in die sie sich damit begeben hatte. Sie wussten nichts davon, dass die Xian das Projekt absichtlich in seinem Fortkommen bremsten. Sie wussten nicht, dass die Xian Pläne verfolgten, die den Gehirnwindungen eines Wahnsinnigen entsprungen waren. Noch viel weniger wussten sie von den Dingen, die in der Sternenstadt im Verborgenen abliefen. Während Caius nervös im Zimmer auf- und abging, wurden in den zwielichtigen Katakomben Experimente durchgeführt, die hochgradig verstörend waren. Der letzte Baustein, der für die Umsetzung des irrsinnigen Plans noch fehlte, wollte einfach nicht gefunden werden.

Auch ohne die Kenntnis von den unheilvollen Vorgängen im Verborgenen, dachte Caius bisweilen, dass es ein Fehler gewesen war, Niobe gehen zu lassen. Sie war doch noch so unerfahren und wusste so wenig davon, wozu Menschen im Schlechten fähig sein können.

Wenn er an Lao dachte, dann fühlte er sich auch ein wenig schuldig für seinen Fortgang. Vielleicht hätte er ihn mit sanfteren Worten eher zur Vernunft bringen können als mit seinem Zorn. Er musste mit ihm sprechen, seine Stimme hören und Dinge wieder ins Lot bringen. Er betete dafür, dass Niobe ihn erreichen und ihn zur Vernunft bringen würde. Es war das erste Mal seit seiner Kindheit, dass er ein Gebet sprach. Er rief dabei die Götter des Pantheons an, von denen seine Mutter ihm erzählt hatte. Er bat sie um Schutz für Niobe und darum, dass sie die richtigen Worte fände, um Lao umzustimmen.

Niobes Identität
Jahr 2021 nach der Erleuchtung, 4. Monat

Es gab keine öffentlichen Transportruten zur Sternenstadt. Niobe musste daher ein privat betriebenes Taxi nehmen. Die Xian hatten es zwar noch nicht erreicht, dass der Transfer zur Sternenstadt und der Aufenthalt vor ihren Toren illegal war, aber sie konnten es den anreisenden Widerständlern und anderen Vagabunden schwer machen, dorthin zu kommen. Dazu hatten sie die mit eigenen Mitteln planierten Transportruten für den allgemeinen Verkehr gesperrt und an den richtigen Stellen Reichsangestellte bestochen.

Für den Preis der Fahrt hätte Niobe sich auch einen zweiwöchigen Urlaub in Aquatis leisten können. Während Niobe in dem scheppernden Vehikel saß, das von einem Verbrennungsmotor angetrieben wurde, dessen Abgase ihre Schleimhäute reizten, versuchte sie sich zu beruhigen. Dazu stellte sie sich das Gesicht Laos in all seinen Details vor. Es war ihr noch so präsent, als hätte sie gestern mit ihm gesprochen. Sie sah ihn vor sich, wie er sich mit der Andeutung eines Lächelns mit der Hand über das Kinn strich und ein wenig belustigt zu ihr schaute. Sie erinnerte sich an sein Lachen, das immer ansteckend auf sie gewirkt hatte. In der letzten Zeit vor der Abreise war sein Blick dann anders geworden. Zuletzt hatte er sich manchmal abrupt abgewandt, wenn Niobe mit ihm sprechen wollte. Den Schmerz der Gewissheit, dass der Moment des Abschieds gekommen war, hatte Niobe in seinem letzten Blick nicht erkennen können. Er hatte sich offenbar große Mühe gegeben, seine Gefühle zu verbergen.

Völlig in Gedanken und in Bildern von Lao verloren, hatte sie kaum mehr gespürt, wie die Zeit verging. Es verging beinahe ein halber Tag, bis das Fahrzeug fernab der gesperrten und überwachten Zufahrtswege sein Ziel erreicht hatte. Sie stand vor dem Tor zur Sternenstadt, 20.000 Kilometer von ihrem Zuhause entfernt und mit nichts als ihrer Kleidung am Leib und einer Tasche in der Hand. Vielleicht war es naiv gewesen zu glauben, dass sie hier einfach würde hineinspazieren können. In kindlichem Optimismus war sie aber davon überzeugt gewesen, dass sie schon irgendwie dort hineingelangen würde. Sie versuchte es also zuerst durch die Vordertür. Mit einem leichten Zittern in den Beinen, das sie der langen Reise und Müdigkeit und nicht ihrer Aufregung zuschrieb, näherte sie sich dem Wachtposten. Hinter Panzerglas wurde die Wache auf sie aufmerksam und fragte durch eine Sprechanlage, was sie wollte.

„Ich bin Niobe Lingdao, Schwester von Lao Lingdao, der für die Sternenstadt arbeitet. Ich muss zu meinem Bruder." Doch weshalb musste sie zu ihm? Sie hatte vorher nicht überlegt, was sie antworten würde, wenn diese Frage käme. Sollte sie sagen, dass sie sich große Sorgen um ihn macht und sich einfach furchtbar danach sehnt, ihn wiederzusehen? Das würde hier auf wenig Verständnis und schon gar nicht auf Mitgefühl stoßen. Die Xians suchten ihr Personal nach genauen Vorgaben aus und der Wachmann hatte entsprechend nicht bloß eine offensichtlich harte Schale, sondern auch einen harten Kern.

„Erlauben sie einen Irisscan und den Zugriff auf den Identitätscontainer ihres Implantats?" schallte es aus der Sprechanlage. Niobe war fast überrascht, dass sie um Erlaubnis gebeten wurde und man sich immerhin den Anschein rechtmäßigen Handelns gab. Sie ließ den Scan zu und konnte nun kaum mehr ihre Nervosität verbergen.

„Ihre Identität ist bestätigt. Sie sind im rechtlichen Sinne die Schwester von Lao Lingdao und somit die adoptierte Tochter von Caius Lingdao. Ihr Fall bedarf einer Prüfung. Kommen sie morgen wieder, dann wird darüber entschieden worden sein."

Niobes Herz sank. Sie nickte dem Wachmann zu und wandte sich ab. Wohin nur konnte sie gehen?

Vor den Toren der Sternenstadt
Jahr 2021 nach der Erleuchtung, 4. Monat

Vor den Toren Sternenstadt hatte der Widerstand sein Lager aufgeschlagen. Sie wohnten in Zelten, die jedoch nicht bloß Stoffbahnen als Wände hatten, sondern aus festen, kristallinen Strukturen bestanden. In minutenschnelle war das Lager aus etwa koffergroßen Quadern zusammengesetzt worden, aus denen sich die Zelte ohne menschliches Zutun entfaltet hatten. Dieses Lager mutete an wie ein Outdoorcamp einiger Abenteurer auf der Suche nach sich selbst. Es hätte auch bisweilen ganz lustig sein können, wären da nicht der ernste Anlass des Aufenthalts sowie die lähmende Hitze und der feinkörnige Wüstensand gewesen. Der Sand drang durch jede Ritze. Außerdem war die Versorgungslage schwierig, sodass sie manchmal, wenn es sonst nichts zu essen gab, in einer der schmutzigen Kaschemmen landeten des nahegelegenen Ortes landeten. Dort gab es hausgemachte Gerichte aus Heuschrecken und anderem wirbellosem Getier sowie ein Ale aus vergorener Hirse.

An einem dieser Tage saßen sie in einer besonders dreckigen Kneipe, in der Klänge einer Musik schepperten, die für Outlaws und Chaoten komponiert worden sein musste. Diese zwielichtige Einrichtung lag direkt an der steinernen Mauer der Sternenstadt. Diese war seit dem Anschlag mit Stacheldraht versehen. Dahinter verlief ein Todesstreifen mit Selbstschussanlagen.

In diesen Zeiten tummelten sich an diesem Ort seltsame Gestalten. So unterschiedlich sie waren, war ihnen doch gemein, dass sie alle von der Sternenstadt angezogen worden waren. Sie waren hier gestrandet und hatten längst erkannt, dass sie Opfer ihrer falschen Vorstellungen geworden waren und ihr Ziel nichts als eine Fata Morgana war. Manche Nachrichtenjäger waren gekommen, um von hier zu berichten. Doch nirgendwo schien man weniger über das zu erfahren, was in der Sternenstadt vor sich ging, als vor den Toren derselben. Andere waren hier, um die Chance auf Arbeit nicht zu verpassen, die es aber nie geben würde. Wieder andere waren gekommen, um Widerstand zu leisten. Auch das schien aussichtslos. Dennoch blieben sie hier.

Ragnar, Merian und einige weitere Unterstützer des Widerstands saßen gerade auf schmutzigen Stühlen an schmutzigen Tischen in dem trüben Licht, das die vor Dreck starrenden Scheiben gerade noch so durchließen. Sie hatten gerade ihr Mittagsmahl beendet und dabei mit gedämpften Stimmen die Lage besprochen, die keineswegs rosig aussah. Sie waren noch an keine verwertbaren Informationen aus dem Inneren der Sternenstadt gelangt. Es war ihnen auch nicht gelungen, geheime Zusammenkünfte mit Leuten aus der Sternenstadt zu arrangieren, da jede Implantatkommunikation in das Innere entweder abgehört oder ganz abgeschirmt wurde. Versuche, über Mittelsmänner zu kommunizieren, schlugen ebenfalls fehl. Kein Mitarbeiter der Sternenstadt wollte seinen Job oder vielleicht noch mehr als das riskieren. Die Xian hatten mit der Sternenstadt eine Art Staat im Staat errichtet, wo nur sie ganz alleine regierten und alle Rechtsnormen Terranovas keine Geltung mehr hatten.

Ragnar war direkt nach dem kurzen Urlaub mit Vara und Freya in Scotia hergekommen. Hier zu sein, empfand er als Pflicht und Mission, für die er einiges riskieren würde. Vielleicht, so dachte er trotzdem bald, war es ein Fehler gewesen, seine Familie mitzunehmen, aber es waren verrückte Zeiten. Er hatte nie geglaubt, dass es so weit kommen würde, aber Terranova schien zu einem Ort zu werden, in dem niemand mehr dem anderen trauen konnte. Hätte er seine Familie zuhause gelassen, so dachte er, würde sie mit hoher Wahrscheinlichkeit unter Druck gesetzt werden. Da das Rechtsvakuum, das sich ganz in der Nähe wie ein schwarzes Loch ausbreitete, langsam auf weite Teile Terranovas überzugreifen schien, wähnte Ragnar seine Familie an seiner Seite sicherer als im fernen Norden.

Ragnar verfolgte auch von hier, wie die Minister im Hohen Rat täglich neue Gesetze beschlossen, die ihm aberwitzig erschienen. Eine solche Politik, wie sie vom Hohen Rat betrieben wurde, hatte in ferner, finsterer Vergangenheit die Welt ins Chaos gestürzt. Als er solchen Gedanken nachhing, in denen er schon die Resignation und Kapitulation vor dem übermächtigen Feind spürte, der das Chaos schaffen will, sah er am Tresen einen Neuankömmling. Es war eine Gestalt mit schmaler Silhouette, deren Gesicht nicht zu erkennen war, da es von der Kapuze einer grauen Kutte verdeckt wurde, wie man sie in fernöstlichen Gefilden trug.

Freya will wieder Kind sein
Jahr 2021 nach der Erleuchtung, 4. Monat

Von der Eiswüste in die Glut der Sandwüste. Größer hätte der Unterschied nicht ausfallen können. Als Freya mit ihren Eltern nach Scotia gereist war, war ihr alles noch wie ein großes Abenteuer vorgekommen. Mittlerweile war ihr das Ganze aber zu einem einzigen Albtraum geworden. Sie hatte ihre Freunde seit langem nicht mehr gesehen. Am Anfang war der Kontakt zu ihnen noch sehr häufig gewesen, jetzt kam es aber nur noch alle paar Tage vor, dass sie mit einer ihrer Freundinnen von früher sprach. Am Anfang waren alle neugierig gewesen, von der anderen Welt zu hören, in der Freya jetzt lebte. Sie merkte aber bald, dass sie langsam den Bezug zu ihrer Heimat und damit auch zu den Menschen dort verlor. Ihre Tage waren eintönig und gespickt mit Verboten, während sie vorher fast alles gedurft und sich überall frei hatte bewegen können. Hier durfte sie ja kaum aus dem Zelt treten, ohne dass ihre Mutter in Sorge um ihr Wohl war und sie aufforderte, sich nicht außer Rufweite von ihr zu begeben. Seitdem in der Nachbarschaft ein anderes zwölfjähriges Mädchen von einem fremden Herumtreiber auf brutale Weise vergewaltigt worden war, wusste Freya, dass ihre Mutter Recht hatte. Das änderte aber nichts an ihrer Situation, außer, dass sie jetzt selbst Angst hatte und dass die fragile freundschaftliche Bande zwischen ihr und dem anderen Mädchen dadurch jäh gekappt worden war. Sie sah das andere Mädchen noch ab und zu, aber gemeinsam lachen konnten sie nicht mehr. Die andere antwortete ihr oft nur noch mit wirren Sätzen, denen Freya keinen Sinn entnehmen konnte. Es war nicht mehr daran zu denken, mit ihr von den hohen Dünen zu springen oder einfach gemeinsam Kinder zu sein. Dies war kein Ort für Kinder, kein Ort, an dem Kindheit stattfinden konnte. Was Freya an diesem Ort auch satt hatte, war der widerliche Fraß und der Dreck überall.

Einmal hatte sie auf einer der Gemeinschaftstoiletten gesessen, die zwischen den Zelten der Widerständler aufgebaut waren, und hatte ein Kneifen an ihrer linken Pobacke gespürt. Dort war wohl irgendein Tier in der Kloschüssel gewesen, was hier öfter vorkam. Sie war daraufhin aufgesprungen und hatte vor Schreck die Tür aufgerissen, wonach sie vor einer Gruppe von Männern gestanden hatte, deren Lachen ihr noch eine Woche später in den Ohren nachgehallt hatte. Sie wollte niemanden von denen mehr sehen, was unmöglich war, da sie alle dem Widerstand angehörten und ihr Vater täglich mit ihnen verkehrte. Sie hatte sich aber so sehr geschämt, dass sie eine Weile nichts mehr sagte und auch das Zelt nicht mehr verließ.

Freya hatte es satt und sie lag damit ihren Eltern täglich in den Ohren. „Wann gehen wir hier wieder weg? Wann gehen wir heim? Wann sehe ich meine Freunde wieder? Wann kann ich endlich wieder in eine richtige Schule und muss nicht mehr diesen ätzenden Fernunterricht mitmachen?" Das fragte sie ihre Eltern, die am Anfang noch mit ihr geschimpft hatten, dass sie doch dort einer Sache dienten, die so viel größer war als sie selbst. „Sie würde es später mal verstehen", war eine der ausweichenden Antworten, die ihr zunehmend auf die Nerven gingen. In den letzten Wochen war der Ton aber ein anderer geworden.

Einmal kam Ragnar, ihr Vater, abends sogar zu ihr ans Bett, küsste sie sanft auf die Stirn und dann spürte sie etwas Feuchtes auf ihren Wangen. Es waren Tränen, jedoch nicht ihre eigenen, sondern die ihres Vaters. „Freya", sagte er, „es tut mir so leid. Das hier ist kein Ort für dich und ich bin es Schuld, dass du hier sein musst. Am Ende ist alles vergeblich, alles verloren. Wozu der Kampf, wenn schon feststeht, wer ihn gewinnen wird? Wozu raube ich dir deine Kindheit? Was gibt mir das Recht? Wir hatten es so gut. Es tut mir so leid. Ich hoffe, du kannst mir verzeihen."

Ragnar wusste vielleicht in diesem Moment nicht, was er tat, aber er tat genau das Richtige. Freya spürte seit langem zum ersten Mal wieder, dass sie geliebt wurde. Sie bemühte sich zu verstehen, dass ihre Eltern für etwas kämpften, für das es sich lohnen musste zu kämpfen. In solcher Verzweiflung hatte sie sie noch nie zuvor gesehen. Also musste es wirklich etwas sehr großes sein, was den Mut ihres Vaters brach, der ihr zuvor so unbezwingbar erschienen war, dass sie ihn manchmal dafür fast gehasst hatte. Jetzt aber spürte sie nichts als Zuneigung und wollte, dass er wieder neuen Mut fasste, um seine Sache zu einem erfolgreichen Ende zu bringen. Sie wusste nicht, wodurch diese Gefühle in ihr entstanden waren, aber sie war ihrem Vater dankbar, dass er sich ihr gegenüber so geöffnet hatte und sie mit einbezog in seinen Kummer. Sie fühlte sich dadurch für diese Augenblicke nicht mehr wie ein Kind behandelt und wusste, dass sie zu ihrem Vater halten musste. Daraus schöpfte sie die Kraft, nach seiner Hand zu greifen und ihm mit ihrem Blick zu zeigen, dass sie ihn verstand und dass das Band zwischen ihnen stärker war als alles, was sie trennen könnte. Sie beschwerte sich in den folgenden Tagen nicht mehr, auch wenn sie innerlich nach wie vor unglücklich war und sich nichts sehnlicher wünschte, als wieder Kind sein zu dürfen. Sie spürte, dass ihr Vater ihr mit seinem Vertrauen auch eine große Bürde auferlegt hatte und wusste nicht, wie lange sie sie würde tragen können.

Die Frau in der Kutte
Jahr 2021 nach der Erleuchtung, 4. Monat

Ragnar hatte gerade von seinen Tischgenossen die beunruhigende Nachricht erhalten, dass erneut Nomaden auf der Suche nach ihren vermissten Angehörigen im Lager aufgetaucht waren. Wieder waren zahlreiche Menschen, vor allem aus den Nomadenvölkern, scheinbar vom Erdboden verschluckt worden. Infolge dessen liefen Frauen mit lautem Klagegeheul durch die Straßen des Ortes und Männer stürzten sich in die nahegelegene Felskluft, weil sie den Verlust ihrer Frauen oder Kinder nicht überwinden konnten.

In dieser an Schrecknissen reichen Zeit an diesem verruchten Ort sah Ragnar die Gestalt mit fernöstlichem Gewand am Tresen sitzen. Vor ihr stand ein leeres Glas Ale. Während sonst in dem Lokal eher Männer von rauerem Schlag in Gruppen zusammen saßen, war sie alleine. Die Körperhaltung und der gesenkte Kopf wirkten nachdenklich oder kummervoll. Diese Gestalt, die so ganz aus dem Rahmen fiel, weckte sofort Ragnars Neugierde. Er entschuldigte sich bei seinen Tischgenossen und setzte sich an den Tresen neben die Gestalt, in der er jetzt eine junge Frau erkannte. Zu seiner Überraschung hatte ihr Gesicht keine fernöstlichen Züge und zudem eine honigfarbene Haut. Es war von dunklem Haar umkränzt, das in Locken bis zu den Schultern fiel. Ragnar ordnete sie der Region um das Mare Nostrum zu.

Ragnar bestellte Ales für sich und die junge Frau, die noch immer zusammengesunken dasaß und keine Notiz von ihm zu nehmen schien. Als Eisbrecherfrage erschien ihm die Frage „woher kommst du?" geeignet, da sie eine Brücke zur Herkunft, zur Heimat und somit zum Vertrauten baut. Er erhielt keine Antwort, zumindest keine verständliche. Er hörte bloß einige Zischlaute. „Welchen Dialekt sprichst du? Ich habe solche Laute noch nie gehört und mein Übersetzer auch nicht. Du weckst wirklich meine Neugierde."

Niobe hatte die Aufdringlichkeit der Männer hier satt. Sie wollte bloß sitzen und sich ganz ihrem Gefühl der Verzweiflung und der Wut hingeben. Sie antwortete in Lateinisch, der Muttersprache ihres Vaters, um möglichst wenig über ihre wahre Herkunft preiszugeben. Ihre unscheinbare graue Robe, so dachte sie, würde der bärbeißige Mann sowieso nicht zuordnen können. „Steck dir seine Neugierde sonst wo hin und lass mich in Ruhe", fuhr sie Ragnar an. Sie hob dafür ihren Kopf und sah ihm direkt ins Gesicht. Hätte Ragnar nur ihre Stimme gehört und sie nicht gesehen, dann hätte er sich das Gesicht einer zornigen Amazone vorgestellt, einer verwegenen Kämpferin, die sich freiwillig in die Schlangengrube begeben hatte und es mit allem aufnehmen würde. Er sah aber in das Gesicht einer jungen Frau, die vor kurzem noch ein Mädchen gewesen war. Es wäre gelogen zu sagen, dass er in ihrem Gesicht die komplizierte Mischung aus Angst, Wut, Verlassenheit und einer Entschlossenheit nahe an der Verzweiflung hätte sehen können. Ragnar sah nur, dass Niobe Angst hatte und Hilfe brauchte, seine Hilfe. Er dachte, dass sie Glück hätte, auf ihn getroffen zu sein und nicht auf irgendjemand anderen hier, verwarf dann aber den Gedanken schnell wieder, da er spürte, wie vermessen es war, so über all die anderen hier zu denken.

„Das mit der Neugierde habe ich nicht so gemeint, wie du vielleicht denkst. Ich weiß nicht, was du erlebt hast, aber es scheint schlimm gewesen zu sein. Ich bin Ragnar Lodbrok und dort hinten am Tisch sitzen meine Freunde und Gefährten im Kampf. Du brauchst keine Angst zu haben. Ich habe dich nur hier sitzen sehen und gedacht, dass es hier für niemanden gut ist, alleine zu sein."

Niobe nippte an dem Ale. „Um welchen Kampf geht es hier?"

„Ich bin vom Widerstand. Nicht von irgendeinem Widerstand, sondern von *dem* Widerstand."

„Weshalb erzählst du mir das, wo ich doch eine Unbekannte für dich bin?", fragte Niobe, noch immer mit ängstlichem Unterton in ihrer Stimme.

„Es weiß hier sowieso schon jeder. Das ist etwas, was unsere Arbeit in der Tat beschwert, da jeder hier entweder etwas für sich erwartet, was die Sternenstadt ihm geben könnte oder in Opposition zu allem steht, was darin passiert. Wir ahnen, dass hinter diesen Mauern schlimme Dinge passieren. Es gibt einen konkreten Anhaltspunkt dafür, aber dir davon zu erzählen, würde zu weit führen. Jedem sollte aber bereits das Licht aufgegangen sein, dass die Sternenstadt unvorstellbare Mengen an Denaren vernichtet. Nur die Xian können sich an dem blendenden Licht des Fanals erwärmen, das sie hier gezündet haben. Am Ende werden sie die einzigen sein, die wie hundert Meter hohe Coniferopsida, auch

Mammutbäume genannt, nach dem Brand noch stehen. Sie werden auf die Asche ringsherum hinabblicken und lachen."

Niobe unterbrach Ragnars Rede. „Du sprichst in Rätseln. Weisst du aber, dass viele Mammutbäume Pyrophyten sind und ihre Zapfen sich erst durch die nach oben steigende heiße Luft bei einem Waldbrand öffnen. Dann fallen die Samen auf den durch mineralreiche Asche gedüngten Boden, sinken ein und fangen an zu keimen. Wenig später ist überall das Leben wieder in seiner ganzen Pracht zu bestaunen."

Ragnar griff sich in seinen Bart, was er unwillkürlich immer tat, wenn er etwas für besonders merkwürdig hielt. „Ich scheine es fernab von aller Zivilisation mit einem gebildeten Menschen zu tun zu haben, dazu noch mit einem, der sich mit Botanik auskennt. Man findet doch immer wieder Erstaunliches hier mitten in der Wüste. Sage mir, wo kommst Du her und was hat dich in diese verdammte Gegend geführt?"

„Warum willst du das wissen?"

„Deiner Robe nach zu urteilen bist du aus der Region um Nanjing oder aus dem Distrikt Tsingtao. Deinem Gesicht und der Sprache nach kommst du von einem der Distrikte im Süden der westlichen Hemisphäre. Ich höre da aber eine merkwürdige Färbung heraus. Vom Alter scheinst du kaum mehr als zwanzig Jahre zu zählen. Also frage ich mich, was eine so junge Frau alleine hier treibt."

Niobe beschloss, Ragnar zu vertrauen. Sie hatte nicht viel zu verlieren und brauchte jemanden, mit dem sie sprechen konnte. „Mein Bruder ist da drinnen und ich bin hier draußen und darf nicht hinein. Ich habe es versucht, aber mein Antrag wurde abgelehnt."

Ragnar schaute sie mit ein wenig mitleidigen Augen an.

„Dein Bruder also", sagte er nachdenklich. Dann rappelte er sich auf und sprach mit festerer Stimme. „Für uns alle steht viel auf dem Spiel, wenn die Xian Erfolg haben. Wenn sich bewahrheitet, was wir befürchten, dann sind wir alle in großer Gefahr. Wir sitzen also in einem Boot."

Niobe blickte mit finsterer Miene in das Gesicht Ragnars. „Du machst Andeutungen, die ich nicht verstehe. Irgendetwas scheinst du zu wissen, was sonst niemand weiß. Weshalb malst du die Zukunft in so dunklen Farben? Was sollte vorhin das Bild mit der Asche, die als einziges von allem übrigbleiben wird? Was geschieht wirklich hinter diesen Mauern?"

Ragnar schüttelte den Kopf und versuchte zu lachen. „Du bist klug. Es gibt vieles, weswegen ich mir Sorgen mache, wenn ich an die Zukunft Terranovas denke. Lege aber besser nicht so viel Gewicht auf die Worte, die ich gesagt habe. Deinem Bruder wird es gut gehen." Ragnar strich sich durch den Bart. „Eines interessiert mich aber doch. Dein Bruder hat sich freiwillig in diese Lage gebracht, nehme ich an. Immerhin wurde niemand zwangsrekrutiert, um in der Sternenstadt zu dienen. Er paktiert also gewissermaßen mit dem Feind. Er hat einen Vertrag unterschrieben, in dem eine Klausel vorhanden ist, die den Xian das Recht geben, die Bürgerrechte, die außerhalb der Sternenstadt noch gelten, nach ihren eigenen Interessen neu auszulegen. Er hat wissen müssen, was das für ihn und seine Familie heißt." Ragnar drehte seinen Kopf zum Stammtisch des Widerstands und bedeutete seinen Kumpanen, die mittlerweile im Begriff waren aufzustehen und zu gehen, dass er noch bleiben würde.

Niobe gab dem Impuls nach, ihren Bruder zu verteidigen, auch wenn sie wusste, dass er rücksichtslos gehandelt hatte. „Wofür machst du ihm Vorwürfe? Ja, er hat das unterschrieben, weil er daran glaubte, dass er damit etwas für Terranova bewirken kann. Er wollte nur, dass Terranova über sich hinauswächst und die Enge im Denken wie auch der Mangel an Lebensraum und Rohstoffen überwunden werden können. Außerdem hat er schon immer bestehende Grenzen und Verbote in Frage gestellt und war in den Momenten am glücklichsten, in denen sich all diese Grenzen in seinen Fantasien vom Kosmos in Staub auflösten."

„Dafür mache ich ihm keine Vorwürfe, aber für das Mittel, das er dafür gewählt hat. Es ist mir fraglich, ob von hier aus jemals ein Raumschiff aufbrechen wird, das die Grenzen Terranovas überwinden wird. Wahrscheinlicher ist, dass in der scheinbaren Grenzenlosigkeit des Alls neue Grenzen gezogen werden, die sich wie Fesseln um unseren Planeten legen, deren Enden die Xian in den Händen halten werden."

Niobe ließ ihren Kopf in die Hände sinken und sprach mit leiserer Stimme. „Ich gebe dir Recht. Ich verstehe wenig davon, aber auch ich habe schon zu viel gesehen, um wirklich daran glauben zu können. Aber mein Bruder Lao hat all das nicht sehen wollen. Er hat fest daran geglaubt, dass sich die guten und die bösen

Kräfte am Ende ausgleichen und für alle das Beste daraus entstehen kann. Er war in seinem Streben zu gutgläubig und er war zu sehr durchdrungen von der Philosophie des Dao, die unsere Mutter uns beigebracht hat. Danach ist es in der Natur wie auch im menschlichen Leben so, dass ein stetiger Wandel sich aus dem Zusammenspiel von Gut und Böse oder Zerstörung und Erschaffung ergibt."

„Ich verstehe wenig vom Dao, aber steht dabei nicht im Vordergrund, dass der Weise sich nicht in den Wandel und den Lauf der Dinge einmischen soll, da sein Handeln sonst eine Einmischung wider das natürliche Wirken des Dao wäre? Soll er nicht eher wie ein Blatt im Wind den Kräften nachgeben, um weiter getragen zu werden als alles, was dem Wind widersteht?"

„Auch wenn du es nicht so siehst, du verstehst viel vom Dao. Wahrscheinlich verstehst du mehr davon als mein Bruder, der sich Dinge gerne so zurechtlegt, damit sie ihm passen. Aber was sitzen wir hier rum und philosophieren. Davon habe ich nichts. Ich habe meinen Bruder nicht gesprochen, seitdem er gegangen ist und ich komme auch per Implantatkontakt nicht zu ihm durch. Natürlich habe ich es zuerst durch die Vordertür versucht, aber man hat mein Ansinnen endgültig abgelehnt. Ich werde nicht zu ihm herein gelassen. Ich muss ihn aber wiedersehen und ihn nachhause zurückholen."

„Wie ist dein Bruder? Ich würde gerne hören, wie du ihn beschreibst, damit deine Geschichte für mich mehr Farbe und mehr Kontur bekommt. Langsam nehme ich innerlich wirklich Anteil daran. Es gibt ja viele Gründe für den Widerstand, aber die geschwisterliche Liebe ist einer der schönsten. Dieser Grund fehlt noch in den Reihen unserer Mitstreiter. Aber alles der Reihe nach."

„Er ist groß und hat ungewöhnlich große, wohlgeformte Augen, die jedem sofort verraten, dass in seinem Blut die westliche Hemisphäre mit der östlichen vermischt ist. Er hat ein Lächeln, das Kummer in Freude verwandelt. Er kann Missstimmung schnell vergessen lassen, weil er durchdrungen ist von einer Energie, die wie ein Funkenschlag das Dunkle überwindet. Er sieht schon längst das Positive, während ich noch dem Negativen nachhänge. Wenn es kein schönes Ereignis gibt, an dem er sich erfreuen kann, dann schafft er sich kurzerhand eines. Er sprüht vor Einfallsreichtum und manchmal ist er deswegen auch etwas anstrengend."

Ragnar strich erneut mit seinen Fingern durch den Bart. „Ich kenne jemanden, einen großen Menschen, der auch aus der westlichen Hemisphäre kommt und ein Kind mit seiner Frau aus dem fernen Tsingtao hat. Ich weiß, dass er auch eine Ziehtochter hat. Aber, was spinne ich. Davon gibt es sicher tausende."

„Wie heißt er?"

„Caius Lingdao, ein Berater des Hohen Rates, der zu den alten Werten steht und dafür auch zu kämpfen bereit ist. Ich habe ihn bei der letzten großen Zusammenkunft des Widerstands sprechen hören und dabei stockte mir der Atem, so sehr war ich von seinem Auftreten beeindruckt."

Niobe saß mit halb geöffneten Mund, schüttelte langsam ihren Kopf und begann zu lachen.

Jun und Ly
Jahr 2021 nach der Erleuchtung, 4. Monat

Jun war es nicht viel anders ergangen als Lao. Sein Eifer war bald umgeschlagen in eine pragmatische Resignation. Pragmatisch insofern, als dass er dem Aufenthalt in der Sternenstadt zwei Dinge abgewinnen konnte. Zum einen war die Bezahlung ordentlich. Nachdem in den Belegschaften der einzelnen Abteilungen sich Unmut entladen hatte, weil das Projekt nicht den erhofften Verlauf nahm, hatte die Projektleitung erkannt, dass motivierende Appelle nicht mehr ausreichend waren. Um die Gemüter zu beruhigen, wurden die Löhne kräftig erhöht. Die Kosten dafür wurden mehr als ausgeglichen durch Gelder aus der Reichskasse, auf die von den Xian mittlerweile schamlos zugegriffen wurde.

Für Jun hätte die gute Bezahlung alleine aber nicht gereicht, um beide Augen vor dem Betrug zu verschließen, der offenkundig begangen wurde. Sein Gemüt wurde erst durch die vielen Vergnügungseinrichtungen beruhigt, die innerhalb der Sternenstadt entstanden waren. Es gab große Einkaufsareale und Tavernen. In den steinernen Konsumtempeln waren auch Etablissements untergebracht, die Freuden zweifelhafter Art anboten. Es gab viele Orte, an denen man vergessen konnte, dass ringsherum in jeder Richtung für mindestens tausend Kilometer lebenswidrige Umstände herrschten. An all diesen Orten konnten die Löhne gleich wieder in Umsätze für die Konzerne der Xian umgewandelt werden. Jun gewöhnte sich an ein Leben des Müßiggangs und der unbeschwerten Alltagsfreuden. Auch beobachtete er mit großer Aufmerksamkeit, dass aus den Zweckgemeinschaften zwischen weiblichen und männlichen Mitarbeitern bald überall Beziehungen amouröser Art entstanden und es auch schon einige Hochzeiten gegeben hat. Die neu entstandenen Einrichtungen schienen für diese Entwicklung ein Katalysator zu sein. Da musste es doch auch für ihn Chancen geben, dachte Jun. Und eine solche Chance, die ihm vor einem Jahr noch völlig unwirklich erschienen wäre, bot sich ihm schneller als gedacht. Dies geschah aber nicht an einem Ort, an dem er danach gesucht hätte.

Nach dem ersten Treffen mit Ly, der Tochter des Clanoberhaupts der Xian, blieben in Juns Kopf zuerst für Wochen und Monate nur feuchte Träume von Ly bestehen. Dann kam es aber zu einem unerwarteten Wiedersehen. Bei einer Untersuchung in der Krankenstation der Sternenstadt, der sich alle Mitarbeiter unterziehen mussten, war Jun nicht in das Behandlungszimmer geleitet worden, in dem er zwei seiner Kollegen zuvor hatte verschwinden sehen, sondern in ein anderes Zimmer am Ende des Flurs. Das Zimmer glich mehr der Halle im Inneren eines Tempels. In großen Regalen aus dem Holz einer seltenen Bergulme waren Schriftrollen und Bücher aufbewahrt. Der Raum war in der Mitte durch große Paravents mit Schnitzereien von erhabener Qualität geteilt, die den Blick versperrten. So kam es, dass Jun zuerst nur die Stimme Lys hörte, die ihn bat, näherzutreten und die Barriere durch einen schmalen Durchgang zu durchqueren, der sich an der Seite des Raumes befand. Erst danach sah er sie, wie sie hinter einem gewaltigen Schreibtisch mit Intarsien und Schnitzereien von den Bergen des Qin Ling-Gebirges saß, aus dessen Schoß die Vorfahren der Xian gekommen waren. Auch wenn die Größe des Raumes und die atemberaubende Schönheit seiner Einrichtung eine Unnahbarkeit und Distanz schaffen sollten, fing Jun sofort Feuer, als er Ly wiedersah. Er eilte zu ihrem Tisch, ohne dass er ihre Stellung als Tochter des großen Xian und als Leiterin der ärztlichen Einrichtung der Sternenstadt als Hürde empfunden hätte. Die Frau seiner Träume war dort und ihr Blick war unvoreingenommen freundlich. Sie schien ehrlich erfreut zu sein, ihn wiederzusehen.

Ly beugte sich vor und sprach leise. „Jun, welche Freude. Ich habe dich auf der Liste der diagnostischen Abteilung gesehen und die Gelegenheit genutzt. Ich wollte früher schon Kontakt zu dir aufnehmen, aber meine Verpflichtungen hier haben mich davon abgehalten. Lass uns ein wenig spazieren, ich muss auf andere Gedanken kommen." Ly erhob sich und schritt um den kolossalen Tisch herum, der ihre Figur so zierlich wie die eines Kindes erscheinen ließ.

Jun nahm ihren Arm, den sie ihm entgegenstreckte, und hakte sie unter, bevor beide der Tür entgegenschritten. Unwillkürlich versuchte er jedem seiner Schritte Würde zu verleihen, bis er spürte, dass der Raum diesen Einfluss auf ihn hatte und er sich noch so sehr bemühen konnte, ohne je das Gefühl loszuwerden, er sei es nicht würdig, hier zu sein. Jede Handlung, die in diesem Raum vollzogen wurde, so erschien es Jun, war dem Ort nicht angemessen in ihrer menschlichen Unvollkommenheit. Die Größe und Schönheit des Raumes erschienen ihm nicht dafür gemacht, darin zu lachen und Freude und Leiden des Diesseits miteinander zu teilen. Es war vielmehr ein Raum, um fremde Gottheiten zu ehren oder Tote aufzubahren. Um den Bann zu brechen, den der Ort ihm auferlegt hatte, versuchte er es, nun schon im Flur angekommen, mit einem belanglosem „schön hast du es hier".

„Ja, so schön wie es in einer Gruft sein kann. Der Raum ist eine exakte Kopie der Ahnenhalle der Xian. Das Ganze ist ein perfider Scherz meines Vaters. Das ist neuerdings sein Humor. Mein Vater ist ein anderer Mensch geworden. Ich habe den Eindruck, dass er sich mit dem Wahnsinn verbrüdert hat. Aber, lass uns nicht über meinen Vater sprechen."

Mittlerweile waren sie draußen und betraten die Biosphäre, in der für die Rekonvaleszenz der Kranken das Seeklima gemäßigter Breiten synthetisiert wurde. Um einen authentischen Eindruck zu vermitteln, war hier ein Meer in Miniatur angelegt worden, um das herum die Flora und Fauna der nördlichen See gedieh. Das Areal war gut übersehbar, sodass Jun und Ly schnell einen Ort in den künstlichen Dünen fanden, an dem sie ungestört sein konnten. Dort setzten sie sich in den Sand zwischen Inseln aus Dünengras, dessen Stängel sachte im künstlichen Wind wogen.

Jun merkte, dass Ly betrübt war und verschlossener wirkte als bei dem ersten Aufeinandertreffen. Er schob es auf Querelen mit ihrem Vater. So gerne er auch mehr darüber in Erfahrung gebracht hätte, respektierte er doch ihren Wunsch, nicht darüber sprechen zu wollen.

Er wollte aber unbedingt herauszufinden, ob hinter Lys Wunsch, ihn wiederzusehen, mehr steckte, als sich bloß die Zeit vertreiben zu wollen. Daran, dass Ly tatsächlich viel für ihn empfand und ihn als Mann für sich gewinnen wollte, konnte er kaum glauben. Sie war in so hoher Stellung, dass ihr jeder Mann zur Verfügung stehen würde. Er wollte nicht wieder in eine lange und belanglose Plauderei verfallen, wie am ersten Abend, sondern fragte sie direkt: „Weshalb wolltest du mich wiedersehen".

„Auch wenn es vielleicht nicht den Anschein hat, bin ich ziemlich einsam hier. Es war auch kein leichter Entschluss für mich, in diese verdammte Einöde zu gehen. Ich hätte auch in anderen Krankenhäusern eine Anstellung gefunden, nachdem ich von der Akademie meine Approbation zur Heilerin erhalten hatte." Ly schwieg für einige Augenblicke und wirkte dabei bedächtig, als würde sie um eine passende Erklärung ringen, die eher etwas verbergen sollte, als die Wahrheit zu enthüllen. „Hier zu sein, bedeutet eine große Chance für mich. Niemand in meinem Jahrgang übernahm gleich im ersten Berufsjahr so viel Verantwortung wie ich. Auch kam niemand an einen Ort, an dem Geschichte geschrieben wird. Menschen helfen zu können, war immer mein größter Wunsch gewesen, und das kann ich auch hier."

Ly hielt erneut inne und ließ kaum merklich ihren Kopf sinken.

Jun spürte eine Spur von Enttäuschung bei sich. Sie war bloß einsam und er war ein verständiger junger Mann, mit dem sie sich ein wenig die Zeit vertreiben wollte.

Ly schien Juns Enttäuschung zu spüren. „Jun, ich mag dich und ich genieße es, mit dir zusammen zu sein. Ich weiß, wir kennen uns kaum, aber hier draußen muss man sich auf sein Gefühl verlassen und ich glaube, dass ich ein gutes Gespür dafür habe, wer mir guttut und wer nicht. Wir müssen nichts überstürzen. Lass uns einfach sehen, was daraus wird."

Jun lächelte und war vorerst zufrieden mit der Antwort. Er glaubte zwar nicht, dass eine platonische Freundschaft zwischen Mann und Frau lange Bestand haben kann. Bald aber würde es sich in die eine oder andere Richtung entwickeln. Außerdem könnte es sich für ihn noch von Vorteil erweisen, wenn er das Vertrauen und sogar die Sympathie der Tochter von Thanh Xian hatte. Ein wenig schämte er sich für diesen Gedanken, da er doch wirklich etwas für sie empfand, aber er verband alles mit dem ihm eigenen Pragmatismus. Selbst wenn sie in ihrer Familie das schwarze Schaf zu sein schien - sie war eine Xian. Er musste nur seine Gefühle in den Griff bekommen, was so viel bedeutete, wie die Liebesbrandwunde in Eiswasser zu betäuben.

Ihr Gespräch verlief weiter als angenehme Plauderei. Ly schien darin aufzublühen. Sie genoss es, an Dinge zu denken und darüber zu sprechen, die ihr in ihrer Heimat wichtig waren. Dabei fanden sie viele Gemeinsamkeiten. Sie liebten beide das Meer und sie mochten beide gerne die virtuellen Umgebungen, die von Fa Gung, dem in ihrer Sicht größten Demiurgen ihrer Zeit, erschaffen worden waren. Auch liebten sie beide das Lesen von Geschichten in Form von geschriebenem Text. Diese Tätigkeit zur Unterhaltung wurde nur noch von wenigen betrieben und entsprechend rar waren die Geschichten aus ihrer Zeit. Es gab aber einen unerschöpflichen Fundus von Texten aus vergangenen Jahrhunderten. Diese Schriften waren längst ein nur noch wenig beachtetes, irgendwo in digitalen und reizüberflutenden Welten schlummerndes Kulturgut geworden.

Als Jun und Ly den Ort am künstlichen Meeressaum verließen, war Jun zu gleichen Teilen beseelt, verwirrt und melancholisch gestimmt und ahnte, dass diese Gefühlslage für die kommenden Nächte nichts Gutes bedeuten würde. Er musste sie wiedersehen, möglichst bald, und er musste ihr näherkommen. Er musste der Beziehung einen Stoß versetzen, die sie in die richtige Richtung kippen ließ. Aber wie nur?

Niobe
Jahr 2021 nach der Erleuchtung, 5. Monat

Zwischen dem ersten Augenaufschlag und dem letzten Mal, dass sich Niobes Lider an diesem Tag schlossen, lagen Ereignisse, die ihr das Leben vor ihrem Ausbruch aus dem behüteten Heim wie ein einziger Spaziergang durch den Park erscheinen ließen. Sie hatte sich in schlechter, ja in übelster Gesellschaft aufgehalten, hatte sich betrunken und wäre noch nach Hilfe und Geborgenheit suchend in den Armen eines der Halunken in der schmierigen Spelunke gelandet, wenn Ragnar sie nicht vor Dummheiten bewahrt hätte. Die Luft war tagsüber so heiß und trocken gewesen, dass sie ihr in Flammen gestanden zu haben schien. In der Heimat, an die sie wehmütig dachte, war der Sommer gerade in allen Farben und den raschelnden Klängen der Seeluft durchwehten Wiesen und Haine erblüht. Hier wuchs nichts und nirgendwo war der kühlende Schatten von Bäumen. Ihr eigener Schatten im Staub, über dem das Licht vor Hitze flimmerte, erschien Niobe wie ein Sinnbild ihrer Vergänglichkeit. Was machte sie bloß hier? Weshalb war sie nicht an einem Ort, wo sie ihre Jugend genießen konnte, anstatt sich elementaren Kräften der Natur und der Anstandslosigkeit von zu Tieren gewordenen Menschen auszusetzen? Ihre Hoffnung auf Besserung der Lage wurde neu entflammt durch die unerwartete Wendung, die der Lauf der Dinge durch die herzliche Aufnahme in den Kreis von Ragnars Familie nahm. Dort vollzog sich auch sehr bald ein Wandel in ihren Ansichten und Absichten.

Sie hatte ja schon einiges gehört über Proteste gegen das Treiben der mächtigen Clans und war bislang doch davon überzeugt gewesen, dass es sie nur in dem Punkt betraf, dass ihr Bruder darin verwickelt war. Hier aber, so nah und gleichzeitig so fern von dem Geschehen, das die Geschicke Terranovas nachhaltig verändern sollte, machte es sie plötzlich wütend. Was sie von Ragnar und den anderen Widerständlern über die Xian hörte, feuerte ihren Zorn an. Sie hatte noch immer die Hoffnung, dass sie bald einen Weg in die Sternenstadt finden würde, um Lao zu treffen und zur Vernunft zu bringen. Was sich aber rasch veränderte, war ihre Einstellung dazu, unter welchen Umständen dies geschehen sollte. Sie wurde von der unpolitischen, noch etwas kindlich naiven Niobe zu einer nachdenklichen Niobe, die sich interessierte für das Unrecht, das um sie herum geschah. Sie wollte nunmehr nicht nur zu Lao vorstoßen, um bei ihm zu sein, wo immer dies auch sein mochte, sondern sie wollte ihn aus den Fängen eines Ungeheuers befreien. Als solches erschienen ihr die Xian mehr und mehr.

Es vergingen einige Tage ohne Fortschritte. Im Lager des Widerstands fühlte Niobe sich aber immerhin gut aufgehoben und fand Beschäftigungen, die sie an zuhause erinnerten. Schnell schloss sie Freya in ihr Herz, mit der sie täglich viele Stunden verbrachte. Darüber waren auch die Eltern Ragnar und Vara sehr glücklich, da Freya mit Niobe zusammen vergessen konnte, wo sie war und was ihr hier fehlte. Außerdem durfte sie mit Niobe zusammen das kleine Areal verlassen, das der

Widerstand vor den Toren der Sternenstadt für sich beanspruchte, und das taten sie häufig.

Etwa zwei Wochen nach Niobes Ankunft war wieder ein solcher Tag, an dem sie mit Freya das Lager verließ. Freya hatte sich einen Bogen umgeschnallt. Diesen hatte sie mit Niobes Hilfe aus dem knorrigen Holz eines der wenigen anspruchslosen Gewächse hergestellt, die hier wuchsen. Die Pfeile in ihrem Köcher bestanden aus demselben Holz und hatten vorne Spitzen aus Metall, das Freya im Müll gefunden hatte. Niobe hatte neuerdings auch eine Waffe bei sich, die Ragnar ihr beschafft hatte. Es war eine Klinge aus einem Metall, das von einem der Förderwerke auf dem Mars stammte. Die Schneide war so scharf, dass sie sich verwundete, als sie bloß sachte mit dem Finger darüber strich.

Für Freya war der Bogen mehr ein Spielzeug, mit dem sie auf leblose Dinge schoss. Einmal hatte sie ihn benutzt, um auf die Beleuchtung zu schießen, die den Streifen vor der Mauer um die Sternenstadt nachts ausleuchtete. Es war ihr dabei gelungen, einen der Strahler zu zerstören, woraufhin sofort eine Drohne das Areal absuchte und die Beleuchtung wiederherstellte. Freya war in sicherer Entfernung und blieb dabei unbemerkt.

Niobe zermarterte sich noch immer den Kopf, wie sie in die Sternenstadt hineingelangen konnte. Es galt ein weitgehendes Verbot für Ein- und Ausgänge. Hinaus kam das Personal nur mit Sondergenehmigung. Lao hätte vermutlich die Möglichkeit gehabt, eine solche Genehmigung zu erhalten, aber er wusste ja nichts von ihrem Aufenthalt in seiner Nähe und was sollte ihn sonst dazu veranlassen? Ihn zu kontaktieren, war unmöglich. Jeder Versuch scheiterte. Niobe erhielt nur immer die Fehlermeldung, dass ein Kontakt derzeit wegen technischer Probleme nicht hergestellt werden könnte, was offensichtlich auf eine Blockade der Kommunikationswege zurückzuführen war.

Was blieb also anderes übrig, als zu warten, dass etwas passierte? Da konnte sie auch ein bisschen Spaß haben. Sie liebte Kinder ohnehin und es machte ihr große Freude, wenn sie Freya zum Lachen bringen, ihr etwas beibringen oder Abenteurer spielen konnte. Dabei war Letzteres schon weniger ein Spiel als die tägliche Realität. Jeder Schritt außerhalb des Lagers konnte gefährlich werden und allzu weit wagten die beiden sich nicht hinaus. Den Ort mit seinen Verhauen aus Blech und den schmutzigen Spelunken, an dessen Rand sich das Lager des Widerstands befand, hatten sie noch nicht verlassen. Im Vergleich zu dem, was dort draußen in der Wüste auf sie lauern könnte, wurde hier zumindest vonseiten der Distriktverwaltung versucht, eine Imitation dessen zu schaffen, was die Zivilisation Terranovas ausmachte. Obgleich diese Imitation schlecht gelang, da der lange Arm des Hohen Rates kaum bis hierhin reichte und die Politik sich in den letzten Jahren sowieso immer weniger darum besorgt hat, was außerhalb der reicheren Distrikte geschah.

8. Teil

Niobe und Merian
Jahr 2021 nach der Erleuchtung, 6. Monat

An einem dieser Tage, an denen sich Frustration und Langeweile breit machten, sah Niobe die wohl auffälligste Gestalt der Widerständler zwischen ihrem Zelt und einem merkwürdigen kastenförmigen Vehikel hin und herlaufen. Das Fahrzeug mutete an wie ein Ungetüm aus den Urzeiten der Mobilität. Merian verlud Kanister, Decken, Felle und Ausrüstungsgegenstände sowie Messgeräte, die Niobe nicht hätte benennen können. Im Gegensatz zu allen anderen Widerständlern, die mit kurzen Tuniken oder armlosen Shirts herumliefen und ihre Haut lieber mit einem chemischen Sonnenblocker schützten, trug er ein langes weißes Gewand. Damit ähnelte er aus der Ferne den Männern und Frauen eines der Nomadenstämme der Gegend, die Vorräte in der Siedlung kauften oder Erzeugnisse aus der von ihnen betriebenen Viehzucht verkauften. Niobe hatte Merian erst ein paarmal im Lager gesehen, da er die meiste Zeit unterwegs war. Wohin man hier tagelang unterwegs sein konnte, war Niobe ein Rätsel, aber Merian schien es nicht lange an einem Ort auszuhalten.

Diesmal wollte Niobe unbedingt wissen, wohin es ihn wieder treiben würde. Wenn es da draußen etwas zu sehen gab, so wollte sie davon erfahren und würde selbst dorthin aufbrechen, um nicht länger das sinnlose Ausharren ertragen zu müssen. Sie wollte, wenn sie hier schon erstmal nichts ausrichten konnte, wenigstens etwas erleben, von dem es sich zu erzählen lohnen würde.

Sie dachte dabei auch an Lao, den sie mit ihren Erlebnissen beeindrucken wollte. Die letzte Zeit hatte ihr gezeigt, wie wenig sie bisher herumgekommen war und wie unbedarft sie ans Leben herangegangen war. Sie hatte nicht viel darüber gewusst, was überall passierte und was in vergangenen Zeiten auf diesem Planeten vor sich gegangen war. Immerhin hatte sie den Mut aufgebracht, von zuhause fortzugehen und hierher zu kommen. Das war schon mehr, als die meisten ihrer früheren Mitschülerinnen erleben würden. Jetzt aber steckte sie hier fest und hatte von Tag zu Tag mehr Angst, zu versagen und am Ende nichts zu erreichen. Dann, so dachte sie, würde sie nach Hause zurückkehren und dort versauern. Diese Gedanken wurden langsam zu ihrem Antrieb, die Zeit für sich sinnvoll zu nutzen und Dinge sehen und erleben zu wollen. So nahm sie ihren Mut zusammen und trat aus dem Zelt.

Sie stellte sich so hin, dass Merian ihren Weg kreuzen musste und sprach ihn an, als er auf sie zukam: „Hallo, ich habe gesehen, wie du all diese Dinge zu der Gondel bringst und frage mich, wohin du damit aufbrechen möchtest."

Merian hob den Schleier, den er zum Schutz vor der Sonne vor das Gesicht geschlagen hatte, und lachte. „Ha, dort wo du herkommst, sagt man wohl zu allem Fahrbaren Gondel. Das hier ist aber alles andere als eine Gondel. Dies ist ein Geländewagen und wenn du damit ein paar Kilometer durch die Wüste gebrettert bist, spürst du jeden Knochen in dir. Ich fahre gleich raus. Dort gibt es einen Ort, von dem ich die Einheimischen habe reden hören. Unter uns, es ist eine Ruinenstadt und ich bin auf Schatzsuche, aber erzähle das niemanden. Es soll kein Gerede entstehen. Die Behörden sehen das nicht gern. Sie würden auch nicht verstehen, dass ich nicht nach Goldschätzen grabe, sondern dass die wahren Schätze nur hier oben gesammelt werden können." Bei den letzten Worten zeigte er auf seinen Kopf. Als er weitersprach, senkte er die Stimme etwas.

„Es wird ein weiter Weg bis dorthin, deshalb benötige ich viele Vorräte und muss auf alles vorbereitet sein. Ich werde wohl schon ein paar Nächte wegbleiben."

„Was für eine Stadt mag das sein, hier mitten in der Wüste?"

„Erstens war hier nicht immer eine so karge Wüste wie heute und zweitens gab es Zeiten, wo die Menschen geglaubt haben, sie könnten mit dem Planeten machen was sie wollten. Dazu zählte auch, die Wüste fruchtbar zu machen, koste es an Ressourcen, was es wolle. Ich weiß, heute setzt dieser Glauben sich erneut durch, aber das war lange Zeit anders."

Niobe wollte etwas sagen, was klug klingen und Merian beweisen sollte, dass sie eine eigene Meinung zu den Dingen hatte. Sie spürte aber, dass sie nicht aus Überzeugung sprach, sondern bloß der Regung ihres Widerspruchsgeistes nachgab. „Heute könnte man doch, dank Kernfusion und all der Technologie, die man hat, hier ein fruchtbares Land entstehen lassen, ohne die Ressourcen dafür aufbrauchen zu müssen."

Merian lachte wieder, aber diesmal glaubte Niobe eine Form der Verachtung aus seinem Lachen herauszuhören, gleichzeitig aber auch die Milde dessen, der schon so vieles gesehen hat und weiß, dass er ihr damit weit überlegen ist. „Das kannst du nur behaupten, weil du noch ein Kind bist und dazu eines, das nur die urbare Sphäre Terranovas kennt, nicht aber in den großen Biosphärenreservaten den Stimmen der wahren, unverfälschten Natur gelauscht hat. Ich war für Wochen im Dschungel, in Wüsten, in Eiswüsten und überall dort unterwegs, wo der Hohe Rat in längst vergangenen Zeiten der Vernunft Zonen eingerichtet hat, in denen der Mensch die Natur so belässt, wie sie ist. Wenn du hier Städte baust und die Wüste mit bewässerten Wäldern überziehst, störst du damit den globalen Wärmeaustausch, für den die großen sonnenreflektierenden Sandflächen wichtig sind. Außerdem ist auch die Wüste kein Ort der reinen Verderbnis und des Todes. Auch die Wüste ist ein Lebensraum für endemische Arten, die du vernichten würdest, wenn hier alles planiert würde."

Niobe nickte und tat verständig, da Merian ihr in seinen Ansichten und der Art, wie er sich gab, merkwürdig und faszinierend erschien. Ihr Widerspruchsgeist hatte zwar wieder kurz aufbegehren wollen, als Merian sie als Kind bezeichnet hatte, aber sie wusste, dass er in der Sache Recht hatte. Dass sie kein Kind mehr war, wollte sie ihm noch beweisen. Es war ihr in dem Moment noch schleierhaft, weshalb ihr das etwas bedeutete, aber Merian hatte etwas an sich, was sie bewunderte. Sie fragte aus echter Neugierde heraus: „Und diese Stadt, was gibt es dort zu sehen?"

„Ich weiß es noch nicht. Es ist eine Ruine aus der Zeit vor dem Ende der großen Spaltung der Hemisphären. Ich bin in den letzten Wochen viel unterwegs gewesen auf der Suche nach archäologischen Spuren und habe dabei einiges entdeckt. Diese Ruine scheint aber ein Geheimnis in sich zu bergen. Ich weiß, dass es von jedem Quadranten hier detaillierte Bilder aus dem All gibt und dass alles hier im Grunde bereits kartographiert ist. Es sind auch bereits einige Ruinenstädte in der Wüste bekannt, von denen noch die Stahlskelette von Türmen bis zweihundert Meter hoch in den Himmel ragen. Ansonsten ist dort aber kaum mehr etwas an kulturellen Zeugnissen zu sehen. Die Menschen haben irgendwann begonnen, ihr Wissen und ihren ganzen kulturellen Fundus auf Datenträger zu bannen, die die Zeiten nicht überdauert haben. Das Besondere an dieser Ruine ist nun, dass es keine Karte gibt, auf der sie eingezeichnet ist und auch kein Bild aus dem All existiert, wo mehr zu erkennen ist als eine unscharfe grüne Fläche.

Die Nomaden bezeichnen den Ort als die verfluchte Smaragdstadt. Sie ist für sie ein Ort, wo Götter wohnen und den noch keiner von ihnen je selbst betreten hat, da dies ein Sakrileg wäre. Der Anblick aus der Ferne muss den Menschen dieser Region, deren Deutung der Dinge weniger auf der Vernunft als auf altem Aberglauben fußt, alleine schon einen Schrecken bereiten. Für die Nomaden und Plünderer und auch für den Rest Terranovas, der sich in den letzten Jahrhunderten mehr mit dem Gegenwärtigen beschäftigt hat, als aus der Vergangenheit lernen zu wollen, hat es keine große Bedeutung, was mit dieser Stadt geschehen sein mag, aber für mich. Ich bin vielleicht süchtig, aber es ist eine Sucht, die mir Kraft gibt und mich immer neu antreibt. Ich will immer mehr erfahren und mein Wissen vermehren." Merian unterbrach sich. Er fasste sich ans Kinn, bevor er, mehr zu sich selbst, weitersprach. „Weshalb erzähle ich dir das eigentlich alles? Wahrscheinlich, weil es die letzte Gelegenheit in Tagen sein wird, mit einem Menschen zu sprechen."

„Ich bin dir sehr dankbar dafür, dass du mir das erzählt hast. Und ich bin neugierig. Ich möchte auch das sehen und erleben, was du auf deinen Fahrten erlebst."

„Ich weiß nicht, ob du so denken würdest, wenn du wüsstest, was das bedeutet. Diese Expedition wird gefährlich. In Ruinen kann immer etwas einstürzen oder es könnten dort Wesen hausen, ob Menschen oder Tiere, die Eindringlingen gegenüber eine eindeutige Sprache sprechen – die Sprache der Gewalt. Habe ich alles schon erlebt."

„Das ist es gerade. Ich möchte ein wenig Nervenkitzel. Ich möchte etwas sehen und erleben und ich möchte auch mehr wissen."

„Wissbegier ist ein guter Grund, nicht aber die Suche nach Nervenkitzel. Ich bin immer froh, wenn ich meine Expeditionen ohne unvorhersehbare Gefahren überstehe und dann von den Bildern und Erinnerungen eine Weile zehren kann. Darum geht es mir, nicht um die Gefahr an sich. Aber, ich entsinne mich, dass ich früher auch einmal so gedacht habe wie du. Das wird aber schnell vergehen, wenn du wirklich mal in eine gefährliche Lage kommst. Dann möchtest du nur noch weg und schnell wieder dorthin zurück, wo du sicher bist. Wenn du so etwas erlebt hast, zeigt sich erst, ob die Wissbegier wirklich so stark ist, dass sie dich wieder hinaustreibt. Nach vielen Jahren der Nachforschungen in der Natur und in den kulturellen Schätzen der Vergangenheit kann ich aber sagen, dass es sich für mich gelohnt hat. Ich bin heute so frei wie kein anderer Mensch auf Terranova und ich weiß genau, was ich als nächstes will."

„Du sprichst mir aus der Seele. Bitte, lass mich dich begleiten."

Merian hatte noch nie jemanden auf eines seiner Abenteuer mitgenommen. Weshalb er seinem eigenen Vorsatz dieses eine Mal untreu wurde, wusste er selbst nicht, doch er ließ es geschehen.

Ein bisschen Romantik
Jahr 2021 nach der Erleuchtung, 6. Monat

Der Geländewagen war bald fertig beladen. Niobe hatte das Nötigste mitgenommen und in eine der Metallkisten gepackt, die noch leer auf der Ladefläche gestanden hatten. Früher hätte sie sich nicht vorstellen können, mit nur einem Satz Wechselkleidern für mehrere Tage zu verreisen. Schon gar nicht hätte ihr der Gedanke gefallen, mit einem fremden Mann ins Ungewisse aufzubrechen. Etwas in ihr hatte sich aber durch den Umgang mit den Widerständlern und durch die schon bestandenen Prüfungen geändert.

Auf dem Weg von ihrem Zelt zum Wagen traf sie Ragnar und Freya, die sie fragten, was sie vorhätte. Niobe antwortete wahrheitsgemäß und erntete von Ragnar ein Kopfschütteln. „Merian", so sprach Ragnar, „ist ein wenig verrückt, musst du wissen. Lass dich lieber nicht auf ein solch unnötiges Abenteuer ein. Es könnte sein, dass wir dich hier noch brauchen." Ragnar verstummte kurz, bevor er wieder ansetzte. „Andererseits, wenn ich es recht bedenke, kann es dich nur stärker machen und Merian kann einem einiges lehren, was dem modernen Menschen unserer Tage fremd geworden ist. Ich will dir nichts vorschreiben. Du bist eine erwachsene Frau. Pass aber gut auf dich auf. Ich meine es ernst, nicht bloß als Floskel. Merian begibt sich in Gefahr und niemand, auch er nicht, kann wissen, was dort draußen alles passiert." Ragnar seufzte und winkte Freya herbei, die er gerade um benachbarte Zelte hatte schleichen sehen.

Freya kam und schaute etwas verwirrt, als sie Niobe und Ragnar so stehen sah, mit Mienen, die sie nichts Gutes ahnen ließ. Ragnar strich Freya über das rote Haar, das mittlerweile etwas verfilzt war. „Freya, Niobe wird für ein paar Tage nicht hier sein." Er konnte kaum aussprechen, da fiel ihm Freya ins Wort, während ihr Tränen in die Augen schossen. Erst wandte sie sich an ihren Vater „bitte Papa...," brach aber ab, ohne den Rest des Satzes ausgesprochen zu haben, und drehte sich dann zu Niobe um. „Niobe, bitte bleib. Ich will nicht, dass du gehst. Oder lass mich mitkommen. Ich mache auch nichts, was euch stören könnte."

Niobe strich Freya über die Wange und versuchte, ihr mit ruhigem Tonfall zu antworten. „Ich bleibe nur für ein paar Tage weg. Danach komme ich wieder, ganz bestimmt."

Freya weinte und in ihren Worten schien der Klang eines früheren Verlustes mitzuschwingen. „Ich glaube dir nicht. Du wirst uns verlassen und dann werde ich dich nie wiedersehen und ich werde sterben vor Langeweile. Wenn du wirklich nur für ein paar Tage weggehst, warum kannst du mich dann nicht mitnehmen?"

Jetzt sprach Ragnar. „Freya, beruhige dich. Niobe möchte mal etwas anderes sehen und fährt nur für ein paar Tage mit Merian in die Wüste hinaus. Es passiert ihr nichts. Sie wird bald wieder hier sein."

Freya hatte sich die Tränen aus den Augen gewischt und schien neuen Mut gefasst zu haben. „Wenn nichts passieren wird, dann kann ich doch mitkommen. Ich hole nur schnell ein paar Sachen."

Ragnar hielt sie an der Schulter, sah ihr mit festem Blick ins Gesicht und sagte mit einer Strenge, die Niobe noch nicht an ihm kennen gelernt hatte: „Nein, du bleibst hier. Ich sagte, es wird ihr nichts passieren. Sie ist eine erwachsene Frau und weiß auf sich aufzupassen. Du bist ein Kind und dazu noch eines, das Unsinn anstellt, wenn man nicht immer ein Auge auf es hat. Es war vor ein paar Tagen jemand hier und hat alles auf den Kopf gestellt, um nach einer Waffe zu suchen, mit der offenbar jemand versucht hat, die Sternenstadt anzugreifen. Es wurde, so hieß es, an der Mauer ein Schaden angerichtet. Sag mir nicht, dass du das nicht warst. Ich weiß, dass du dich mit deiner selbst gebastelten Waffe in der Wildnis herumtreibst. Was meinst du, was die mit dir gemacht hätten?"

Freya rang erneut mit den Tränen, blieb diesmal aber stark. „Diese Waffe hat mir Niobe gebaut."

Ragnar warf Niobe kurz einen Blick zu, richtete sein Wort aber erneut an die Tochter. „Niobe greift aber nicht die Sternenstadt an, zumindest nicht auf so plumpe Weise. Außerdem hat sie dir eine Waffe gebaut, damit du dich vor wilden Tieren und bösen Menschen schützen kannst. Trotzdem, das war nicht klug von ihr. Mit dem Ding verletzt du dich doch eher selbst. Sie, und ich als dein Vater noch viel mehr, wir wollen doch beide, dass du sicher bist und dass es dir gut geht. Deshalb muss ich dir verbieten, mitzukommen. Für ein Kind ist es viel zu gefährlich."

Freya erwiderte nichts mehr und zuckte mit den Achseln. Ragnar und Niobe vermuteten, dass Freya sich abgefunden hatte damit, dass sie noch zu klein war für das Abenteuer.

Niobe holte noch ein paar letzte Dinge aus dem Zelt und verabschiedete sich von Ragnar mit einem flüchtigen Kuss auf die Wange. „Ich komme wieder, ganz bestimmt." Sie wollte auch Freya noch auf Wiedersehen sagen, fand sie aber nirgends. Da Merian auf Abfahrt bei Tageslicht drängte, musste sie gehen, ohne Freya nochmals gesehen zu haben.

Die erste Etappe lag bald hinter ihnen. Sie waren bis zur Dunkelheit noch einige Stunden gefahren. Merian hielt an einem Ort, der von Felsen umringt war und ein wenig Schutz vor Winden gewährte, die durch die hohen Temperaturunterschiede zwischen Tag und Nacht aufkommen konnten. Dort warf er die Platte auf den Boden, aus der innerhalb von Sekunden ein Zelt mit zwar flexiblen, aber festen Wänden entstand. Niobe schaute dem Schauspiel mit Staunen zu.

„Ich dachte, ein echter Abenteurer würde unter freiem Himmel schlafen", sagte sie.

„Du weißt nicht viel über echte Abenteurer. Sie sind jedenfalls weder lebensmüde noch technologiefeindlich. Bei der ersten Besteigung des Mons Magnus wäre Remedius Mesnerius vor bald tausendachthundert Jahren beinahe gestorben und hat bleibende Schäden davongetragen. Hätte er die richtige Ausrüstung gehabt, dann hätte er vielleicht noch die schöne Aussicht vom Gipfel genießen können und wäre frohgemut wieder ins Tal hinabspaziert. Es geht nicht um Gefahr oder Verzicht. Mir geht es darum, die Schönheit und kulturelle Vielfalt Terranovas zu sehen."

Während er sprach, entfachte er mit einem Kienspan Feuer, das sich schnell in den trockenen Zweigen verfing, die er von einer vorhergehenden Fahrt noch hatte. Niobe musste lachen. Merian sprach weiter. „Ein bisschen Abenteuer, so wie du es verstehst, darf aber schon sein. Besonders dann, wenn es Stimmung schafft. Stell dir vor, ich hätte jetzt eine von den Neonlichtwerfern hier aufgestellt. Da geht ja jede Romantik verloren. Versteh mich nicht falsch, ich will nichts von dir, aber Lagerfeuerromantik habe ich schon als Kind geliebt. Es geht doch nichts über ein echtes Lagerfeuer."

Blinder Passagier
Jahr 2021 nach der Erleuchtung, 6. Monat

Die Temperatur näherte sich dem Gefrierpunkt und Niobe und Merian waren dicht ans Feuer gerückt. Eine Weile saßen sie ohne ein Wort zu sagen nebeneinander und beobachteten den Tanz der Flammen. Plötzlich hörten sie einen unbeschreiblichen Krach aus der Richtung des Geländewagens. Eine der Metallkisten hatte sich aus der Verankerung gelöst und war von der Ladefläche gefallen. Kurz darauf war ein erstickter Schrei zu hören. Niobe war bleich vor Angst, während Merian bloß kopfschüttelnd und leise fluchend zum Wagen ging und Freya aus der Kiste holte.

Freya zitterte am ganzen Körper und hielt sich die Arme vor die Brust. Sie stammelte mit Tränen in den Augen: „Ihr macht es euch dort am Lagerfeuer gemütlich und ich erfriere hier hinten." Niobe spürte eine Mischung aus Erleichterung und Wut in sich. Obwohl sie auch eine spontane Freude über das Wiedersehen fühlte, versuchte sie, einen ernsten und ermahnenden Blick aufzulegen. Ein wenig bewunderte sie Freya für ihre Arglosigkeit und ihren Mut. Sie selbst war als Kind eher ängstlich gewesen und hätte sich nicht gegen das Wort ihres Vaters gestellt. Der Gedanke an Ragnar, der vermutlich in panischer Angst um das Wohl seines einzigen Kindes war, machte Niobe aber auch wütend. Wie konnte Freya ihm das antun? Wie würde es jetzt weitergehen? Sie sah Merian ins Gesicht, in dem sich Fassungslosigkeit und Ärger widerspiegelten. Bevor sie Freya fragte, was sie sich dabei gedacht hat, hüllte sie sie zuerst in eine Decke und führte sie dann ans Feuer.

Sie legte ihren Arm um ihre Schulter und wartete, bis sie sich aufgewärmt hatte und ihre Aufregung sich ein wenig gelegt hat. Nachdem Freya sich ein wenig beruhigt hatte, sprach sie hastig. Die Worte sprudelten nach dem langen Schweigen aus ihr heraus.

„Ich habe gesehen, wie du in den Wagen gestiegen bist, da musste ich einfach mit. Ich habe gar nicht viel nachgedacht. Weißt du noch, wie wir vor kurzem unter dem freien Himmel gelegen haben und du mit Blick in die Sterne gesagt hast, dass man gar nicht dorthin aufbrechen müsste, um die tollsten Dinge zu sehen, sondern dass hier unten das Paradies sei und man nur offen sein müsse? Du sagtest, von zu Hause aufzubrechen, hätte dir gezeigt, wie groß Terranova sei, so groß, dass keine tausend Menschenleben ausreichen würden, sich an den Dingen satt zu sehen. Erst, wenn man sich auf das Neue einließe, begänne man zu verstehen und mit den Menschen um einen herum mitzufühlen und dann könne man es lieben lernen. Ich habe versucht, dich zu verstehen und ich glaube, dass es mir gelungen ist. Ich habe unseren Aufbruch von zuhause noch vor ein paar Wochen nur als etwas gesehen, wodurch ich viele Dinge und Freunde verloren habe, die mir viel wert waren. Dann habe ich aber dich kennen gelernt und habe zum ersten Mal eine Freude darüber gespürt, an diesem Ort zu sein. Du hast mir gezeigt, dass ich mich nur darauf einlassen muss und dann neue Dinge sehe und neue Freunde finde und am Ende alles gut wird. Wenn ich darüber nachdenke, bin ich, seitdem ich mich nicht mehr dagegen wehre hier zu sein, fröhlicher geworden und auch klüger. Ich werde meinen Freunden von Dingen erzählen können, die sie sich kaum vorstellen können. Deshalb musste ich einfach mit. Ich will auch tolle Dinge sehen und Abenteuer erleben und es lieben, mich immer wieder neu zu verlieben in das Leben."

Merian schaute Freya mit dem Ausdruck größten Erstaunens ins Gesicht. „Ich habe es hier ja mit zwei Philosophinnen zu tun. Die Dinge so zu sehen, ist für eine junge Bürgerin schon ungewöhnlich. Bei einem Kind vermutet man eine solche Weitsicht noch viel weniger. Auch ich liebe es, mich immer neu zu verlieben in das Leben. Das hättest du besser nicht ausdrücken können, Freya. Da gibt es nur ein unwesentliches Problem. Du bist nicht mündig und dein Vater, der das gute Recht und auch gute Gründe dafür hatte, verbot dir, uns zu begleiten. Wenn er es nicht getan hätte, dann hätte ich es getan. Der Ort, den wir morgen erreichen wollten, ist nicht ungefährlich und er ist kein Ort für Kinder. Außerdem wird dein Vater große Angst um dich haben. Wir müssen ihm Bescheid sagen und umkehren."

Freya schossen die Tränen in die Augen und sie bat mit verschluckten Worten, sie mitzunehmen, wenn es auch nur bis an den Rand der Ruinenstadt war. Sie wollte sie sehen, unbedingt, unter allen Umständen. Außerdem, so sprach sie weiter, hätte sie ihrem Vater längst eine Nachricht geschickt und alles erklärt. Danach hatte sie den Empfang ausgestellt. Sie wollte keine Antwort von ihm erhalten, weil sie im Grunde wusste, wie sie ausfallen würde.

„Immerhin weiß Ragnar, wo seine Tochter sich aufhält und er weiß, dass sie in guten Händen ist", sprach

Niobe beschwichtigend und nunmehr ohne Wut. „Lass es uns versuchen. Wir passen gut auf Freya auf."

Merian schüttelte den Kopf, wobei er aber gleichzeitig mit einer Stimme sprach, in der eine irritierende Milde lag. Vielleicht war darin ein Nachklang seiner eigenen Kindheit und Jugend enthalten.

„Mein Verstand sagt mir, dass es ein Fehler ist. Ich bin aber offenbar überstimmt. Eines dürft ihr aber nicht vergessen. Diese Expedition, oder sagen wir lieber dieser Familienausflug, ist meine Sache und ihr beiden seid nur geduldet. Wenn ich sage, ihr sollt im Wagen bleiben, dann tut ihr das auch. Ich möchte dieser Stadt ihr Geheimnis entlocken und mit eigenen Augen sehen, weshalb sie von den Nomaden die Smaragdstadt genannt wird."

Niobe, Freya und Merian beseitigten am nächsten Tag in der Morgendämmerung die Spuren ihres Aufenthalts und brachen sehr bald auf, bevor die Sonne wieder das Regiment übernahm und die ungnädige Hitze ihnen fast den Verstand raubte. An diesem Tag wollten sie es bis an den Rand des Tals schaffen, in dessen Senke die Ruine der verfluchten Smaragdstadt liegen sollte. Dort würden sie eine weitere Nacht verbringen, bevor sie die Stadt betreten wollten. Merian drängte zur Eile, da er die Ruine noch bei Tageslicht sehen wollte, um so vielleicht verstehen zu können, woher der Ort seinen Namen hat und welcher Schrecken in dem Anblick für die Nomaden liegen könnte. Also fuhren sie bald los und sie fuhren so schnell die Dünen auf und ab, dass Niobe und Freya sich wie seekrank fühlten. Doch es blieb keine Zeit für lange Unterbrechungen.

Die Sonne war schon hinter dem Horizont verschwunden und brachte mit ihrem Nachglanz den felsigen Rand des Trichters zum Glühen, in dessen Mitte sich die Ruine der Stadt weithin erstreckte. Als Merian, Niobe und Freya an den Rand der Senke kamen, sahen sie etwas, das ihnen nicht von dieser Welt zu sein schien. Aus dem Boden ragten in der Form von Basaltsäulen gewaltige Konstrukte empor, die ein grünes Licht ausstrahlten. Der Ursprung dieses Lichts war den dreien ein völliges Rätsel. Die Strukturen leuchteten aus sich selbst heraus, und das wahrscheinlich schon seit mehr als tausendfünfhundert Jahren. Dies war ein Ort, an dem Menschen mit ihren Hoffnungen und Ängsten, liebend, hassend, denkend, fühlend und handelnd in die Zukunft geblickt hatten. Was war damit geschehen?

Merian hatte bereits einzelne Bauten wie diese Türme hier gesehen, die dort standen, wo einst in einer Zeit des Wahns und des Irrsinns Ballungszentren der Zivilisation gewesen waren. Er hatte bereits hinaufgeblickt an bröckelnden Fassaden einzelner Türme aus Stahl und Beton, die hier und da aus dem Wüstensand ragten. Was aber mit dieser Stadt geschehen war, woher das grüne Leuchten rührte und weshalb die ganze Stadt aus der Ferne so unversehrt aussah, das konnte er sich nicht erklären. Er wusste, dass zur Zeitenwende, als Ost und West zusammenwuchsen, jahrhundertelang alle Distrikte für alle Menschen offen gestanden hatten und es keine Grenzen mehr gegeben hatte. Das hatte zu einem schleichenden Ausbluten der Städte und einer schrittweisen Demontage der Bauten in den extremen Klimazonen geführt. Hier aber sah es so aus, als sei alles Leben in einer Minute beendet worden, als hätte etwas Übernatürliches die Stadt in dem Zenit ihres Daseins vernichtet, ohne dass dadurch an den Bauten ein Schaden entstanden war.

Ein Gedanke, der Merian nicht losließ, war der, dass nirgendwo in dem gesammelten Wissen Terranovas auch nur ein Eintrag zu diesem Ort war. Es war so, als hätte die Menschheit zu einem bestimmten Zeitpunkt beschlossen, diesen Ort und das damit verknüpfte Geschehen für immer zu vergessen. Der Anblick der Stadt, in dessen Mitte sich ein Bauwerk wie eine gigantische Nadel weit in den Himmel erhob, war so gewaltig, so schön und furchteinflößend zugleich, dass selbst Merian spürte, wie seine Haare an Armen und Beinen sich aufrichteten. Er stand minutenlang wie elektrisiert und konnte nur schauen, ohne ein Wort zu sagen.

Sie schlugen ihr Nachtlager einige hundert Meter vom Rand des großen Trichters entfernt hinter einem Felsen auf, um sich nicht von dem schaurigen Leuchten den Schlaf rauben zu lassen. Merian entzündete wie am Abend zuvor ein Lagerfeuer und briet darüber synthetische Steaks. Alle drei waren sie an diesem Abend sehr müde, gleichzeitig aber in einem Erregungszustand, der zwischen Angst und Euphorie oszillierte. Freya fragte mehrmals, was das bloß für ein Leuchten war, was dort geschehen sein mochte und was der nächste Tag bringen würde. Natürlich hatte keiner von ihnen eine Antwort darauf, aber es tat gut und beruhigte ein wenig, darüber zu sprechen. Niobe versuchte, ihre Angst zu verbergen und die Sache so zu sehen, wie sie es an der Akademie gelernt hatte, mit wissenschaftlicher Nüchternheit. Noch konnte sie aber nicht im Ansatz verstehen, woher das Leuchten kam. Sie hoffte, dass der nächste Tag ihr Klarheit verschaffen würde, wenn sie das Ganze aus der Nähe würde betrachten können. Merian beteiligte sich nicht an irgendwelchen Spekulationen, sondern setzte sich bald nach dem Essen auf einen Stein und steckte sich eine Art von Wasserpfeife an. Niobe hatte solche Apparaturen bei den Nomaden einmal gesehen, ansonsten war ihr der Konsum von Rauch aber völlig unbekannt.

Als das Feuer erloschen und die Nacht in ihrer Schwärze und ihren ungewohnten Lauten über sie hereingebrochen war, verstummten auch die Gespräche. Niobe lag auf der Seite und fand zuerst nicht in den Schlaf, was für sie sehr ungewöhnlich war. Sie konzentrierte sich auf ihren Herzschlag, um das grüne Licht aus dem Kopf zu bekommen. Trotzdem dauerte es eine Weile, bis ihr Bewusstsein das Regiment dem Unterbewussten überließ und sie in Träumen von der fernen Heimat bis zum Morgengrauen ihren Frieden fand. Sie hatte in ihrem Leben erst sehr selten schlecht geträumt und schon oft hatte es ihr sehr geholfen, dass sie eine innere Stärke in sich hatte, deren Fundament in ihrer behüteten Kindheit lag. Sie konnte Angst haben und auch der Verzweiflung nahe sein, aber der Widerhall so vieler glücklicher Tage und ihre Grundhaltung, immer nach dem Licht zu suchen, halfen ihr dort immer wieder heraus. Es war, als hätte sie eine innere Festung, die all das gut schützte, was an ihr am verletzlichsten war. Bei Lao war es anders gewesen. Er war am Tag oft der Unerschrockene mit dem unerschütterlichen Optimismus gewesen, war dann aber nachts einige Male in Selbstzweifeln zu Niobe gekommen. Sie hatte im Laufe der Jahre ein Gespür dafür entwickelt, wann er von einer Sache wirklich überzeugt war und wann es bloß Überschwang war, der ihn antrieb.

Aufbruch ins Unbekannte
Jahr 2021 nach der Erleuchtung, 6. Monat

Als Niobe erwachte, fühlte sie sich gut. Sie spürte Tatendrang und die Neugierde in sich, was der Tag ihr bringen möge. So konnte sie es kaum erwarten, zu der Smaragdstadt aufzubrechen und ihr Geheimnis zu lüften. Das Frühstück, bei dem sie Freya in einem etwas aufgekratzten Gemütszustand und Merian mit einer eher gedankenvollen Haltung vorfand, bestand bloß aus einem Hirsebrei mit ein wenig Trockenobst darinnen. Sie beeilten sich, da sie so bald wie möglich aufbrechen und in das Tal hinabsteigen wollten, in dem die Stadt sich befand.

Der Abstieg war beschwerlich, da es keine Wege gab und der Hang an manchen Stellen steil war. Sie hatten nur wenige Sachen mitgenommen und alles andere oben in den Metallkisten verstaut und diese im Wagen eingeschlossen. Die Talsohle erreichten sie nach einer zweistündigen Kletterpartie, bei der Niobe an manchen Stellen sehr darauf achten musste, dass Freya nicht in kindlichem Leichtsinn unvorsichtig wurde. Vom Fuß des Hangs war es noch ein Marsch von einer weiteren Stunde, bis sie an einen Zaun kamen, der die gesamte Stadt zu umrunden schien. Sie sahen Bänder von Asphalt, die abrupt am Zaun endeten. Offenbar war um die Umzäunung herum alles planiert worden, während der Zaun eine Sicherheitslinie markierte, die niemand überqueren durfte. Die Frage war nun, was Menschen hier vor tausendfünfhundert Jahren anderen Menschen angetan hatten, dass dieser Ort noch heute ein vergessenes und in den Augen der Nomaden verfluchtes Sperrgebiet war.

Diese Frage wurde ihnen bald durch eine Hinweistafel beantwortet, die aufgrund der extremen Lufttrockenheit noch kaum Rost angesetzt hatte. Der Text darauf war tatsächlich vor etwa tausendfünfhundert Jahren geschrieben worden und enthielt eine eindeutige Warnung. Der Urheber des Textes wurde auch benannt. Es war das Militärtribunal der römischen Heerleitung. Der Text lautete:

„Dies ist das Werk des Marcus Valerius, der sein Vaterland verraten und das größte Unrecht seit Menschengedenken begangen hat. Er stahl mehr als einer Millionen Menschen des Volkes, in dessen mütterlichem Schoß er geboren ward, in wenigen Augenblicken das Leben. Der Ort wird auf immerdar verseucht sein mit der schwarzen Seele der Xin, unter deren Regentschaft die östliche Hemisphäre den Zorn des Mars auf sich gezogen hat. Das Betreten dieses Areals ist strengstens verboten."

Merian hatte den Text vorgelesen und wog den Kopf hin und her, womit er seine Ratlosigkeit signalisierte. Niobe begann sogleich zu versuchen, mit ihrem Implantat etwas herauszufinden, was ihnen helfen könnte, das alles zu verstehen. Über Valerius gab das Netz nichts her. Das konnte nur damit zu erklären sein, dass irgendjemand zu irgendeiner Zeit angeordnet hatte, dass Valerius in Vergessenheit geraten musste. Wahrscheinlich, so mutmaßte Merian, war dies zur Zeit der Gründung

Terranovas geschehen, wo die Gründerväter und -mütter alles aus dem Geschichtsbewusstsein streichen wollten, was die Eintracht zwischen Ost und West belasten könnte. Man wollte eine neue Welt kreieren, in der jede kriegerische Rhetorik verboten war und die Gräuel der Vergangenheit nicht einmal als Mahnung noch in den Köpfen fortbestehen sollten. Zu oft hatte es solche Mahnungen vorher schon gegeben, ohne dass sie ihren Zweck jemals erfüllt hätten. Offenbar hatte Valerius eine besonders unrühmliche Rolle in dem Krieg gespielt, der zu jener Zeit zwischen der östlichen und westlichen Hemisphäre getobt hatte. Er hatte wohl sein eigenes Volk verraten und sich auf die Seite des Feindes gestellt. Seine furchtbare Tat war dann allem Anschein nach die Vernichtung dieser Stadt gewesen.

Ein weiteres Rätsel gab auf, dass die Menschen einer Verseuchung mit der so bezeichneten schwarzen Seele zum Opfer gefallen und innerhalb weniger Augenblicke gestorben sein mussten. Dazu fiel Niobe etwas ein. Sie hatte einmal von der schwarzen Seele im Zusammenhang mit dem Gift einer Pflanze gehört. Es war dabei um eine Züchtung gegangen, die in ferner Vergangenheit zu medizinischen Zwecken durch genetische Veränderungen aus dem Eisenhut kreiert worden war. Der Wirkstoff, den man daraus hatte gewinnen können, war in sehr geringen Dosen zur Behandlung von Nervenkrankheiten eingesetzt worden. Wegen ihrer tiefschwarzen Farbe und der häufig bei Patienten unerwünscht eintretenden Wesensveränderungen hatte die Substanz im Volksmund bald den Beinamen „schwarze Seele" erhalten. Auch hatte es immer wieder Todesfälle gegeben, da eine Überdosierung schnell zu Lähmungen und zum Tod führen konnte. Als Medikament wurde die Substanz schon seit mehr als tausendsechshundert Jahren nicht mehr eingesetzt und die einzigen bis heute erhaltenen Samen der Pflanze wurden in dem Bioarchiv aufbewahrt, dem Ragnar vorstand. Der Gedanke daran, dass jemand so bösartig gewesen sein konnte, eine ganze Stadt mit diesem Gift auszulöschen, verschlug Niobe den Atem. Es blieb nun noch die Frage, woher das grüne Leuchten kam und ob es noch immer gefährlich war, die Stadt zu betreten. Auch dazu fand Niobe eine Erklärung. Das grüne Leuchten musste von einer Art Alge herrühren. Diese hatte das Aerosol mit der schwarzen Seele, nachdem es sich überall abgesetzt hatte, absorbiert.

Fest stand, dass hier etwas geschehen war, das die Menschen damals aufgerüttelt hatte. Die Zeitenwende hätte ohne dieses Geschehen wahrscheinlich nicht oder nicht so stattgefunden. Das grüne Leuchten erschien Niobe dabei als ein Sinnbild für die Hoffnung und für die Kraft des Lebendigen, das die Schrecken der Vergangenheit überwindet.

Merian strich mit seinen Fingern über den meterhohen, mit stählernen Stacheln besetzten Zaun. „Wisst ihr, was das hier bedeutet?" Er blickte in das Gesicht von Niobe, die ein leichtes Kopfschütteln andeutete. Freya hatte sich in ein paar Metern Abstand auf einen Stein gesetzt und schaute in die andere Richtung, weg von der Stadt. Merian fuhr fort: „All diese Warnhinweise, dieser Zaun und die Mauern, die uns noch erwarten werden, bedeuten, dass wahrscheinlich seit tausendfünfhundert Jahren niemand die Smaragdstadt betreten hat. Die Regierung Terranovas hat diesen Ort längst vergessen, sonst hätte ich irgendetwas darüber herausgefunden, dass hier Nachforschungen angestellt worden waren. Von offizieller Seite ist hier also nichts passiert. Die Nomaden sind abergläubisch und vermuten hier den Sitz ihrer Götter, die sie um nichts auf der Welt erzürnen wollen. Touristen kommen nicht hierher und rational denkenden Menschen, die in der Wüste nach Schätzen suchen, ist ihr Leben zu teuer, um die Warnungen in den Wind zu schlagen. Wir sind also die Entdecker einer archäologischen Stätte von unschätzbarem Wert, da sie uns mehr über die Geschichte Terranovas und das Leben vor der Überwindung der großen Spaltung verraten könnte, als alles, was jemals entdeckt worden ist."

Niobe lächelte. „Du sagtest etwas von rational denkenden Menschen. Offenbar schließt du uns da aus."

„Keineswegs, nur denken wir nicht nur rational, sondern sind genial. Wer, außer dir, hätte eine so plausible Erklärung für das Rätsel des grünen Leuchtens finden können. Ich wäre nie auf die Idee gekommen, dass es eine Alge sein könnte."

„Sei dir mal nicht sicher, dass wir so genial sind. Das ist nur eine Vermutung gewesen. Ich möchte nicht tot umkippen, wenn wir uns der Stadtgrenze auf hundert Meter nähern." Bei diesen Worten hörten Niobe und Merian ein Schluchzen. Freya saß vornübergebeugt und verbarg ihren Kopf in ihren Händen. Sofort eilten sie zu ihr.

„Freya, was ist mit dir", fragte Niobe.

Freya schaute nicht zu ihnen auf und sprach in weinerlichem Tonfall. „Ich habe solche Angst. Und Mama und Papa, sie machen sich bestimmt furchtbare Sorgen. Was habe ich nur getan?"

Merian schüttelte den Kopf und schaute dann gen Himmel. Als er sprach, klang aus jedem seiner Worte das Unverständnis für den kindlichen Gefühlsausbruch Freyas. „Das Thema hatten wir doch gestern. Da hast du dieses Problem noch abgetan. Aber du hast Recht. Natürlich machen sie sich furchtbare Sorgen. Das wusstest du aber, als du dich in den Laderaum geschlichen hast. Wir hätten umkehren sollen. Dieser Ort ist nichts für kleine Mädchen."

Niobe hob an zu reden. „Freya ist noch ein Kind. Du kannst ihr nicht..." brachte sie hervor, dann verlor Freya die Beherrschung. Sie schrie jetzt, wobei ihre Stimme verriet, dass die Wut in ihrem Inneren tobte. „Ich bin kein kleines Mädchen mehr und ich will nicht umkehren."

„Nun gut. Das sagtest du auch gestern schon, wobei es dann nicht so sehr nach kindlichem Trotz geklungen hat. Was willst du jetzt wirklich?"

Freya wog ihren Kopf hin und her. „Kind zu sein ist furchtbar. Verhält man sich wie ein Kind, dann nimmt einen keiner ernst und man ist bloß das kleine Mädchen, das zuhause bleiben muss. Versucht man, wie eine Erwachsene zu sein, dann kommt immer irgendwann der Moment, an dem man nicht mehr kann und dann wird man erst recht nicht mehr ernst genommen. Dann heißt es nur noch, dass man trotzig oder altklug oder überheblich, aber in Wirklichkeit auch nur ein dummes kleines Mädchen ist. Ich will die Smaragdstadt sehen, aber ich habe auch Angst und ich schäme mich dafür, was ich getan habe. Ich hätte das meinen Eltern nicht antun dürfen."

Niobe legte ihre Hand auf Freyas Kopf. „Ich habe auch Angst und ich verstehe sehr gut, was du sagst. Leider kann ich dich nicht einmal beruhigen, dass es einmal besser werden wird. Dass ich jetzt hier bin, das legen meine Zieheltern mir auch als Unvernunft aus. Immerhin, einem Kind gegenüber hätten sie es verboten."

Merian stand zuerst fassungslos daneben. Dann aber erkannte er, dass er von der Warte eines alternden Mannes geurteilt hatte. Er hatte sich schon vor langer Zeit von all den Zwängen befreit, in denen Niobe und erst recht Freya noch standen. Auch hatte er seine Gefühle schon früh gezäumt, damit sie seinem Willen und seinem Forscherdrang nicht im Weg stünden. Ein Nachhall aus Kindheitstagen erweichte ihn aber und ließ ihn wieder milde werden.

„Verzeih mir. Jeder trägt seine Last und ich hätte nicht so über dich urteilen dürfen. Wenn ich ganz ehrlich bin, dann habe ich auch Angst. Ich habe nur gelernt, sie ganz hintenanzustellen. Also, wir machen es nun so. Ich habe euch in das hier hineingezogen, indem ich zugestimmt habe, Niobe mitzunehmen. Ich fühle mich daher für euch beide verantwortlich und ich habe euch gesagt, dass ihr nur unter der Bedingung mitkommen könnt, dass ihr mir gehorcht. Ich führe diese Expedition und ich verlange von euch, dass ihr hier bleibt und darauf wartet, dass ich euch hole. Ich werde dorthin gehen und testen, ob die schwarze Seuche mich tötet oder ob dort tatsächlich eine grün leuchtende Alge ist, die das Gift neutralisiert hat. Wenn ich in drei Stunden nicht zurück bin, dann geht zum Fahrzeug und fahrt zurück ins Lager. Ist das klar?"

Freya wollte gerade dazu anheben zu protestieren, wurde dann aber von Niobe gestoppt. „Du bist der Chef. Wir warten hier auf dich."

Dann sahen sie Merian mit einem Lichtbogen hantieren, der eine Schneise durch Zäune und dahinterliegende Schutzmauern schlug. Bald war alles um sie herum still. Sie hatten sich unter eine Plane gesetzt, die Schatten spendete und lauschten dem leisen Rauschen des Sandes, den der Wind verwehte. Sie sahen den Schatten wandern und wurden bald schläfrig. Freya döste ein, während Niobe sich wachhielt. Wenn sie beide hier einschlafen würden, so dachte sie, wäre das lebensgefährlich. Während sie dies und anderes dachte, kam auch schon bald Merian zurück. Das Glücksgefühl, noch zu leben und die größte Entdeckung seines Lebens gemacht zu haben, war in seinem Gesicht abzulesen. Es konnte nun für alle drei losgehen.

Jahr 513 nach der Erleuchtung, 3. Monat
Auf der großen Via Generis und der Via Roma, die die Küstenmetropole Caesarea Mauretaniae mit dem Fernstraßennetz des Imperiums verband, war an diesem Tag ein höllischer Verkehr. Stählerne Vehikel mit ihren stinkenden Verbrennungsmotoren standen Stoßstange an Stoßstange. Über dem Wüstenboden bildete die Hitze Schlieren in der Luft. In der großen Kuppel würde am Abend das Finale der Robotronik-Fünfkämpfe stattfinden, bei der die Caesarea Gladiatorii gegen das Team von Thebae antreten würde. Die Arena bot Platz für rund einhunderttausend Menschen, denen sich bei kaltem Honig- oder Dattelwein und frittierten Heuschrecken ein großes Spektakel bieten würde.

In der Stadt hingegen war es ruhig. Es war der dies solis, der Sonntag, an dem die Arbeit ruhte und die Menschen in weiten, weißen Tuniken durch die grünen Parkanlagen der Stadt defilierten und ihre Füße an den tausend Springbrunnen kühlten. Allgegenwärtig war das Surren der Rasensprenger, nicht nur in den Parks, sondern auch an jeder Straße der Stadt, wo die Bürgersteige durch einen breiten Streifen aus Gräsern und den farbenprächtigsten Blumen von den Straßen getrennt waren.

Im Untergrund fuhren die Bahnen im Minutentakt und beförderten die Städter an den Stadtrand, zu der großen Kuppel. Wer kein Ticket bekommen hatte, würde zuhause im Hologenerator platznehmen oder die Stimmung vor einer der großen Projektionsflächen in den Parks genießen.

An einem dieser Orte, an denen die Stimmung schon jetzt, zwei Stunden vor Anpfiff, wie bei einem großen Volksfest war, hielten sich auch Danubius Germanicus und seine Frau Xerxes mit ihren drei Kindern auf. Die Kinder schleckten begierig am Fruchteis und die Eltern brachten sich mit kühlem Dattelwein in Stimmung. Die Kleinste, Xenia, hatte gerade ihren achten Geburtstag gefeiert. Ihre Eltern hatten ihr eine Puppe geschenkt, die sie vom ersten Moment an innig liebte. Gerade, als alle fünf Platz genommen hatten und Danubius seinen Arm um die Schultern seiner Frau gelegt hatte und sie sich von einem Werbespot des Verteidigungsministeriums für den Eintritt in die Streitkräfte berieseln ließen, brach ein ungeheuerliches Weinen und Wehklagen los. Xerxes blickte sich panisch um, weil sie ihre kleine Tochter in Gefahr wähnte. Es stellte sich heraus, dass diese bloß ihre Puppe vermisste, die irgendwo auf dem Weg durch die Menschenmassen verloren gegangen sein musste. Also stand sie auf, nahm ihre Tochter bei der Hand und schlängelte sich zwischen den Leuten hindurch, überall den Boden absuchend. Xenia schrie noch immer unablässig nach ihrer Puppe.

Xerxes suchte einige Minuten mit ihrem Kind an der Hand, als sie die Puppe endlich fand. Sie lag abseits der Massen im Gras und war schon ein wenig nass geworden von dem Wasser des Rasensprengers. Xerxes sah ihre Tochter, die sich von ihr losgerissen hatte, auf die Puppe zustürmen. Dann fiel sie und blieb mit dem Kopf nach unten im Gras liegen. Sie war nicht schlimm gefallen und doch blieb sie zuerst reglos. Die Mutter rief ihr etwas zu.

Langsam drehte Xenia sich vom Bauch auf den Rücken und blickte durch die Wedel der Palmen in den Himmel, in dem die Farben des Abendrots ihr so wunderschön erschienen, wie sie es noch nie gesehen hatte. Dort war auch das Gesicht ihrer Mutter, das sie zum letzten Mal sah, bevor die Schmerzen und Krämpfe einsetzten und das Bild von dieser Welt wie ein Mosaik zerfiel. Xerxes schrie in unendlicher Angst um ihre Tochter, bevor auch sie und alle anderen Lebewesen in dieser Stadt in den letzten Stunden ihres Lebens das erlebten, was jede menschliche Vorstellung über die Hölle relativierte und an dessen Ende der Tod als Erlösung eintrat. Millionen Leben endeten hier qualvoll. Das Gift war, fein zerstäubt durch die Mechanik der Sprenganlagen, in jede Ritze der Stadt gedrungen und verseuchte auch noch die Luft in einigen hundert Metern Höhe.

Die Smaragdstadt
Jahr 2021 nach der Erleuchtung, 6. Monat

Niobe, Merian und Freya sahen das Grauen in den Gesichtern der Toten, deren Körper hier seit mehr als tausendfünfhundert Jahren von den Algen konserviert worden waren. Niobe dachte an die Bilder, die sie einmal von Pompeji gesehen hatte, doch dies war eine ganz andere Dimension. Sie waren über die große Einfallstraße in die Stadt gekommen und Niobe spürte mit jedem Schritt das Verbot, das sie überschritten hatten, schwerer auf sich lasten. Sie, Freya und Merian waren bald länger als eine Stunde umhergewandert. Sie hatten wenig gesprochen und jeder hatte seinen Gedanken nachgehangen. Sie fühlten das Entsetzen, aber auch die schauderhafte Faszination, an diesem so unwirklichen Ort zu sein.

Dies war kein Ort für Lebende, sondern ein gewaltiger Friedhof. Doch es war kein Friedhof, in dem die Toten und die Lebenden Ruhe fanden. Es herrschte Stille, aber für Niobe war dies eine Stille des blanken Entsetzens, die in dem Moment einsetzt, wenn lautes Geheul zu einem stummen Schreien wird. Das Grauen des Untergangs der Zivilisation war für sie in jedem aufgerissenen Mund, in jeder Totenfratze konserviert. Niobe war in keinem Glauben erzogen worden, aber an diesem Ort glaubte sie auch zum ersten Mal ein Schweigen der Götter zu spüren. Nichts, keine Macht hat sich gegen das gestellt, was hier passiert ist. Allein das Handeln von Menschen hat all dies hier geschehen lassen und allein das Handeln von Menschen hätte es verhindern können. Waren sie nicht wieder in einer solchen

Situation, wenn auch ganz anders? Geschahen nicht wieder Dinge, zu denen die Götter schwiegen und die das Grauen heraufbeschworen, sollte der Widerstand scheitern?

Freya, und das versetzte Niobe in Erstaunen, schien das Grauen am wenigsten anzuhaben. Niobe sah, wie sie sich über die Leiche eines kleinen Jungen beugte, der auf dem Asphalt lag. Sie sah ihm fast gleichmütig ins Gesicht. Niobe trat hinzu und sah verblüfft, dass in dem Gesicht kein leidvoller Ausdruck lag, sondern ein friedlicher, fast frohgemuter. Sein Kopf war auf den Arm einer Frau gebettet, die vermutlich seine Mutter war.

Niobe sprach zu Freya, was ihr zuerst schwerfiel, da die Gedankenschwere sich auch auf ihre Zunge gelegt hatte. Doch sie war ratlos, wie ein Gesicht hier so fröhlich erscheinen kann. Auch machte es ihr Sorgen, dass Freya für ihr Leben traumatisiert sein könnte von all dem, was sie hier sah. Was, wenn ihr vermeintlicher Gleichmut nur eine Maske oder ein schützender Panzer war, mit dem sie ihren größten Schatz, ihre Kindheit, zu schützen versuchte.

„Was hatte sie ihm sagen können", sprach Niobe „das so tröstlich war, dass der Junge im letzten Augenblick seines Lebens den Schmerz überwinden und lächeln konnte?"

Freya antwortete ohne viel zu überlegen. „Er ist bei den Göttern und er wusste es vorher schon, dass er dorthin kommen würde."

Vielleicht hatten die Götter doch nicht zu allem geschwiegen, dachte Niobe. Ja vielleicht, so gestand Niobe sich ein, war gerade dies kein von allen Göttern verlassener Ort, sondern ein Ort, der zu einem Mahnmal für den Glauben werden konnte. Musste nicht die Gleichgültigkeit des Menschen und die Beliebigkeit, mit der Leben eingehaucht und wieder gelöscht würden, irgendwo ein Gegengewicht haben, eine Bedeutung? Oder war das alles nur ein Wunschglaube, weil nichts so schrecklich sein durfte, ohne irgendwo in einer jenseitigen Welt mit Schönem aufgewogen zu werden? Freya jedenfalls schien in allem hier weniger Schrecken zu erkennen als sie, weil Freya an etwas glaubte, das der Tod den Menschen nicht nehmen konnte.

Niobe hatte bislang nie dazu geneigt, viel über das Leben und schon gar nicht über den Tod nachzudenken. Während sie dies hier so intensiv tat, wusste sie, dass sie diese Momente für immer verändern würden und dass ihr Blick auf das Leben sich mit einem mal so sehr verändert hatte, dass alle Relationen, in denen die Dinge um sie herum zueinander standen, sich verschoben hatten. Sie spürte, dass auch die Relation, in der *sie* zu den Dingen stand, sich verschoben hatte. Die Zukunft blieb im Nebel, doch sie wusste in diesen Momenten schon, dass sie bald klarer sehen würde, wer sie war, wer sie werden wollte und vor allem, dass sie ihr Denken und Handeln der Aufgabe widmen wollte, den Menschen die Augen zu öffnen. Alles, was sie hier sah, speicherte sie in ihrem Kopf gut ab, damit sie davon würde erzählen können.

War ihr Umherwandern anfangs ziellos, so gewannen sie langsam an Orientierung. Die Stadt war schachbrettartig aufgebaut und in ihrem Zentrum ragten die von Algen überzogenen Türme blockweise bis hoch in die heißen Wüstenlüfte auf. Darüber war der wolkenlose blaue Himmel, in dem die Sonne bereits im Zenit stand. Sie waren noch nirgendwo drinnen gewesen und Niobe hatte das Gefühl, dass auch Merian den Schrecken überwunden hatte. Er strahlte eine irritierende Zielstrebigkeit aus. Auch sie spürte dann bald, wie ihre Neugierde wieder die Oberhand gewann.

Die heilige Schrift
Jahr 2021 nach der Erleuchtung, 6. Monat

Bald blieb Merian abrupt vor einem Gebäude stehen und Niobe sah, wie sich der Ausdruck seines Gesichts aufhellte. „Ich wusste es" rief er aus. „Ich wusste, dass es hier so etwas geben muss, aber ich hatte kaum gehofft, dass wir zwischen all den grünen Fassaden ein Gebäude von dem anderen würden unterscheiden können. Doch hier ist es, die großartigste Schatzkammer, die sich ein Schatzsucher wie ich in seinen kühnsten Träumen vorstellen kann."

Niobe verstand zuerst nicht, was er meinte, bis sie oben am Sims des Architravs über dem Portikus die in den Stein gravierten Lettern „BIBLIOTHECA" lesen konnte.

Freya blieb ahnungslos, spürte aber die große Aufregung. „Was bedeutet das", fragte sie. Merian lachte und sprach: „Das, gute Freya, bedeutet, dass wir den Ort gefunden haben, in dem das Wissen der damaligen Zeit gespeichert ist. Jede Stadt hatte früher eine Bibliothek, einen Ort, an dem es Schriftrollen und später auch Kodizes gab, also bedrucktes Papier zwischen zwei Pappdeckeln."

Merian ging voran und umfasste die von pelzigen Algen belegte Türklinke. „Lasst uns hoffen, dass das Gas nicht zwischen die Seiten gedrungen ist und die Bücher noch lesbar sind", sprach er, als er die Klinke niederdrückte. Niobe erschauderte bei diesen Worten, weil ihr dabei einfiel, dass die Algen Licht brauchten und es im Inneren von Häusern davon nur wenig gab. Was, wenn das Gift dort noch herumwaberte? Merian riss die

Tür auf und Niobe glaubte den Hauch des Todes in der kälteren und abgestandenen Luft zu spüren, aber es war nur Einbildung. Das Gift war längst fort.

Der Anblick, der sich ihnen bot, war von erhabener Schönheit. Niobe musste sofort an ihren Vater denken, der angesichts der schier endlosen Reihen von Bücherregalen, die von kolossalen marmornen Säulen durchbrochen waren, vor Ehrfurcht erstarren würde. Ihr ging es nicht viel anders. Hier mussten mehr gedruckte Bücher lagern, als im gesamten Rest Terranovas noch vorhanden waren. An diesem verbotenen Ort, den seit tausendfünfhundert Jahren niemand mehr betreten hatte, waren die geistigen Schätze vor den Pogromen und der achtlosen Vernichtung geschützt gewesen. Bücher wurden schon lange nicht mehr gedruckt und es gab nur wenige, die ein so verschrobenes Hobby wie das Sammeln alter Bücher betrieben. Niobe wusste, dass ihr Vater mit weniger als hundert alten Büchern und Schriftrollen schon die größte Bibliothek im Umkreis von mehreren tausend Kilometern besaß und es nur sehr selten vorkam, dass er einem Sammler ein neues Buch für seine Sammlung abschwatzen konnte. Dabei war es nicht so, dass alles Wissen aus alten Büchern in anderer Form vorlag. Es interessierte sich vielmehr kaum jemand mehr dafür, was die Menschheit einmal gewusst hatte. Man wog sich gegenüber den Menschen früherer Zeiten in solcher Überlegenheit und glaubte, alles Wissen, das keinen unmittelbaren Nutzen hatte, sei wertlos. Hier, an diesem Ort aber, spürte Niobe noch weit stärker als in der alten Bahnstation von Tsingtao, dass sie mit der Vergangenheit in Verbindung stand und dass es in den Spuren der Vergangenheit unermesslich wertvolle Schätze zu bergen gab. Sie hätte sich am liebsten hier eingeschlossen und die nächsten Tage nur gelesen, welches Wissen über die Menschheitsgeschichte, Philosophie oder auch die Naturwissenschaften hier schlummerte. Doch Merian drängte darauf, weiterzugehen. Eines wusste Niobe, sie würde hierher zurückkommen, wenn das Bangen um ihren Bruder vorbei wäre und das getan war, was getan werden musste. Jetzt folgten sie und Freya erstmal Merian, der auf der Suche nach etwas zu sein schien.

Sie kamen über eine breite Freitreppe in ein oberes Stockwerk, wo sie einem langen Korridor folgten, von dem aus Räume zu besonderen Büchersammlungen abgingen. Schon aus der Ferne sahen sie, dass am Ende des Flurs ein Raum sein musste, in dem das wertvollste Stück der Bibliothek aufbewahrt wurde. Niobe fragte sich, ob hinter der Zielstrebigkeit Merians Wissen oder Intuition stand. Er lief ohne innezuhalten auf die Tür zu, deren Rahmen durch kunstvoll gedrechselte Arbeiten aus Ebenholz auffiel. Die Tür hatte goldene Beschläge und in das Holz waren in der Mitte auf Augenhöhe die Zeichen יהוה eingraviert. Die Gravur war grob und wenig kunstvoll und schien nicht von demselben Künstler dort angebracht worden zu sein, der für die restliche Gestaltung dieses Durchgangs verantwortlich gewesen war.

Niobe wies ihr Übersetzungsmodul an, die Zeichen zu übersetzen und erhielt im Ergebnis bloß die vier Konsonanten jhwh. Sie schloss daraus, dass die Gravur entweder keinen Sinn hatte oder dass es ein Akronym war, dass man nicht mehr kannte. Sie sah, wie Merian mit zittrigen Händen nach der Klinke griff und die Tür erst nur einen Spalt breit öffnete, um gerade hineinsehen zu können. Dahinter sah Niobe einen fensterlosen Raum, in dessen Mitte ein Kubus war, dessen gläserne Front das wenige Licht reflektierte, dass durch den Türspalt hineingelangte. Merian öffnete die Tür ganz und sie sahen, dass der Würfel eine Vitrine war, in der eine einzige Schriftrolle auf einem Podest aufbewahrt wurde. Ansonsten war der Raum leer. Sie gingen dicht an das Glas heran und lasen auf einem Schild in lateinischer Sprache:

„Diese Schriftrolle ist undatiert, aber wahrscheinlich mehrere tausend Jahre alt. Man fand sie in der unbemannten Forschungssonde Dädalus, die für hundert Jahre im All als verschollen galt, nachdem sie in Richtung Alpha Centauri aufbrechen sollte, aber kurz nach dem Start schon keine Signale mehr gesendet hatte. Vieles an dem Werk ist unseren Wissenschaftlern ein Rätsel. Es findet sich kein Hinweis, wer sich der Autorenschaft rühmen darf und es ist verfasst in hebräischer Sprache. Es wird vermutet, dass Nomaden die Schriftrolle fanden und sie in die Kapsel gelegt haben, die unweit eines oft frequentierten Zeltplatzes zwischen Felsen gefunden worden war."

Merian blickte sie mit leuchtenden Augen an. „Irgendwie hatte ich schon beim Betreten des Gebäudes gespürt, dass hier oben etwas sein muss, so als hätte es eine magische Anziehungskraft auf mich gehabt. Habt ihr auch etwas gespürt?"

Niobe und Freya schüttelten ihre Köpfe.

„Ich weiß nicht, worum es in der Schriftrolle geht, aber ich ahne, dass es mächtige Worte sind, die einiges verändern werden."

Niobe versuchte sich das Ganze zu erklären und wollte mit einer Stimme sprechen, die ihre Verwirrung, ob tatsächlich etwas Unerklärliches an diesem Ort war, in einen Tonfall leichter Belustigung hüllen sollte. Ihrem naturwissenschaftlich geprägten Geist widerstrebte der Glaube an Übernatürliches.

„Vielleicht bist du der Auserwählte", sagte sie, wobei es ihr nicht gelang, so belustigt zu klingen, dass ihre Verwirrtheit nicht durchklang.

Merian bemerkte davon nichts und nickte bedächtig. „Ja, das mag sein. Jedenfalls muss ich die Rolle aus ihrem Käfig befreien und das darin verborgene Wort freisetzen."

Also ging er ans Werk und öffnete mit dem Lichtbogen, der auch schon die Umzäunung um die Smaragdstadt perforiert hatte, die Vitrine. Er entnahm die Schriftrolle und steckte sie sich in seine große Tasche, die er für derlei Artefakte immer bei sich trug, wenn er auf Expedition war.

Niobe wusste, dass damit das Wüstenabenteuer vorbei war und es diesmal keine Gelegenheit geben würde, in den vielen Büchern und Schriftrollen hier zu schmökern. Tatsächlich rief Merian zum raschen Aufbruch, weil er den geborgenen Schatz schnell in Sicherheit, das heißt zurück ins Zeltlager, bringen wollte.

Ihre Neugierde wollte Niobe ihm aber nicht vorenthalten, in der Hoffnung, dass sie die erste sein möge, die vom Inhalt der Schriftrolle erfahren würde, sobald Merian dafür das passende Übersetzungsmodul gefunden haben würde.

Auf dem Weg zum Geländewagen bedrängte sie ihn, sie sofort aufzuklären, wenn er etwas in Erfahrung gebracht hätte.

Die Fahrt zurück verlief ohne Zwischenfälle.

9. Teil

Wachsende Beunruhigung
Jahr 2021 nach der Erleuchtung, 7. Monat

Lao hatte frei an diesem Tag. Er hatte gut gefrühstückt und versuchte nun die Kühle der Wassertröpfchen zu genießen, die ihm ein leichter Windhauch vom großen Springbrunnen in der Mitte des Platzes zutrug. Er wurde aber das Gefühl nicht los, in einer Welt aus Trugbildern zu sein.

Seine weiteren Nachforschungen, die er mit größter Vorsicht angestellt hatte, waren beinahe ohne Ergebnis geblieben. Es war äußerst schwierig, etwas über die tatsächlichen Absichten der Xian zu erfahren. Lao hatte nur sehr wenige Anhaltspunkte, aber er ahnte, dass ein falsches Spiel gespielt wurde. Er verstand nicht, weshalb jeder Ingenieur nur Einblick in einen sehr kleinen Bereich erhielt und keine Baupläne des gesamten Schiffs einsehen durfte. Das erschien ihm widersinnig, da Kenntnisse über das große Ganze für die Entwicklung einzelner Segmente doch sehr hilfreich wären. Er vermutete, dass dahinter eine Verschleierungstaktik steckte und die Xian ein Raumschiff für einen anderen Zweck bauen ließen, als sie es zu tun vorgaben. Vielleicht, so dachte er, gab es aber auch mehrere Entwicklungsteams, die mit unterschiedlichen Aufträgen an die Ausgestaltung der gleichen Raumschiffsegmente angesetzt worden waren. Das wäre die harmloseste Variante. Dieses Vorgehen könnte dazu dienen, am Ende eine Palette möglicher Lösungen zu erhalten, von denen sich die Xian dann die beste aussuchen würden. Andererseits, so dachte Lao weiter, wäre das eine große Verschwendung an Geld und Ressourcen. Es wäre außerdem unwahrscheinlich, dass wirklich etwas Besseres dabei herauskäme, als wenn alle an einem Strang ziehen würden.

Wahrscheinlicher war es, dass im Geheimen mindestens eine Abteilung Teile des Raumschiffs entwickelten, von denen auf keinen Fall jemand anderes etwas wissen durfte. Diese Teile mussten so wichtig sein, dass der Erfolg der Mission davon abhing. Dass Lao noch keine Ergebnisse der Arbeit seiner Abteilung sehen konnte, lag dann vielleicht daran, dass die Xian den Fortschritt des gesamten Projekts aufhielten, bis diese geheimen Module fertig entwickelt waren.

Für den eigentlichen Bau des Schiffs waren bei dem Stand der Fertigungstechnik dieser Zeit kaum mehr manuelle Eingriffe nötig. Die Außenhülle würde aus einem Guss entstehen und das Innenleben mitsamt all der Elektronik würden Roboter präzise nach Bauplänen fertigen. Es würde also auch beim Zusammenbau des Schiffs niemand außerhalb der geheimen Abteilung oder der geheimen Abteilungen etwas von geheimen Modulen des Schiffes erfahren.

Lao quälte sich mit Gedanken über die wahren Absichten der Xian, kam dabei aber über reines Spekulieren nicht hinaus. Es frustrierte ihn zunehmend, Teil eines Räderwerks zu sein, dessen eigentlichen Zweck er nicht kannte. So verbrachte er den Tag, ohne sich auf eine der Vergnügungen einlassen zu können.

Lys Verschwinden
Jahr 2021 nach der Erleuchtung, 6. Monat

Am Abend hatte Lao bereits seinen Pyjama angezogen und war im Begriff, ins Bett zu gehen, als es heftig an der Tür polterte. Er erschrak und hatte einen Augenblick lang Angst, es könnte sich um den Besuch des Sicherheitspersonals handeln, das ihm bei seinen Recherchen auf die Schliche gekommen war. Doch es war Jun, der hineinstürmte und die Tür hinter sich verschloss, als hätte er sich gerade noch in Sicherheit vor Verfolgern bringen können. Scheinbar litt auch er unter einer Form der Paranoia, die hier langsam überall um sich zu greifen schien.

„Lao, Ly ist verschwunden. Ich wollte sie heute wiedersehen, aber sie war nicht mehr da."

„Nun beruhige dich und erzähle mir von Anfang an, was passiert ist."

„Du weißt ja noch von gar nichts. Ich hatte Ly wiedergesehen. Sie hatte mich zu sich ins Büro gerufen und wir haben danach Zeit an dem künstlichen Ozean verbracht. Sie wirkte zuerst etwas bedrückt, fast als würde ihr etwas auf der Seele brennen. Jetzt ist sie weg. Niemand weiß, wo sie ist."

Lao unterbrach ihn. „Sie wird schon irgendwo sein. Vielleicht ist sie nur für ein paar Tage auf Heimaturlaub."

„Es ist völlig verrückt. Ich wollte mich heute wieder zur Krankenstation begeben und sie in ihrem Büro treffen."

Hier unterbrach Lao seinen Freund erneut. „Mein Freund und die begehrteste Frau Terranovas, ich kann es nicht glauben."

„Lao, du erkennst den Ernst der Lage nicht. Sie ist weg. Die ganze Krankenstation ist weg. Ich soll wohl glauben, ich hätte alles nur geträumt, aber dort, wo die Station war, ist jetzt ein großer Bürokomplex, der vorher noch nicht dort gestanden hat. Meine Nachforschungen haben ergeben, dass die Krankenstation jetzt am anderen Ende der Sternenstadt ist und natürlich war ich dort. Es sieht alles ganz anders aus und es gibt keine Ly mehr und niemanden, der je von ihr gehört hat. Sie haben sie aus dem Weg geräumt, wahrscheinlich, weil sie irgendein Geheimnis kennt und ihr Vater glaubt, sie könnte es ausgeplaudert haben. Sie hat mir aber nichts gesagt."

„Vielleicht ist es so. Vielleicht ist sie einem Geheimnis auf der Spur gewesen oder hat schon etwas gewusst, ohne dass ihr Vater es geahnt hat. Weshalb hätte er es ihr sonst gestattet, gerade hierher zu gehen? Wer weiß, mit wem sie noch gesprochen hat? Vielleicht hat sie auch noch andere Liebschaften gehabt."

Jun schüttelte heftig den Kopf. „Nein, so eine ist sie nicht. Aber vielleicht hat sie es jemandem erzählt und der hat sie verraten. Wir können hier nicht mehr länger rumsitzen und so tun, als wäre alles in Ordnung. Die Xian haben hier eine Scheinwelt geschaffen, auf die alle hereinfallen, weil es Denare, Vergnügungen jeder Art und wer weiß was für Drogen gibt, die sie den Getränken beimischen oder in der Luft zerstäuben."

Lao zog seine Stirn in Falten. „Jun, jetzt komm mir nicht mit solchen Verschwörungstheorien. Ja, hier stimmt etwas nicht. Ich glaube auch mittlerweile, dass hier etwas Merkwürdiges im Gange ist und es am Ende um noch mehr gehen könnte, als dass die Xian reicher, und mächtiger werden. Was weiß ich? Das ist bislang nicht viel mehr als ein Gefühl, das sich, zugegebenermaßen, auf einige Indizien stützt. Das ist aber kein Grund, den Verstand zu verlieren."

Jun hob seine Hände gen Decke und schien ein wenig in Rage zu geraten. „Gut, vielleicht ist das mit den Drogen Unsinn. Mir reicht es aber. Ich werde versuchen herauszufinden, was hier los ist. Vor allem will ich wissen, wo Ly steckt. Ich würde mir wünschen, dass mein bester Freund dabei mitmacht. Du kannst doch auch nicht einfach zusehen, wie deine Träume für irgendetwas missbraucht werden, was eigentlich nichts mit ihnen zu tun hat, oder? Ich will einfach nur wissen, wo du stehst und ob du noch der Freund bist, der du immer für mich warst."

Lao schien für einige Momente ganz in sich gekehrt zu sein, bevor er von der Bettkante aufstand und laut und energisch antwortete. „Du hast Recht. Mir stinkt das hier auch gewaltig und ich bin dabei, wenn du meinst, wir sollten den Laden hier mal etwas aufmischen. Früher haben wir schließlich auch ein paar verrückte Dinge zusammen angestellt. Es ging dabei zwar nicht ganz um Leben und Tod und auch nicht darum, die Liebe des Lebens wiederzufinden, aber schieben wir diese Kleinigkeit mal beiseite. Also, wir müssen uns vorbereiten. Dazu benötigen wir ein paar Dinge. Morgen gehen wir beide ganz normal zur Arbeit, aber wenn wir etwas rausfinden wollen, müssen wir unsichtbar werden und in Strukturen einbrechen, die vor genau solchen Versuchen bestens geschützt sein wollen. Aber wo ein System ist, gibt es auch eine Schwachstelle und ich wäre nicht Lao Lingdao, wenn ich sie nicht finden könnte. Also lass mich überlegen."

„Ja, das wollte ich hören. Endlich kommt Bewegung in die Sache."

Willkommen im Widerstand!
Jahr 2021 nach der Erleuchtung, 6. Monat

Als hätte Ragnar ein seismographisches Gespür für Niobes Stimmungen und die Richtungen, in die ihre Gedanken gingen, überraschte er sie am Tag nach dem Wüstenabenteuer damit, dass er sie zu einem Treffen mit den Widerständlern einlud. Er schickte seine Tochter aus dem Raum, legte Niobe seine schwere Hand auf die Schulter und bat sie, ihn zu begleiten. Er sagte, das Treffen würde in fünf Minuten beginnen und sie solle sich bereitmachen.

Niobe zog sich hastig ein langes Gewand mit ornamentalen Mustern und stilisierten Landschaftsdarstellungen aus ihrer Heimat an. Das erschien ihr zu dem offiziellen Anlass passender als das schon etwas verschlissene Hemd, das sie beim Spielen mit Freya am Körper getragen hatte und an dem noch der Staub hing, der sich bei dem Wüstenabenteuer dort verfangen hatte. Da das Wasser knapp war und die Synthetisierung mit den vorhandenen Mitteln nur langsam vonstattenging, hatte Niobe sich ein paar Tage nicht waschen können. Angesichts des bevorstehenden Treffens bereitete ihr dies einiges Unbehagen. Sie schaute in den kleinen Spiegel, der nichts weiter war als ein Spiegel, der ihr weder einen guten Abend wünschte noch Vorschläge zur Gestaltung ihrer Frisur machte. Da sie hier im Lager auch ihr Implantat weitgehend abgeschaltet hielt, war die Realität hier nur die schlichte Realität und keine augmentierte Realität, in der die Dinge zu ihr sprachen und ihre Stimmung weniger abhängig war von dem, was tatsächlich existierte. Und dies, was hier nun tatsächlich existierte, ließ ihre Stimmung gerade in dem Moment im freien Fall sinken, in dem sie Mut und Kraft gebraucht hätte, um sich als würdiges neues Mitglied in die Gemeinschaft des Widerstands einzufügen.

Was sollte sie dem Widerstand schon nützen können? Was nützte überhaupt der ganze Widerstand, der doch nur hier saß und Phrasen drosch, während Lao da drinnen an dem Untergang Terranovas arbeitete, in dem sie beide aufgewachsen waren? Wenn nichts dagegen auszurichten war, dann hätte sie auch ebenso gut wieder nachhause gehen können. Andererseits konnte sie hier lernen aufzustehen und zu kämpfen für das, woran sie glaubte.

In ihr steckte noch viel von dem Mädchen, das sie einst war. Der Wandel, der sich in ihrem Inneren vollzog, hatte ihr aber bei dem Wüstenabenteuer bereits eine Vorahnung davon gegeben, zu welch einer starken und mutigen Frau sie werden konnte. Dafür durfte sie aber hier nicht scheitern und musste vor allem lernen, wieder aufzustehen, wenn sie niedergeworfen wurde.

In diesem Moment zeigte ihr Spiegelbild ihr bloß ein Gesicht mit schmutzigen Wangen, dessen Schönheit, sie in ihren Selbstzweifeln nicht wahrnahm. Es fehlten all die künstlich erschaffenen Attribute, die in ihrer Welt das Natürliche zum Makel gemacht hatten. Es war kein feiner Glitzer mehr auf Stirn und Wangen. Die künstliche Straffung der Schläfen, die ihr der Gesichtsmodulator zuhause täglich zugefügt hatte, war verschwunden und ihr Haar hing in Strähnen, anstatt in der Form eines Schwans oder einer Wasserlilie in den Himmel zu stehen, wie dies der Frisurmodulator zuhause vollbringen konnte. Hier blieb ihr nur ein Mittel, um ein wenig Form ins Haar zu bekommen: Eine einfache Bürste.

Niobe hatte keine Zeit mehr, um an ihr Äußeres zu denken. Sie wurde von Ragnar gerufen und trat aus dem Zelt, um sich ihm anzuschließen. Der Treffpunkt war ein größeres Zelt in der Mitte des Lagers. Dort wurden auf einer Seite die Vorräte aufbewahrt und auf der anderen Seite stand ein niedriger runder Tisch aus der schaumstoffartigen Modelliermasse, aus der die Replikatoren einfaches Mobiliar herstellen konnten. Niobe vernahm ein deutliches Rauschen, das den Raum füllte und von einem Klanggenerator stammte. Dieser sorgte dafür, dass das Gesagte nicht nach außen drang. Sie ahnte, dass es etwas sehr wichtiges zu besprechen gab, wenn solche Vorkehrungen getroffen wurden. Im Raum waren bereits mehr als zwanzig Widerständler, die mit dem Eintreffen Niobes und Ragnars vollständig waren. Es waren einige neue Gesichter dabei, die offenbar von anderen Wirkungsstätten des Widerstands abgezogen worden waren. Sogar Merian war anwesend, der doch sonst eher eine Randfigur des Widerstands war und seiner Abenteuerlust mehr Gewicht zu geben schien als der eigentlichen Sache des Widerstands.

Als Ragnar und Niobe eintraten, verflog Niobes Angst. Sie hatte erwartet, dass genau das Gegenteil eintreten und sie vor Angst den Mund nicht aufbekommen würde, aber die Art, wie man ihr zunickte und die Gesichter der anderen, in denen der Dreck genauso stand wie in ihrem eigenen, nahmen ihr die Aufregung und gaben ihr das Gefühl, willkommen zu sein. Nachdem alle sich auf den blanken Boden gesetzt hatten, sprach

Ragnar ein paar Worte. Er umfasste Niobes Schultern, als er sie vorstellte.

„Dies ist Niobe", hob er an. „Ihr habt sie alle schon gesehen und einige von euch haben schon mit ihr gesprochen oder sie bereits näher kennen gelernt. Sie wohnt seit Wochen bei mir und genießt mein vollstes Vertrauen. Auch sie ist hier, weil sie gegen das angehen möchte, was hinter den Mauern dort passiert. Daher möchte ich sie zum neuen Mitglied des Widerstands küren. Das bedeutet, dass ihr die Wahrheit über sie erfahrt und sie die Wahrheit über uns erfahren muss. Sie muss wissen, was uns so sehr in Aufruhr gebracht hat, dass wir unsere Kräfte hier an diesem Ort bündeln."

Ragnar unterbrach sich kurz und sprach leiser und mit einem leisen Wehklagen in der Stimme weiter. „Sie muss es auch wissen, weil ihr Bruder in der Sternenstadt ist. Niobe, bitte setze dich, denn das, was du nun erfahren wirst, wird ein harter Schlag für dich sein."

Niobe tat, wie ihr geheißen worden war und begann die Angst wieder in sich zu spüren. Sie hatte in den letzten Wochen nicht mehr an die unheilkündenden Worte Ragnars bei ihrem ersten Treffen gedacht. Die Ahnung, dass er etwas wusste, dass sie und ihren Bruder betraf, hatte aber wie ein Damoklesschwert über ihr gehangen und einen Schatten auf ihr Unterbewusstsein geworfen. Jetzt würde sie es also erfahren.

Ragnar öffnete mit einem Zahlencode eine Schatulle, in der ein Datenträger enthalten war. Die Schatulle war mit einem Detonator gesichert, der bei mehrfacher Fehleingabe den Inhalt zerstören würde.

„Ich habe eine Aufzeichnung von einer Quelle erhalten, deren Inhalt von höchster Brisanz ist. Die Xian planen hier etwas, das von verheerenden Auswirkungen für die gesamte Menschheit sein könnte. Ich habe mich verpflichtet, die Person, von der die Aufzeichnung stammt, geheim zu halten, um ihr Leben nicht in Gefahr zu bringen. Es handelt sich bei dem überspielten Material um ein audio-visuelles Protokoll aus dem Implantat meiner Quelle. Es spricht zuerst Thanh selbst. Ich spiele es ab."

Auf die Wand hinter Ragnar wurde ein Video projiziert, auf dem zunächst nur die Maserung einer hölzernen Tür zu sehen war. Durch die Tür drang eine Stimme, die in ihrer Lautstärke stark verstärkt wurde, damit alle im Saal sie verstehen konnten.

„Wenn wir erst im Glanz der zwei Sonnen das neue Terranova erschaffen haben, dann kehren wir als unsterbliche Triumphatoren zurück und nehmen uns, was uns gebührt."

Jetzt war es Lu Xian, der darauf etwas erwiderte. „Was ist mit all den Menschen, mit all den Unschuldigen?"

Niobe hielt sich, im Schrecken erstarrt, die Hand vor den Mund.

„Diese paar Menschenleben sind der Preis dafür, dass wir nicht nur den Clan der Xian, sondern das ganze Menschengeschlecht in ein neues Zeitalter führen." Thanh unterbrach sich. „Ich habe etwas gehört."

Ragnar sprach in die Stille hinein, die nach dem Ende der Vorführung den Raum füllte. „Diese Aufzeichnung ist offenkundig im Hause der Xian entstanden. Es liegt die Vermutung nahe, dass von diesem Ort hier die Rede ist, an dem die Vorbereitungen für das schreckliche Vorhaben laufen. Am Ende könnte für uns alle mehr auf dem Spiel stehen, als wir erahnen können." Hier wurde Ragnar von einer Stimme aus dem Publikum unterbrochen.

„Woher wissen wir, dass diese Aufzeichnung nicht gefälscht ist und die Xian damit in den Dreck gezogen werden sollen? Feinde haben sie überall."

Ragnar entgegnete mit fester Stimme: „Ich kann so viel verraten, dass die Aufzeichnung von einer Person kam, die zu den engsten Vertrauten des Thanh Xian stammt. Es war eine heroische Entscheidung gegen die Loyalität zum eigenen Haus und für das persönliche Gewissen, der wir dieses Material zu verdanken haben. Wir sollten es ernst nehmen. Wir können nicht länger hier herumsitzen. Wir müssen handeln, bevor es zu spät ist." Ragnar unterbrach sich und wandte sich an Niobe, bevor er weitersprach.

„Niobe, jetzt weißt du es. Wenn du dazu in der Lage bist, dann sprich zu uns und sage uns, ob du dich uns anschließen wirst, um alles zu tun, damit diese Vision nicht Wirklichkeit wird. Wenn du dabei sein willst, dann erzähle bitte auch den anderen, wer du in Wirklichkeit bist."

Niobe stand auf und fühlte sich in dem Moment elend. Und doch sprach sie mit ungebrochener Stimme. „Lao Lingdao, Sohn von Caius Lingdao aus dem Distrikt Tsingtao, ist mein Bruder, den ich retten möchte aus den Fängen dieses Ungeheuers. Die Gründe, weshalb wir alle hier sind, mögen unterschiedlich sein, aber alle haben die Angst, etwas zu verlieren, was uns wichtig ist."

Ein Raunen ging durch den Raum, als Niobe den Namen Lingdao erwähnte. Ragnar hatte es als einziger schon gewusst. Alle anderen schauten Niobe erstaunt an.

„Ja, ich bin die Tochter von Caius Lingdao, der das größte Opfer gebracht hat, indem er es in Kauf genommen hat, als hoher Berater der Regierung in Ungnade zu fallen und für das einzustehen, woran er glaubt. Auch er leidet sehr darunter, dass sein eigener Sohn sich in seiner Unwissenheit den Xian in die Arme geworfen hat. Für seine Träume hat Lao das getan, ohne genau zu wissen, was er tat. Er wusste wohl, dass die Xian hinter manchem stecken, was Terranova gefährdet, aber er war blind dafür, was sie Terranova schlimmstenfalls antun könnten. Ich hatte es auch nicht gewusst. Keiner hatte es gewusst."

Niobe blickte mit finsterem Gesichtsausdruck in die Gesichter der Widerständler. Ihre Stimme wurde mit jedem Satz kraftvoller. „Ich bin mir sicher, dass er mittlerweile geläutert ist. Es wird ihm die Augen geöffnet haben, dass er, der die Freiheit so sehr liebt, hinter diesen Mauern als Gefangener gehalten wird. Es mag ein goldener Käfig sein, aber Lao leidet, dessen bin ich mir sicher."

Niobe merkte kaum, wie sehr sie sich in Rage redete. Sie fuhr mit geballten Fäusten und einem zunehmend grimmigen Gesichtsausdruck, dem einiger kindlicher Eifer inne lag, mit ihrer Rede fort. Dabei sah sie nicht, wie sehr gerade ihre kindliche Offenheit und die Echtheit ihrer Motive die Zuhörer zunehmend bewegte und viele aus der Resignation riss und sie wachrüttelte.

„Ich will, dass die Xian entmachtet werden und büßen müssen für all das Unrecht, das sie getan haben und zu tun gedenken. Ich, eine Bürgerin Terranovas, will meine Rechte geachtet wissen und will sehen, wie die bestraft werden, die auch nur einem Menschen seine Bürgerrechte rauben und sie in den Dreck treten. Ich will zu Lao und niemand darf mir das verbieten. Wo sind wir denn hingekommen, dass eine Frau, die sich nichts hat zu Schulden kommen lassen, ihren Bruder nicht mehr sehen darf? Liebe überwindet alles, auch diese Mauer dort. Ich will sie mit Liebe einreißen, ganz ohne Gewalt, denn Gewalt erzeugt nur Gegengewalt. Das ist es doch, was uns die Altvorderen gelehrt haben. Das ist es doch, was Terranova immer ausgemacht hat. Jetzt kommen so ein paar daher und sagen etwas anderes und plötzlich glaubt man ihnen, weil es wieder Raum für Macht und Gier gibt und sich dieser Raum unbemerkt in den Köpfen der Ratsmitglieder ausgebreitet hat und sie zu Jüngern der Xian gemacht hat."

Als Niobe ihre Ansprache beendet hatte, trat Stille ein. Kurz beschlich Niobe die Angst, sie könnte Dinge gesagt haben, für die man sie auslachen könnte, aber so war es nicht. Erst klatschte nur Ragnar und dann begannen alle zu klatschen. Der Jubel dauerte eine Weile, bevor zur Sachlichkeit zurückgekehrt wurde. Dann wurde Niobe ein Plan unterbreitet, der ihr zwar kühn und lebensgefährlich erschien, aber wenigstens ein Plan war und nicht der Stillstand, wie er in den letzten Wochen geherrscht hatte. Ihre Rede hatte die Widerständler davon überzeugt, dass sie die Kraft besitzen könnte, den Plan in die Tat umzusetzen. Es ging um Folgendes:

Hinein in die Sternenstadt konnten nur neue Mitarbeiter oder Lieferanten gelangen. In beiden Fällen waren die Auswahl- und Kontrollmechanismen streng. Die zweite Option kam nicht in Frage, da bereits alle benötigten Lieferanten ausgewählt und zertifiziert waren und es keine Chance gab, in diesen Kreis aufgenommen zu werden. Für die erste Option hatten die Widerständler in den Netzportalen der Sternenstadt bereits nach einer geeigneten Ausschreibung gesucht. Es würde äußerst schwierig werden. Dennoch war der Plan, dass jemand sich auf eine Ausschreibung bewerben würde, die vielversprechend klang. Niobe, die noch am ehesten unbescholten war und deren Antlitz den Xian vielleicht noch unverdächtig war, sollte es versuchen. Ihre Chancen dafür schienen noch am besten zu stehen, da sie noch jung und formbar war. Zudem hatte sie ihre Ausbildung gerade erst abgeschlossen und konnte exzellente Noten vorweisen.

Andererseits war es keinesfalls sicher, dass sie nicht bereits auf einer schwarzen Liste gelandet war. Niobe konnte auch bereits mit dem Widerstand in Verbindung gebracht werden, da erstens ihr Vater vor dem Widerstand eine flammende Rede gehalten hatte und sie zweitens hier war, an diesem Ort, wo sich nur Verrückte und Widerständler aufhielten. Sie hatte zwar vorsorglich alle positionsbestimmenden Systeme in ihrem Implantat ausgeschaltet und besuchte das Netz nur dann, wenn sie weit außerhalb des Lagers war, aber dennoch fürchtete sie, dass direkt eine rote Lampe im System der Xian aufleuchten würde, wenn sie sich bewerben würde.

Aber immerhin hatte die Stelle, auf die sie sich bewerben sollte, etwas mit ihrem Studium zu tun. Es wurde eine Assistenzkraft gesucht, die mit kryogenen Substanzen umgehen konnte, was im Studium der Botanik durchaus vorkam, da darin auch das Konservieren von DNA in Kälte über lange Zeiträume hinweg Thema gewesen war.

Darüber, welche Bewandtnis es damit haben könnte, dass ein solcher Experte für dieses Projekt gesucht wurde, konnte der Widerstand nur spekulieren. Ragnar äußerte bei dem Treffen der Widerständler den Verdacht, dass unter dem Deckmantel des Raumschiffbaus womöglich nebenher an frühere Forschungen der Eugenik angeknüpft würde. Das, so argumentierte er, würde auch erklären, weshalb in der Umgebung häufig Menschen vom Erdboden verschwanden, besonders solche Menschen, nach denen die Behörden keine Suche anstrengen würden. Vielleicht sollte eine Armee herangezüchtet werden, so mutmaßte er, die es den Xian ermöglichen sollte, als Triumphatoren in Rom einzuziehen. Wenn der Widerstand dies aufdecken könnte, wäre dies ein so großer Skandal, dass er den Xian und dem Rat in seiner jetzigen Form das Genick brechen könnte. Diese mögliche Aussicht nährte die Hoffnung des Widerstands, dass eine neue und bessere Weltordnung möglich werden könnte.

Niobe willigte in den Plan ein, auch wenn sie große Angst davor hatte.

Niobe im Schlund des Ungeheuers
Jahr 2021 nach der Erleuchtung, 7. Monat

Es waren einige Wochen vergangen, seitdem Niobe bei der Versammlung des Widerstands dem riskanten Plan zugestimmt hatte. Es war ihr schwergefallen, das Lager der Widerständler zu verlassen und die Bürde ihrer Aufgabe auf sich zu laden.

Mit jedem Schritt, der sie weiter in den Schlund des Monstrums hineinführte, spürte sie die Gefahr deutlicher. Mit dem Überschreiten der Schwelle zum Inneren der Sternenstadt hatte sie ihr früheres Leben abgestreift. Niobe legte im Kopf den Schalter um und nahm die einstudierte Identität einer Wissenschaftlerin an, deren einzige Absicht es war, dem Projekt zu dienen.

Sie wusste, dass ihr Leben in Freiheit vorerst beendet war und sie wachsam und schnell sein musste, um den Xian rechtzeitig etwas so schwerwiegendes nachweisen zu können, dass dies so hohe Wellen aufwarf, dass diese auch im fernen Rom noch anbranden würden. Dazu musste sie nun die erste Prüfung bestehen, die darin bestand, überhaupt eingelassen zu werden, auf den Posten der wissenschaftlichen Assistentin Einblicke in die Vorgänge innerhalb dieser Katakomben erhalten zu können. Die erste Hürde hatte sie bereits genommen, indem ihr der Identitätenscanner grünes Licht gegeben hatte. Die nächste Hürde hatte sich soeben in Form eines Mannes vor ihr aufgebaut, der ungerührt schon abscheuliche Dinge gesehen hatte.

Ohne von seiner Vergangenheit etwas zu wissen, schauderte es Niobe beim Anblick dieser Augen. Seine

Stimme klang warm wie die ihres Vaters, was in ihrem Herzen nur noch eine größere Verwirrung stiftete.

„Oh, eine so reizende Blume. Es muss eine seltene Art sein. Wie ist wohl ihr Name? Es ist eine Alcea rosa negra, nicht wahr?", flötete der Mann, der Walther hieß.

Niobe gefror das Blut in den Adern.

„Ganz Recht. Es ist ein seltener Anblick. Ein so junges und hübsches Wesen wie sie es sind, ist mir noch selten ins Netz gegangen." Er lachte. Niobe hasste Menschen, die über ihre eigenen schlechten Scherze lachten, spielte aber mit und fiel ins Lachen ein.

„Kommen wir zur Sache. Sie sind Niobe Lingdao. Aus ihrer Akte geht hervor, dass sie in ihrem kurzen Leben bereits einiges erreicht haben. Außerordentlich, Chapeau. Sie sind Trägerin einer Medaille des Wissenschaftsrats, die sie für ihren hervorragenden Abschluss erhalten haben. Sie haben nachweislich Expertise im Umgang mit kryogenen Substanzen, die wir für den langen Überflug brauchen, wenn uns Passagiere hops zu gehen drohen und an Bord nicht die nötige medizinische Versorgung erlangen können. Hops, hops, kleiner Klops. Kennen sie das Kinderlied?"

„Nein", antwortete Niobe, die angesichts des in ihren Augen Geistesgestörten vor sich, der eine so große Macht über sie besaß, von einer Panik ergriffen wurde.

„Wie dem auch sei. Das Lied hat meine Mumi mir vorgesungen, als ich noch ein kleiner Bub war. Können sie sich das vorstellen, ich ein kleiner Bub, der mit Fröschlein gespielt hat. Fröschlein klein, gib dein Bein, so ist´s fein. Sie kommen ursprünglich aus Nitrea, einem Küstenort am Mare Nostrum?"

„Ja."

„Dort gibt es wunderbaren Fisch."

„Ja, ich liebe Fisch."

„Sie lieben also Fisch. Ich nicht. Ich kann Fisch nicht ausstehen."

Er sah sie an und verfiel in ein langes Schweigen.

„Sie gefallen mir. Ihr Lebenslauf ist tadellos. Sie können passieren, aber nur unter einer Bedingung. Sie geben mir eine Locke ihres Haares."

Niobe saß wie versteinert und nickte mechanisch. Walther erhob sich und trat nah an Niobe heran. Er nahm einen Laserschneider aus seiner Tasche und entfernte damit behutsam eine Locke von Niobes Haar. Er roch daran und sagte zum Abschluss: „Das ist gut. Das ist gutes Haar." Die Tür hinter ihm öffnete sich und Niobe wurde angewiesen, dort hindurchzutreten. Sie betrat einen Flur und hörte hinter sich Walther singen: „Lass uns Hand in Hand gehen in eine bessere Welt. Seite an Seite gehen wir durch unbekanntes Land. Wir sind jung, für immer jung."

Ein anderer Mann führte Niobe in ihre Gemächer und kündigte ihr ein erstes Arbeitstreffen mit ihrem Team für den nächsten Tag an. Das, was Niobe an Luxus und reiner Verschwendung von Denaren vor sich sah, hätte einige Momente zuvor noch ihre Vorstellungskraft gesprengt, dabei war sie nur eine einfache Assistentin.

Lao hat eine Entdeckung gemacht
Jahr 2021 nach der Erleuchtung, 7. Monat

Seit dem letzten Aufeinandertreffen von Lao und Jun war eine Weile vergangen. Lao glaubte, eine Spur gefunden zu haben, die seinen schon lange gehegten Anfangsverdacht gegen die Xian eine neue Richtung gaben. Er gab per Implantatkontakt einen unauffälligen Hinweis an Jun, dass er ihn nach der Arbeit in seiner Baracke besuchen möge. Er habe vor, mit ihm über die Planung einer Feierlichkeit zu reden, die er anlässlich des Neujahrstages für die Mitarbeiter der östlichen Hemisphäre organisieren wollte. Zu diesen Vorbereitungen gehört traditionell das Anbringen roter Farbe an einige Gegenstände und die Beschriftung von Papierbahnen mit schwarzer Tusche. Beides, sowie die Verursachung von Lärm und Gebrüll zum Neujahrstag, dient der Vertreibung des Dämons Nian, der in den Legenden der Altvorderen als ein Ungeheuer beschrieben wurde, das sein Unwesen in den Dörfern des alten Chinas getrieben haben soll. Lao erschien diese Analogie zu den phonetisch verwandten Xian so passend, dass er das Fest für den geeigneten Vorwand hielt, seinen Freund zu sich zu rufen. Vielleicht wäre diese Vorsichtsmaßnahme nicht nötig gewesen, aber Lao war mittlerweile nicht mehr sicher, ob die Xian noch davor zurückschreckten, in den privatesten Angelegenheiten ihrer Mitarbeiter herumzuschnüffeln und Implantatkontakte abzufangen.

Als die Sonne rot am Himmel stand und die Fenneks ihre seit allabendliche Jagd nach Echsen begannen, erschien Jun in der Baracke Laos. Die Tür stand bereits offen und Lao wandte ihm seinen Rücken zu und sah aus dem Fenster hinaus.

„Hast du dir mal Gedanken darüber gemacht, was du eigentlich siehst, wenn du aus dem Fenster deines Büros schaust?"

Jun zuckte mit den Achseln und schüttelte dabei, ein wenig konsterniert dreinblickend, den Kopf. „Dir auch einen guten Abend. Ist deine Frage eine philosophische Frage? Ich sehe Bürogebäude, Labors und Barracken. Dazwischen künstlich bewässerte Dattelpalmen, künstliche Wasserläufe, künstliche grüne Hügel. Was siehst du denn?"

„Zu deiner ersten Frage. Gewissermaßen ist es eine philosophische Frage, ja. Zu deiner zweiten Frage, ich sehe, wenn ich aus dem Fenster meines Büros blicke, nichts das real ist. Künstlich ist insofern schon das richtige Stichwort. Der vermeintliche Ausblick ist reine Illusion, rein virtuell. Die Perspektive stimmt nicht und ich sehe jeden Tag die gleiche Frau über den Kiesweg zwischen den Palmen schlendern."

Jun lachte stoßartig. „Ich sehe auch immer die gleiche Frau vor mir, wenn ich die Augen schließe."

„Es ist nicht nur die gleiche Frau, sie hält auch jeden Tag zur exakt gleichen Uhrzeit an der gleichen Stelle inne und bückt sich, um ihren Schuh zu richten."

„Das ist durchaus ungewöhnlich. Muss ich mir Sorgen um dich machen?"

„Das hat mich dazu veranlasst, eine Lichtmessung durchzuführen und mit einem Spektrographen nach elektrischen Feldern zu suchen und siehe da, der Blick aus dem Fenster ist gar kein Blick aus dem Fenster."

„Ich muss mir Sorgen machen."

„Jun, mir ist nicht nach Scherzen zumute. Weshalb erzeugen die Xian holographische Illusionen in allen Fenstern, die zu der einen Seite des Wissenschaftszentrums hinausgehen? Ich habe daraufhin versucht, an die Stelle zu gelangen, auf die ich von meinem Fenster blicken müsste. Das ist aber nicht möglich. Wir kennen nur drei Seiten des Gebäudes, nicht aber die Rückseite, zu der heraus der Blick aus meinem Fenster gehen müsste. Der Zugang zu diesen Bereichen ist durch ein gewaltiges holographisches Trompe-l'œil kaschiert."

„Vielleicht ist dahinter der Müllschlucker. Das wäre doch kein schöner Anblick für die Mitarbeiter."

„Wenn du an den Seiten des Bauwerks entlangläufst, kommst du auf beiden Seiten in ein künstliches Wäldchen, dessen Wege alle an einem Gewässer enden, das von einem künstlichen Wasserfall gespeist wird, der munter von einem künstlichen Felsen herabbraust. Das Ganze hat in der Tat den Anschein, als diente es der Schaffung eines angenehmen Klimas und sei ein Ort, der uns in den Feierabendstunden in heimatliches Schwelgen versetzen sollte Das gelänge vielleicht auch, wenn wir aus den fernen Wäldern der nördlichen Distrikte kämen, denen hier in der Wüste eine kleine Exklave geschaffen wurde."

Lao schwieg einen Augenblick, gerade so lange, dass die Stille als dramatische Pause spürbar wurde.

„Ich habe weiter nachgeforscht und habe an vielen Stellen solche hübschen Trompe-l'œils entdeckt. Wir sitzen hier also in einem vergoldeten Käfig und außerhalb, so meine Vermutung, sind Bereiche, in denen ominöse Dinge passieren, für die wir zwar irgendwie gebraucht werden, aber von denen wir nichts wissen sollen. Vielleicht ist dort auch deine Freundin zu finden."

„Ich verstehe, worauf du hinaus willst. Es ist immerhin eine Spur. Ach ja, entschuldige, wenn ich bei meinem letzten Besuch bei dir etwas aufgebracht war und den Eindruck erweckt habe, als wollte ich gleich eine Zweimannrevolte anfangen. Ich habe mich mittlerweile beruhigt und denke schon manchmal, dass mich das alles hier gar nichts angeht und ich lieber einfach verschwinden sollte. Dann denke ich aber wieder an Ly. Und ja, verdammt, ich liebe sie so sehr, dass ich für sie mein Leben riskieren würde. Das sollte aber nicht dazu führen, dass wir jede Vernunft vergessen."

„Schon gut, ich sehe, die letzten Tage haben dir gut getan und dich wieder ein wenig geerdet. Du kamst aber vor ein paar Tagen auch gerade zu einer Zeit zu mir, in der mir selbst alles bis hier stand und in der sich meine Wut auch bereits langsam in unüberlegtem Handeln zu entladen drohte. Eines steht fest, diese Xian ziehen hier eine große Betrügerei am ganzen Volk ab und präsentieren sich nach außen hin als große Wohltäter. Also lass uns handeln. Dafür müssen wir erstmal wissen, was hier gespielt wird. Ich habe für heute Nacht daher eine kleine Kletterpartie geplant. Die Ausrüstung dafür war hier schwer zu beschaffen, weil in dem gewaltigen Einkaufzentrum komischerweise gerade solche Dinge fehlen. Es gibt keine Antigravitas-Sicherungen geschweige denn Schwebeanzüge. Hier habe ich ein Seil, das ich mir ausdrucken konnte und hier habe ich Haken, die ich mithilfe eines Laserschneiders aus dem Besteck der Cafeteria hergestellt habe. Das muss reichen. Bist du bereit?"

Jun schaute etwas perplex. „Was, sofort?"

„Ja, bevor uns der Mut verlässt."

„Okay, dann los, lass und nachsehen, was sich jenseits dieser Klippen abspielt."

Niobe hört Stimmen
Jahr 2021 nach der Erleuchtung, 7. Monat

Niobe hatte ein Gewand angelegt, an dem künstliche kalte Flammen züngelten. Die erste Stunde in ihrem neuen Gemach hatte sie vor dem interaktiven Spiegel verbracht und sich die ausgefallensten Kleider aus dem Magazin an den Leib projiziert. Für dieses Flammenkleid hatte sie sich dann entschieden, weil sie vor einigen Monaten über diesen aktuellen Modetrend aus dem fernen Rom gelesen hatte. Sie wusste, dass Kleider mit Farbwechseln oder holographischen Applikationen etwas waren, das sich nur die Reichen leisten konnten. Zuerst hatte man Zoe Lacama, den Star aus Niobes Lieblingsvirtualityshow, mit einem solchen Designerstück gesehen. Sie hatte genau ein solch flammendes Kleid getragen wie Niobe es jetzt anhatte. Die Lingdaos waren zwar noch verhältnismäßig gut situiert, hatten aber in ihren Magazinen nie etwas annähernd Dekadentes.

Für eine kurze Weile sorgte der Luxus für Ablenkung und nichts brauchte sie jetzt mehr als das. Wenn Niobe sich ihrer Situation gewahr wurde, ergriff sie das Entsetzen. Keine Illusionen, kein schöner Schein konnten sie vergessen lassen, dass sie tief im Bauch eines Monstrums gefangen war, das Kräfte sammelte, um unheilvolle Taten damit zu begehen. Sie war dort eingedrungen und durfte nicht als das erkannt werden, was sie in Wirklichkeit war, sonst würde sie wie ein Krankheitserreger vom Immunsystem dieses Organismus´ eingekapselt und dann ausgesondert werden.

Nachdem Niobe das Kleid wieder zurück in das Magazin gespeist hatte, suchte sie sich eine schlichte und zugleich kleidsam elegante Tunika aus Leinen aus, in die sie sich am kommenden Tag hüllen wollte. Bevor sie in ein Bett schlüpfte, dass jedem ihrer Hautzellen mit samtener Weichheit und einem großen Repertoire an Gefühlsinduktionsprogrammen schmeichelte, wusch sie sich noch unter dem lauwarmen Wasserstrahl der Regenwalddusche. Mit einem leichten Hauch eines künstlichen Sommerwindes auf ihrem Körper und einer Imitation der Frequenzen, die ein leises Rascheln von Palmen erzeugten, glitt sie in einen unruhigen Schlaf.

Ihr Schlaf wurde jäh unterbrochen durch einen lauten Tumult außerhalb ihres Gemachs. Niobe trat an die Tür und ließ durch einen Implantatimpuls die milchige Vulkanglasscheibe in der Wand verschwinden, die ihr Gemach vom Labyrinth aus Gängen trennte. Draußen hallten Schreie durch die Flure, ohne dass etwas zu sehen gewesen wäre. Sie erschrak, als sie einen Schrei in ihrer Sprache, der Sprache des Distrikts Tsingtao, vernahm. Sie verstand kein einziges Wort, aber es war kein Zweifel, dass es Flüche und Schimpfwörter in dem herben Tonfall ihrer Heimat waren. Es klang in ihren Ohren sogar kurz wie die Stimme Laos, aber das musste Einbildung sein. Bald wurde es wieder still und ihr blieb nichts anderes übrig, als sich wieder ins Bett zu legen und zu hoffen, dass sie vergessen kann, wo sie war und was um sie herum geschah.

Nach dem nächtlichen Tumult in den Fluren des unterirdischen Labortrakts versank Niobe erneut in einen unruhigen Schlaf. Sie sah zuerst ein unscharfes Bild von einem Kornfeld, in dem die Ähren sich langsam im

Wind wogen. Sie erkannte es als ein Bild aus ihrer Kindheit, aus Tsingtao. Sie war mit ihren neuen Eltern dort gewesen und hatte Tage voll von Sonnenschein und unbeschwertem Kindsein. In das Rauschen des Feldes im Wind mischten sich Rufe aus der Ferne, die einen Satz immer wiederholten: „Wir bauen eine neue Welt." Dann hörte sie Laos Stimme, der in den Kanon einstieg und säuselnd die Worte aussprach. Niobe drehte sich zu ihm um und sah, wie er mit verschlossenen Augen und den unnatürlichen Bewegungen eines Schlafwandlers auf sie zukam, an ihr vorbeiging und im Korn verschwand. Sie hörte noch seine Stimme, die lauter wurde und bald im Klangteppich der näherkommenden Rufe von überall aufging. Der Lärm der tausend Stimmen wurde unerträglich und Niobe spürte im Traum, wie alles über sie hereinbrach und sie das Bewusstsein verlor, das ihr Unterbewusstsein ihr als solches vorgaukelte.

Sie glitt eine Bewusstseinsebene tiefer und sah alles um sich herum in Flammen stehen. Jetzt stand sie an einem fremden Ort. Es war der große Saal des größten Tempels, den die Menschheit je gebaut hatte, um ihre eigene Schöpferkraft, ihren eigenen Geist zu ehren. Niobe wusste, ohne jemals davon gehört zu haben, dass sie im Herzen der Bibliothek von Alexandria stand, als wäre sie nie der Zerstörung anheimgefallen. Niobe sah, wie die Flammen an den marmornen Säulen hochschlugen und hörte das Prasseln, das sie verursachten, als sie sich durch die ältesten Schriften der Menschheit fraßen. Die Schriftrollen, die dort verbrannten, waren zum Teil mehr als sechstausend Jahre alt. Unter all den Schriften war auch das Original des Vertrags zwischen der östlichen und der westlichen Hemisphäre, der zur Aufhebung der großen Spaltung geführt hatte. Hier lagerten auch die Originale der westlichen und der östlichen Schriften der Weisheit, aus denen heraus als Destillat die als unverrückbar definierten Werte bis in die heutige Zeit überdauert hatten. In Wirklichkeit gab es nur noch unvollständige Abschriften all dieser Dokumente. Sogar die zehn Tafeln, auf denen die Gebote eines weitgehend vergessenen Gottes eingraviert waren, lagerten hier in Niobes Traum. Moses hatte Ihnen, nach dem Auszug seines Volkes und der Verkündigung durch ihren Gott, zur Aufbewahrung zuerst einen Schrein gebaut, der mit den Jahrzehnten baufällig geworden war. Seine Nachkommen hatten die Tafeln der Bibliothek von Alexandria übergeben.

Niobe sah noch das Gebälk der Decke im flammenden Inferno nachgeben und auf sich zukommen, als sie die Augen aufschlug und gegen die Decke ihres Gemachs blickte. Sie erwachte mit einem Schrei und es vergingen einige Sekunden, bis ihr klar wurde, wo sie sich befand. Der Raum war in das Licht einer aufgehenden Sonne getaucht und sie sah tatsächlich ein Kornfeld mit goldenen Ähren, als sie aufblickte und auf die Glaswand mit der künstlichen heilen Welt dahinter schaute. Sie erschauerte bei dem Gedanken, dass hier womöglich eine Technik am Werk war, die Bilder aus dem Strom ihrer Gedanken ausgelesen hatte. Sie hatte einmal davon gehört, dass es so etwas gab. Diese Wohnraummodule, die eine Harmonie zwischen dem Äußeren und dem Inneren Sein schaffen sollten, lasen Traumbilder aus, um den Träumenden einen sanften Übergang von der Nacht in den Tag zu ermöglichen.

Niobe war tief beunruhigt, ja in Panik, als sie an ihre Situation und an den bevorstehenden Tag dachte. Die lebhafte Erinnerung an ihren Albtraum verstärkte ihre Unruhe nur noch weiter. Sie glitt in die Kleidung, die sie sich am Abend zuvor ausgesucht hatte und entnahm aus dem Lieferschacht des Essensmagazins einen Korb mit frischem Obst, ein Glas Kamelmilch und einen großen Fladen aus Teff. Sie aß mit wenig Appetit, nur getrieben von dem Gedanken, dass sie all ihre Kräfte wird brauchen können, wenn sie hier erfolgreich sein wollte. Besonders wichtig erschien ihr dabei ein geschärfter Sinn, denn jeder Moment könnte ihr ein Detail offenbaren, anhand dessen sie den Geheimnissen hier unten auf die Schliche kommen könnte. Sie nahm sich vor, schon früher als nötig ihr Gemach zu verlassen und ein paar Umwege zu gehen. Sie wollte dabei vor allem feststellen, ob es Zugänge zu den Bereichen gab, die auf der Karte in ihrem Implantat ausgegraut waren.

Nachdem ihr Zutritt in die Katakomben der Sternenstadt autorisiert worden war, hatte sie diese Karte überspielt bekommen, die wahrscheinlich alle Mitarbeiter in ihren Implantaten hatten, die nicht zum Vertrauenspersonal gehörten. Das Vertrauenspersonal, so hatte sie einmal von einem der Widerständler erfahren, wurde für jedes der Projekte der Xian von Thanh Xian persönlich abkommandiert. Es waren auf dieser Karte ganz offenkundig Lücken, dort wo Räume mit beschränkten Zutrittsrechten lagen. Die Xian hatten also, wie angenommen, etwas zu verheimlichen. Das zu wissen, nützte Niobe und dem Widerstand aber noch nichts. Niobe musste herausfinden, was es war. Zuerst musste sie aber den Tag überstehen und in die Rolle einer fähigen Wissenschaftlerin schlüpfen. Erst in der Nacht, wenn die Flure verlassen wären, würde sie intensive Nachforschungen anstellen können.

Niobes Arbeitsantritt
Jahr 2021 nach der Erleuchtung, 7. Monat

Mit weichen Knien stand Niobe vor der Tür, hinter der die Laboratorien lagen. Sie wurde erwartet. Um 8.00 Uhr sollte ein Treffen stattfinden, bei dem sie mehr darüber erfahren würde, welche Rolle sie im System der Xian zu spielen hatte. Sie wusste, dass sie einem Team als Assistentin zur Seite stehen sollte. Ihr Wissen sollte dazu beitragen, ein Verfahren zu entwickeln, um menschliche Vitalfunktionen auch bei längeren, künstlichen Tiefschlafphasen aufrechtzuerhalten. Dass eine Expertin auf dem Gebiet kryogener Substanzen gesucht worden war, ließ sie dabei erahnen, dass es nicht bloß um einen verlängerten Erholungsschlaf, sondern um Schlafphasen zur Überbrückung langer Zeiträume gehen würde. Sie hatte während ihrer Studienzeit beim Recherchieren in aktuellen Wissenschaftsnachrichten zufällig mal einen Artikel überflogen, in dem es um Experimente an Tieren ging. Darin waren kryogene Substanzen und Neuropharmaka zum Einsatz gekommen, um die Zellteilung zu unterbinden. Die Tiere wurden dabei bis an die Schwelle des Todes gebracht und hatten kaum mehr nachweisbare Vitalfunktionen. Bei den meisten waren alle Wiederbelebungsversuche vergeblich, viele waren geschädigt und nur bei einem Exemplar gelang das Schockfrosten nach Plan. Niobe konnte sich an die Debatten erinnern, die auf den Artikel folgten und die letztlich zu einem Verbot jeglicher Forschungen in dieser Richtung geführt hatten.

Sie nahm ihren Mut zusammen und betrat das Laboratorium, das ihr als Treffpunkt genannt worden war.

Der Raum war mit Technik ausgestattet, die sie noch nie gesehen hatte. Ein Wissenschaftler in rotem Kittel saß regungslos in einem Kunststoffsessel und schien mit einem künstlichen Wesen, das hinter einer Glasscheibe in einer Art blauem Dunst stand, zu interagieren oder es zu steuern. Niobe erkannte ein Gehirn, das leicht pulsierte und über einer Fläche schwebte. Es war offenbar ein Seziertisch mit allen erdenklichen Sensoren, um berührungsfrei die Funktion des isolierten, aber noch intakten Gehirns zu überwachen. Dann sah sie, wie das Wesen hinter der Glasscheibe mit einem Lichtskalpell einen Schnitt in den präfrontalen Cortex vornahm und dort etwas injizierte. Weiter sah sie nichts, da eine Frau in grünem Kittel sich vor sie stellte und sie mit aufgesetztem Lächeln bat, sich an einen Tisch im hinteren Teil des Raums zu setzen.

„Ich bin Fengyan Xian, eine Enkelin unseres Clanvaters. Es ist mir eine Freude, sie kennenzulernen."

Niobe stand noch unter dem Einfluss dessen, was sie gerade gesehen hatte, versuchte aber, ihre Rolle zu spielen. Sie durfte sich nicht anmerken lassen, dass sie keine Ahnung von dem hatte, was der Mann in dem roten Kittel trieb.

„Die Freude ist ganz meinerseits. Die Xian vollbringen hier beeindruckende Leistungen und tragen die Speerspitze der Wissenschaft in ihren Händen."

„Sie werden sich mit Sicherheit gefragt haben, woran Miao Lizuwu, der Wissenschaftler in dem roten Kittel, gerade arbeitet. Er scheint weit weg zu sein von hier, dabei ist er ganz konzentriert bei der Sache. Wir haben hier ein ganz neues Arbeiten entwickelt, das die Fehleranfälligkeit des Menschen minimiert. Lizuwu steuert allein durch die Kraft seiner Gedanken ein Surrogat, das auch in Umgebungen arbeiten kann, die für Menschen tödlich wären. Das Surrogat arbeitet dabei weit präziser, als der Mensch es vermag. Es hat eine eigene, künstliche Intelligenz, die immer dann eingreift, wenn es zu einer Diskrepanz in der Absicht des Wissenschaftlers und dem Bewegungsimpuls kommt, den er konkret an das Surrogat überträgt. Daher ist es wichtig, dass der Wissenschaftler dem Surrogaten zunächst gedanklich genau auseinandersetzt, was er erreichen möchte. Die Vorgehensweise erarbeiten dann quasi beide zusammen."

„Ist dabei denn immer gewährleistet, dass der Wissenschaftler das Surrogat steuert und nicht umgekehrt?"

„Die Frage kann nur unter Missachtung der Tatsache gestellt werden, dass der Wissenschaftler ein Mensch mit einem Willen und das Surrogat nur eine Maschine ist. Der Mensch lässt nur so viel Unterstützung durch das Surrogat zu, wie er braucht."

Niobe hatte zwar Angst, damit eine Schwäche zu zeigen, aber sie gab ihrer Neugierde nach und fragte: „Ist das ein menschliches Gehirn, das dort liegt." Sie hoffte noch, dass es das Gehirn eines Tieres war, glaubte aber nicht daran.

„Ja, nur am menschlichen Gehirn können wir feststellen, warum lange Aufenthalte im Weltall bei vielen Menschen zu schweren Depressionen und Angstzuständen führen. Der Schlüssel, so haben wir bereits herausgefunden, liegt darin, dass eine Komponente der kosmischen Strahlung Gehirnströme in Wach- und Schlafphasen beeinflusst. Im Experiment an Tieren konnten wir den Effekt durch einen tieferen Schlaf, der einer Rekalibrierung des Gehirns gleichkam, kompensieren. Die Überlastung des Gehirns am Tag wurde nachts aufgefangen. Leider hatten alle diese Tiefschlafexperimente unerwünschte Nebenwirkungen. Deshalb testen wir an menschlichen Gehirnen."

„Woher stammen diese Gehirne?"

„Wir machen hier nichts Illegales. Es sind ausschließlich Gehirne, die Patienten nach ihrer Einwilligung entnommen wurden, nachdem ihre Lebensfähigkeit durch andere Organschäden nicht mehr gegeben war."

Niobe ahnte, dass dieses Gespräch ihr keinen Anhaltspunkt geben würde über das, woran die Xian hier tatsächlich forschten. Die Sache mit dem besonders erholsamen Tiefschlaf erschien an den Haaren herbeigezogen. An all dem hier war etwas faul, so viel spürte sie. Sie verlegte nun alle ihre Hoffnungen, etwas zu entdecken, auf die kommende Nacht, in der sie nach einem Zugang zu den dunklen Geheimnissen suchen würde.

Der Rest des Tages verlief erstaunlich unspektakulär. Niobe hatte wenig Gelegenheit, ihr Unwissen zu präsentieren, weil ihre Aufgabe am ersten Tag bloß darin bestand, zuzusehen und zuzuhören.

Sie erfuhr viel über den aktuellen Stand der Erkenntnisse, aber wenig, was ihren Verdacht hätte erhärten können, dass sie bloß auf ein Blendwerk schaute.

Niobe weiß nicht, wonach sie suchen soll
Jahr 2021 nach der Erleuchtung, 7. Monat

Nachdem die Nacht hereingebrochen war, schlich sich Niobe aus ihrem Gemach, um nach dem zu suchen, was die wahren Absichten der Xian entlarven würde. Sie war sich sicher, dass alles, was sie bisher gesehen hatte, nur ein kleiner Teil der Wahrheit war. Irgendwo musste es einen versteckten Zugang zu geheimen Laboratorien geben oder etwas in der Art. Ihr fiel zuerst nichts Besseres ein, als alle Gänge abzuschreiten und nach einer Geheimtür zu suchen. Vielleicht war es auch eine Luke im Boden oder in der Decke. Nach zwei Stunden musste sie sich aber eingestehen, dass ihre Idee zu plump war und sie offenkundig die Raffinesse der Xian unterschätzte. Dort war nichts, jedenfalls nichts Sichtbares.

Niobe war der Verzweiflung nahe und sank im Flur neben der Tür zu ihrem Gemach zu Boden. Angelehnt an das kalte Metall der Wand marterte sie ihr Gehirn, um ihm eine weitere Idee abzupressen, aber da war nichts. Auch hinderte die Müdigkeit sie mittlerweile daran, klare Gedanken fassen zu können. Immer wieder schweifte sie ab und landete bei Ragnar, dessen Hoffnung sie würde enttäuschen müssen, oder bei Freya, deren Kindheit bald ein jähes Ende finden würde. Dann sah sie die vielen Toten in der Smaragdstadt vor sich und stellte sich die Ausmaße der Zerstörung vor, die die Xian mutmaßlich anrichten würden. Mutmaßlich, bloß mutmaßlich. Plötzlich keimte Hoffnung in ihr. Vielleicht war alles doch gar nicht so, wie es den Anschein hatte. Vielleicht war die Videobotschaft, die den Widerstand aufgestachelt hatte, nur eine Finte eines rachsüchtigen Clanangehörigen. Vielleicht hatte er alles nur erfunden, um den Clan in den Schmutz zu ziehen. Eine Hoffnung war dies, für die Menschheit, aber sie ließ Niobes Mission in ganz anderem Licht erscheinen. Sie wäre dadurch zur Handlangerin eines perfiden Plans geworden, der auf nichts anderem als einer Fehde innerhalb des Clans beruhte. Aber, was bedeutete schon ihr kleines Schicksal. Das einzig wichtige war, dass die Menschheit dann außer Gefahr wäre. So oder so, ihr Aufenthalt hier erschien ihr zunehmend nutzlos.

Gerade, als Niobe aufstehen und in ihr Zimmer gehen wollte, sah sie eine Frau, die nur ein paar Meter von ihr entfernt im Gang stand. Sie musste sich angeschlichen haben oder Niobe war so sehr in Gedanken gewesen, dass sie die Schritte nicht gehört hatte. Die Frau trug einen grauen Overall, auf dem das Sternenstadtlogo angeheftet war. Irgendwie kam Niobe das Gesicht der Frau bekannt vor. Sie blickte bekümmert auf Niobe herab und fing an zu sprechen.

„Deine Suche war vergebens, oder?"

Niobe erschrak. Sie war offenbar beobachtet worden. Sie versuchte zu bluffen. „Ich habe nichts gesucht. Ich wandere oft nachts herum, wenn ich nicht schlafen kann."

„Du brauchst nicht zu lügen. Ich weiß, wer du bist. Du bist die Tochter der Ailan und des Caius. Daher weiß ich auch, wer du nicht bist. Du bist keine Kryotechnikerin. Ich weiß nicht genau, was du hier willst, aber ich vermute, es hat etwas mit dem Widerstand zu tun."

„Nein, ich bin das nicht. Du musst mich verwechseln."

„Bitte, lass das. Erinnerst du dich nicht an deine Lehrerin. Ich habe dir im Hauptstudium beigebracht, wie du Setzlinge klonen kannst. Ich bin Maia Gondwana."

Niobe wurde es gleichzeitig heiß und kalt. So sollte ihre Mission also enden. Maia lachte kurz auf, als sei ihr eben etwas eingefallen.

„Du hast einmal das Erbgut einer Giftpflanze so verändert, dass sie statt des stärksten Gifts der Welt Karamell produziert hat. Du hattest immer schon den Drang, alles zum Guten zu wenden. Und jetzt bist du hier, genau an dem Ort, wo gerade ein Unrecht geschieht."

„Dann ist es wahr?"

„Ich weiß nicht genau, was du weißt, aber ja, die Xian planen keine Mission zum Erzabbau und schon gar nicht zu einem kleinen Paradies für alle Bürger. Nein, sie wollen dorthin, wo es das wertvollste Gut von allen geben soll: Zeit. Genauer gesagt geht es um Lebenszeit. Die obersten Xian haben sich nicht damit abgefunden, dass sie hier wie jeder andere Mensch einmal sterben müssen. Sie sind von der im Fieberwahn entstandenen Vorstellung ihres Oberhauptes angesteckt worden, in unvorstellbarer Entfernung zu unserem Planeten gäbe es die Quelle ewigen Lebens. Wir, die wenigen Eingeweihten, dürfen sie dorthin begleiten. Der Haken daran ist nur, dass die Lebensspanne keines Menschen, nicht mal die eines Säuglings, ausreichen würde, um dorthin zu gelangen. Daher wird fieberhaft nach dem letzten Wissensbaustein gesucht, der des Problems Lösung darstellt. Ein künstliches Koma muss erzeugt werden, bei dem das Altern so sehr verlangsamt ist, dass die Reise möglich wird. Dies ist uns bereits gelungen, aber nur bei jedem zehnten Fall. Bei allen anderen Fällen schaltet das Gehirn ab und lässt sich auch nicht mehr reanimieren. Wenn die Ursache für dieses rätselhafte Phänomen gefunden ist, dann werden wir allem hier Ade sagen."

Niobe schüttelte ungläubig den Kopf. „Dafür müssen Millionen und Abermillionen Menschen sterben? Für eine Spinnerei, die aller Wahrscheinlichkeit nach nichts weiter als der reine Wahnsinn ohne einen Funken Wahrheit daran ist."

„Wovon sprichst du? Es sterben Menschen dafür, unzählige, aber Millionen? Ich habe bisher etwa tausend Leichen aus den Versuchsröhren geholt. Und, dass es der reine Wahnsinn ist, glaube ich auch. Ich wäre schon längst weg von diesem Ort des Schreckens, wenn ich nur könnte. Die Xian lassen aber die Eingeweihten nicht raus. Alle, die den Schlüssel erhalten haben, bekommen ein Implantat, das sie tötet, sobald sie das Areal hier verlassen. Mir ist das mittlerweile egal. Ich bin sowieso todgeweiht."

„Du weißt nicht, was die Xian noch planen, oder? Ich habe etwas mitangehört, wonach die Xian Tod und Verderben über Terranova bringen wollen, bevor sie aufbrechen."

Maia blieb still, doch ihre Augen wurden feucht. Erst nach einer Pause sprach sie mit gedämpfter Stimme. „Das wollen sie tun? Alles zerstören, aus reiner verblendeter Selbstsucht?" Maia schluckte und schüttelte sachte ihren Kopf. „Ja, das ergibt Sinn, in der Logik der

Xianoberen, in der die meisten anderen Menschen bloß niedere Wesen sind, die ihnen aber doch die hochtrabenden Pläne vereiteln könnten, wenn sie von all dem hier wüssten. Die Xian wollen unzählige Menschen entführen, um genug Erbmasse und Sklaven für die Gründung einer Kolonie zu haben. Das wird auffallen. Also hinterlassen sie lieber sicherheitshalber ein Machtvakuum, bevor der Rat den Betrug entdeckt und dem Kolonialisierungsschiff ein paar Abfangjäger hinterherschickt."

„Ich muss es verhindern", sprach Niobe. „Ich muss mit eigenen Augen sehen, was hier passiert und Beweise sammeln."

„Und dann? Wer wird dir glauben?"

„Mein Plan ist, alles öffentlich zu machen."

„Der Plan hat einen Haken."

„Wo ist der Eingang zu dem Ort, an dem all diese Experimente an den Menschen geschehen?"

„Da liegt das Problem. Es gibt keinen Eingang. Niemand von uns ist jemals wirklich dort gewesen. Die Menschen, die dort hinuntergebracht werden, wurden entweder vorher entführt oder haben sich auf eine Stellenausschreibung beworben. Sie ahnen nichts von ihrem Los, bis sie in die künstliche Atmosphäre eintauchen, in der sie innerhalb von Sekunden schockgefrostet werden und ins künstliche Koma versetzt werden. Das Gemisch der Atmosphäre wird stetig angepasst, um die Gaskonzentrationen zu ermitteln, die am wenigsten Opfer und am meisten Erfolge bei der Schockfrostung ermöglichen. An den Toten und an den noch lebenden führen wir Experimente durch, um Faktoren bestimmen zu können."

„Wie könnt ihr das tun, ohne dort jemals hinzugelangen? Nutzt ihr dafür ausschließlich Surrogate?"

„Ja, so ist es. Wir loggen uns allein durch die Kraft unserer Gedanken und mittels unseres Implantats in ein künstliches Wesen ein. Jetzt kommt der Punkt, der dich am meisten interessieren wird. Ja, es gibt eine Möglichkeit, wie auch du auf diese Weise dort hineingelangst. Ich kann dir meinen Schlüssel geben. Er besteht bloß aus einer Folge von Zeichen, die du dir nacheinander vorstellen musst. Dann baut dein Implantat automatisch eine Verbindung zum Steuerterminal auf und du siehst, was das Surrogat sieht, spürst, wenn es etwas anfasst und kannst es mit deinen Gedanken steuern. Der Haken an der Sache ist nur, dass du keine unmittelbaren Beweise wirst mitnehmen können. Das ist auch einer der Gründe, weshalb die Xian ihre Experimente auf diese Weise durchführen. Was du sehen und auch spüren wirst, werden bloß Bilder und Gefühle sein, die das Terminal in deinem Gehirn erst entstehen lässt und die dein Implantat nicht aufzeichnen kann."

„Dann ist alles verloren. Ohne irgendein Beweismittel in der Hand zu haben, wird niemand mir glauben."

„Es ist noch nicht ganz alles verloren. Eine Möglichkeit gibt es doch. Allein das Oberste Gericht in Rom hätte die Befugnis und den Zugriff auf ein nur sehr selten und nur in extremen Ausnahmefällen angewandtes Mittel. Alles, was du durch das Surrogat sehen wirst, wird immerhin in deinen Erinnerungen fortbestehen. Wer diese Erinnerungen lesen und dabei feststellen kann, welchen Wahrheitswert sie haben, also ob sie bloß auf Fantasien oder auf von außerhalb zugeführten Sinneseindrücken beruhen, der kann damit etwas beweisen. Es ist zwar nur wenigen bekannt, aber das Oberste Gericht hat als einzige Institution die technischen Möglichkeiten und bei einem einstimmigen Beschluss der Richter auch die Befugnisse, an deinen Erinnerungsschatz zu gehen. Mit Sicherheit gibt es irgendwo auch in der Illegalität solche Möglichkeiten, aber davon weiß ich leider nichts und es ist auch zweifelhaft, ob dir das etwas nützen würde. Für Laien sind Ergebnisse eines solchen Eingriffs kaum zu interpretieren und an die Öffentlichkeit könntest du damit nicht gehen."

„Ich muss es also mit meinen Erinnerungen bis zum Obersten Gericht schaffen. Ich kenne dort einen einflussreichen Richter, einen Freund meines Vaters. Wenn das nichts nützt, weil vielleicht auch das Gericht schon von den Xian korrumpiert wurde, dann Gnade uns, wer uns auch immer noch gnädig sein mag."

Kletterpartie im Dunkeln
Jahr 2021 nach der Erleuchtung, 7. Monat

Lao und Jun begaben sich mit Anbruch der Dämmerung in den Park neben dem Komplex, in dem sie täglich ihre Arbeit verrichteten. Als Lao zu der ungewohnten Stunde und mit der Kletterausrüstung im Gepäck auf die Front des großen Gebäudes blickte, fühlte er sich wie ein Dieb, der einen Einbruch bei seinem eigenen Arbeitgeber durchführte. Der Zweifel an seinem Handeln ließ seine Schritte unsicher werden. Das starke Rechtsbewusstsein, das ihm vor allem seine Mutter als Kämpferin für die althergebrachten Werte Terranovas mit auf den Lebensweg gegeben hatte, begehrte in ihm auf. Kurz wusste er nicht mehr, wozu das alles dienen sollte und was er sich davon erhoffte. War es nicht nur eine diffuse Ahnung, dass irgendwo hier Unrecht geschah, das ihn im Grunde nichts anging? Oder ging es ihn gerade deswegen etwas an, weil er der Sohn von Caius und Ailan Lingdao war und es die Pflicht eines Bürgers solcher Abstammung war, das Unrecht nicht vor den eigenen Augen geschehen zu lassen? Sein Unrechtsbewusstsein, das ihm bis dahin immer dabei hilfreich gewesen war, zu entscheiden, schien ihn nun zu trügen und es ihm gerade zu erschweren, die richtigen Entscheidungen zu treffen.

Lao versuchte, seine Bedenken beiseite zu schieben, indem er den Gedanken umkehrte. Es war vielmehr so, malte er sich aus, dass die Xian seine und die Gutgläubigkeit all der anderen arglosen Bürger missbrauchten. So schuf er sich ein Feindbild, mit dem es ihm leichter fallen würde, sich gegen die Xian in Position zu bringen und sie als das zu entlarven, was sie in seinen Augen waren: Betrüger und Verräter an der Idee und den Grundfesten Terranovas. Sein Verdacht war ja bereits ganz zu Beginn seiner Tätigkeit hier entstanden, als er den Sicherheitsapparat der Sternenstadt kennen gelernt hatte. Danach, so hatte ihm sein Gefühl gesagt, war es geboten gewesen, sehr auf der Hut zu sein.

Sein Argwohn war danach weiter gewachsen, bis er kaum noch Energie aufbringen konnte, um seiner Arbeit nachzugehen. So diffus der Zweifel anfänglich auch noch gewesen war, hatte er ihn gelähmt in allem, was er tat. Erst als Jun zu ihm gekommen war und ihm verdeutlicht hatte, dass es das Gebot der Stunde war, endlich zu handeln, schlug seine Stimmung um und er spürte wieder einen Antrieb in sich. Nur war es ein Antrieb mit anderem Vorzeichen als zu Beginn seiner Zeit in der Sternenstadt. Jetzt war er gegen die gerichtet, in deren Dienst er vor Monaten noch seine Kräfte gestellt hatte.

Lao und Jun taten so, als wollten sie sich in die schöne Natur begeben und bei einem guten Gespräch über das Leben im Allgemeinen und die Annehmlichkeiten desselben im Besonderen nach einem heißen Tag die laue Abendluft genießen. Es war daran nichts ungewöhnlich, denn sie sahen noch einige andere Spaziergänger, die auf den Pfaden des künstlichen Waldes umherliefen. An der großen Felswand saßen noch einige Paare unter den steinernen Vorsprüngen und picknickten, ihre freie Zeit genießend. Die Xian boten einiges auf, um jedem kritischen Geist seine Waffen zu nehmen. Lao und Jun verharrten, sich über die Vorzüge der

Kernfusion als Energiequelle für den Antrieb im Weltall unterhaltend, bis es ringsherum dunkel und still geworden war. Sie schritten die Felswand entlang und lauschten, ob noch irgendwo jemand war. Als sie sicher waren, alleine im Park zu sein, hob Lao das Seil aus der Tasche und gab Jun einen Teil der Kletterhaken.

Lao befestigte den ersten Haken an der Wand und verursachte dabei einen großen Krach. Zur Beruhigung sprach er mit Jun, während er das Seil festmachte. „Das wird ein Abenteuer. Gut, dass wenigstens du als Junge schon geübt hast. Ich muss gerade daran denken, wie du damals ohne Schwebevorrichtung und sogar ohne Haken auf den Siddhartha geklettert bist. Das waren mit Sicherheit zwanzig Menschenhöhen. Tja, wie hat es Dir das Mädchen gedankt, für das du dein Leben riskiert hast? Gar nicht."

„Ähm, ganz so mutig war ich doch nicht."

„Jetzt sag nichts Falsches. Mein Leben hängt gleich von dir ab, so wie es in einer Seilschaft am Hang eben ist."

„Du und all die anderen haben mich dort oben gesehen. So viel ist richtig, dass ich auf dem Kopf des Siddhartha auf dem Berg des wiederkehrenden Frühlings saß. Ich hatte damals aber auch eine große Klappe und habe vielleicht ein bisschen an der Wahrheit gedreht, um zu imponieren. Meine ionenstrahlgetriebenen Stiefel, die ich gut getarnt hatte, müssten dem Siddhartha immer noch unter dem Saum seines steinernen Gewands klemmen, wo ich sie beim Abstieg hineingesteckt hatte. Es hätte also nichts passieren können."

„Du warst schon immer ein Meister des großen Theaters. Ganz gleich, du hast es geschafft."

„Das ist nicht das Entscheidende. Die Frage ist, ob ich es auch geschafft hätte, wenn jedem Handgriff die Möglichkeit des Todes eigen gewesen wäre?"

Lao schüttelte den Kopf. Gerade in diesem Moment dachte er an Niobe und er spürte eine Angst in sich, ihm könnte etwas passieren, sodass er sie vielleicht nie wiedersähe. Es war das erste Mal, dass er um eines anderen Menschen willen um sein eigenes Leben bangte. Merkwürdig, dass er früher nicht einmal daran gedacht hatte, wie traurig seine Mutter würde, ihn zu verlieren, bevor er Dinge tat, die andere als halsbrecherisch bezeichnet hätten. Er wandte sich an Jun. „Diese Was-wäre-wenn-Frage stellen wir uns jetzt lieber nicht. Trotz allem bist du der erfahrenere Kletterer und hast die ehrenvolle Aufgabe, vorausklettern zu dürfen, um die Haken weiter oben zu befestigen. Jun presste die Lippen zusammen und Lao bemerkte, dass er versuchte, seine Anspannung zu verbergen.

„Eigentlich warst du, mal abgesehen von ein paar Sternstunden meiner Kindheit und Jugend, immer der Mutigere von uns beiden, Lao. Vielleicht war ich deshalb so ein Meister des großen Theaters, um es Dich und andere etwas weniger spüren zu lassen. Eine solche Chance, zu zeigen, dass du mutiger bist als ich, hättest du dir damals nicht entgehen lassen."

„Also gut, dann gib her. Ich dachte, du wolltest mal wieder eine solche Sternstunde haben."

„Das habe ich, auch wenn du der Mutigere von uns beiden bist. Wir sind zusammen und wir unternehmen etwas. Das ist alles, was zählt."

„Also dann, hören wir auf mit dem Geschwafel und machen uns ans Werk. Du musst mir leuchten."

Lao besah sich im Lichtstrahl des Scheinwerfers die zerklüftete Wand und fasste nach dem ersten Vorsprung, den er als geeigneten Start für die Kletterpartie ausgemacht hatte. Er setzte den Fuß mit großer Trittsicherheit hinterher und befestigte den zweiten Haken. Mit dem dritten Haken, den er schon in etwa der dreifachen Menschenhöhe befestigte, geriet er in eine Art von Adrenalinrausch, der ihm jeden Rest von Angst nahm. Das Vorantasten, Trittfassen und Sich-Hochwuchten funktionierte bald wie mechanisch. So ging es weiter, bis zum oberen Rand der Klippe, an dem Lao sich hochzog, ängstlich den Moment erwartend, in dem er sehen konnte, was sich dahinter befand. Hinter sich hörte er Jun, der ihm schon bis kurz vor dem Rand gefolgt war.

Lao blickte hinüber und er sah nichts. Es war absolut finster dort oben. Er stemmte sich hoch und aktivierte sein eigenes Licht. Er sah nun weiterhin nichts, zumindest nichts, das seine Aufmerksamkeit verdient hätte. Dort oben war nur glatter Fels. Im Schein seines Strahlers übersah er die gesamte Ebene, die sich in etwa gleicher Breite über den Kamm ausbreitete. Er konnte auch bereits erkennen, wo sich in etwa auf der anderen Seite der Abgrund auftat. Dahinter war völlige Finsternis und nicht etwa der Widerschein von Licht, das auf einen geheimen Teil der Sternenstadt hingedeutet hätte.

Lao und Jun schritten voran bis an den Rand auf der anderen Seite der Klippe und sahen in die Dunkelheit. Lao traute sich, auch wenn er Angst hatte, dass sie entdeckt werden könnten, den Strahler gen Boden zu richten. Was er dort sah, erschütterte ihn mehr, als es ein Gebäude oder eine Straße mit Fahrzeugen hätte tun können. Es war auch hier nichts zu sehen als Sand. Die Sternenstadt war offenbar doch einfach zu Ende hinter all den Klippen und Wänden mit holographischen Illusionen, die er an jeder Seite des Areals ausgemacht hatte. Er schämte sich, sich so sehr geirrt zu haben in seinem Glauben, dass dort etwas sein muss. Was hatten er und Jun sich nur eingebildet? War es am Ende doch ein Fehler, hier nicht einfach nur seinen Job zu machen und einen kleinen Beitrag zu leisten für das große Raumschiff, für das Ticket ins All? Er wollte umkehren, wollte einfach weitermachen mit dem bequemen Leben hier und abwarten, wie die Dinge sich entwickelten, aber Jun hielt ihn zurück und ordnete an, nahe am Rand der Klippe für die Nacht das Zelt aufzuschlagen und bei Tageslicht zu schauen, ob dort nicht doch irgendetwas im Verborgenen lag, was die Dunkelheit nicht preisgab. Am Ende gab Lao nach.

Der eiserne Griff Walthers
Jahr 2021 nach der Erleuchtung, 7. Monat

Niobe spürte den eisernen Griff an der Schulter ihres Surrogats in dem Moment, in dem sie die schier endlose Reihe der schimmernden Körper sah, die einmal Menschen aus den Nomadenvölkern und allen Teilen Terranovas gehört hatten. Einigen sah sie an, dass sie längst tot waren. Andere lebten noch, was auch durch die Amplituden ihrer Lebenslinien auf den Monitoren zur Überwachung ihrer Vitalfunktionen sichtbar wurde.

„Sie sehen, meine alcea rosa negra, dass ihre Arbeit hier sehr vonnöten gewesen wäre. Die Lebenserhaltung über einen so langen Zeitraum, wie wir ihn für den Flug werden überbrücken müssen, gelingt noch immer nicht. Wir haben schon viel erreicht, aber das Lebendige wehrt sich gegen den Stillstand, den man ihm aufzwingen will."

Niobe stand zwar noch immer in ihrem Gemach, dennoch war das Grauen, dass ihr Implantat in ihre Gehirnströme einfließen ließ, so greifbar, dass sie kaum mehr atmen konnte und nur darauf wartete, dass ihre Beine nachgaben und alles schwarz wurde. Doch so gnädig war das Schicksal mit ihr nicht. Sie spürte den Griff des anderen Surrogats und vernahm seine Worte im Flüsterton. Es war Walther, der dahinter steckte. Sie wusste es bei den ersten Worten, die er sprach. Wie hat er herausgefunden, wer sie war?

„Das Leben ist wie ein störrisches Tier, das sich von uns nicht beherrschen lassen will. Dem Esel muss man Zucker geben oder, wenn das nicht hilft, muss man ihm mit der Peitsche kommen." Walther hielt kurz inne, bevor er weiter sprach. „Hören sie das, das leise Rascheln? Dort entfleucht gerade ein Leben."

Niobe glaubte den Atem Walthers an ihrem Nacken zu spüren, was natürlich nicht sein konnte. Dabei ging ihr als einziger klarer Gedanke in all der Wirrnis durch den Kopf, das auch Walther, hinter dem Surrogat, den er steuerte, ein Mensch war, so wie sie. Doch was war das für ein Mensch, der zuließ, dass Artgenossen jede Würde genommen wurde?

Walther trat um sie herum und stellte sich neben sie. Er hielt dabei ihren Hals umgriffen, um sie spüren zu lassen, dass ihr Leben in seinen Händen lag, auch wenn er nur den Hals des Surrogats umfasste.

Niobe konnte nur flüstern. „Was tun sie ihnen an? Welche Erkenntnis ist so viel wert, dass dafür Menschen so behandelt werden?"

Walthers Blick verfinsterte sich und auch aus seiner Stimme wich jede Weichheit. „Den Wert eines Menschen bestimmen die Mächtigen. Du, meine alcea rosa, bist den Xian einen Dreck wert. Das ist bloß dem Umstand geschuldet, dass du keine Xian bist. Was glaubst du, würden die Xian tun, wenn sie dafür mit dem ewigen Leben belohnt würden?"

Niobe wollte den Beweis von seinen Lippen hören und sich alles gut merken, für den Fall, dass sie es jemals schaffen würde, zu entkommen. Sie stellte sich unwissend. „Ich verstehe nicht. Was passiert hier, worum geht es hier überhaupt? Was ist mit dem Versprechen, dass da draußen ein zweites Terranova sein kann und niemand jemals mehr etwas wird entbehren müssen?"

Walther fuhr sich langsam mit der Zungenspitze über beide Lippen und ließ danach mehrmals wie ein Irrsinniger seinen Unterkiefer kreisen. Das Surrogat tat es ihm gleich.

„Ich habe dieses Leiden. Mein Mund krampft. Es geht hier um kein zweites Terranova. Du wusstest es doch schon lange. Nur weißt du nicht, worum es hier tatsächlich geht."

„Ich wusste nichts. Ich habe es nur geahnt. Wir alle vom Widerstand haben es geahnt." Niobe biss sich auf die Zunge. Sie hatte den Widerstand erwähnt und erkannte sofort, dass sie damit einen Fehler begangen hatte. „Aber, wie kann das nur alles wahr sein? Wie kann der Hohe Rat glauben, dass die Xian als Wohltäter für die Menschheit auftreten, während doch jeder dumme Mensch weiß, dass das nicht sein kann?"

„Der Hohe Rat glaubt das, was seinen Mitgliedern den größten Reichtum einbringt. Außerdem geben die Xian vor, zu einem Planeten in der habitablen Zone aufzubrechen, auf dem nicht nur Erze, sondern auch akzeptable Lebensbedingungen für Menschen existieren. Diesen Planeten in erreichbarer Entfernung gibt es wirklich. Die Beweise dafür liegen vor und wurden vom Hohen Rat begeistert aufgenommen. Es war ein glücklicher Zufall für die Xian, dass seine Entdeckung in die gleiche Zeit fiel, in der etwas anderes im All gefunden wurde. Das ist eine geheime Verschlusssache, in die nur wenige eingeweiht sind. Es gibt das wahre Paradies, ein Ort, an dem der Mensch ewig leben kann. Die Xian halten sich für die Auserwählten, die alleine nur dieses Paradies für sich beanspruchen. Der Haken ist nur, dass dieser Ort unserem Planeten so fern ist."

Das, was dann geschah, war gegen jede Erwartung und gegen jede Wahrscheinlichkeit. Walther sprach, immer noch flüsternd, dann lauter: „Hau ab. Meine alcea rosa negra. Gehe geschwind und vergiss alles, was du hier gesehen hast. Ich habe es von dem Augenblick an geahnt, an dem du dich beworben hast, dass du nur hier bist wegen deines Bruders. Ihm geht es nicht so gut, aber du hast eine zweite Chance verdient, meine rosa negra. Jetzt geh nachhause! Dort wirst du einigermaßen sicher sein, wenn sich auf dieser Seite Terranovas der Erdboden öffnen wird und für Millionen und Abermillionen Menschen ein Tor zum Hades aufgeht. Das Leben der vielen ist der Preis für das ewige Leben der wenigen."

Niobe war erstarrt im Schrecken und sprach leise, aber vernehmbar. „Dann ist es also war."

Walthers Gesichtszüge veränderten sich und nahmen einen Ausdruck der Verwunderung an, den Niobe auch aus seiner Stimme heraushörte. „Was ist wahr? Was weißt Du?"

„Millionen Menschen werden sterben", hauchte Niobe, mit dem Bild der Zerstörung vor Augen. In demselben Augenblick verstand sie, dass sie gerade einen weiteren gewaltigen Fehler begangen hatte und verfluchte sich dafür, dass ihr Verstand in diesem entscheidenden Moment ausgesetzt hatte. Jetzt wusste Walther, dass Niobe Geheimnisse der Xian kannte, von denen sonst nur der engste Kreis wissen konnte. Wenn sie Walther für das, was er hier tat, auseinandernehmen würden, dann gerieten die geheime Quelle der Information und sehr wahrscheinlich auch die gesamte Widerstandsbewegung in größte Gefahr. Früher oder später würden die Xian sich den Hergang zurechtreimen können.

Walther stand mit offenem Mund und schüttelte den Kopf. Anscheinend bereute er, was er kurz zuvor im Glauben ausgesprochen hatte, dass Niobe den konkreten Sinn dessen, was er sagte, doch nicht würde verstehen können. „Ich habe bloß metaphorisch gesprochen. Niemand wird sterben. Jetzt geh!"

Niobe trennte die Verbindung zu ihrem Surrogat und rannte, so schnell sie nur konnte, wobei ihr die Tränen an den Wangen herunterliefen. Es war tatsächlich Laos Freund gewesen, den sie eines Nachts hatte schreien hören und Lao war bei ihm gewesen. So musste es sein, dachte sie, während sie den Flur in Richtung des grellen Lichts der Wüste entlanglief. Sie musste Lao retten, sie musste Terranova retten.

10. Teil

Trügerische Freiheit
Jahr 2021 nach der Erleuchtung, 7. Monat

Sie war im Freien, in einem Meer von Sand, schutzlos der Hitze ausgesetzt. Die Luke, durch die sie gekommen war, schloss sich hinter ihr und verschwand spurlos. Einige ihrer Sachen waren in ihrem Gemach geblieben. Dort lag, unter ihrem Kopfkissen, auch noch das Messer, das Ragnar ihr gegeben hatte. Beim Gedanken an Ragnar, Freya und Vara schluchzte Niobe kurz auf. Bei ihnen Zuflucht zu suchen und sich trösten zu lassen für das, was sie erlebt hatte, würde dem Chaos in ihrem Kopf ein wenig Einhalt gebieten. Sie durfte aber nicht zum Lager des Widerstands zurückgehen, da ihre Schritte vielleicht schon beobachtet wurden.

Es war nicht auszuschließen, dass ihre Freilassung nur eine Finte gewesen war, mit der die Xian herausfinden wollten, wer sie beauftragt hat, so zu handeln. Niobe war vogelfrei, ganz auf sich gestellt und sie musste sich beeilen, um die Xian aufzuhalten. Sie war aber ratlos, wie sie das anstellen sollte, welche Schritte sie als nächstes unternehmen sollte, um das zu verhindern, was die Xian vorhatten. Mit dem, was sie gesehen hatte, konnte sie zwar begründen, dass dort etwas geschah, was nach allen Grundsätzen Terranovas gegen Moral und Gesetz verstieß. Ihr Wort müsste aber an das richtige Ohr gelangen, um seine Wirkung entfalten zu können. Dafür gab es nur eine Option: Das Oberste Gericht. Nur diese Institution hätte so viel Macht, um den Xian

Einhalt zu gebieten. Sie musste ihre Erinnerungen dorthin retten.

Niobe lenkte ihre Schritte gen Norden, wo sie das Dorf vermutete. Sie konnte ihr Implantat nicht nutzen, um zu erfahren, wo genau sie war, weil jeder Versuch scheiterte, eine Verbindung zur Außenwelt und damit auch zum Netz aufzunehmen. Sie konnte nur einen Schritt vor den anderen setzen und hoffen, dass sie die richtige Richtung eingeschlagen hatte. Dabei strengte sie ihren Verstand weiter an, um der Verzweiflung den Raum zu nehmen, die sich sonst in ihrem Kopf breitgemacht hätte. Ihre Gedanken kreisten um den Zweck des Wahnsinns, deren Zeugin sie in den Laboratorien geworden war.

Als sie am Horizont eine Struktur sah, die auf Zivilisation hindeutete, sah sie den Weg vor sich, den sie würde gehen müssen. Wahrscheinlich war es die Gewissheit, vorerst gerettet zu sein, die ihren Geist soweit beflügelt hatte, dass sie begann zu glauben, es auch schaffen zu können bis zum Obersten Gericht in Rom.

Alsbald betrat Niobe die Piste, die an den einfachen Hütten vorbei in das Zentrum des Ortes führte. Von dort aus würde sie einen Transfer zur Küstenstadt Malakan organisieren. Sie würde nicht auf gewöhnlichen Wegen reisen können, da das Risiko, von den Xian geschnappt und wie eine Verräterin behandelt zu werden, viel zu groß war. Malakan hatte Merian einmal erwähnt. Es galt als das Einfallstor zur nördlichen Hemisphäre, die sich in den letzten Jahren gegenüber den ärmsten Distrikten des Südens abgeschottet hatte. Auch dies war ein Verrat an den Werten Terranovas gewesen, in denen seit Jahrhunderten die unbegrenzte Bewegungsfreiheit und Freiheit der Persönlichkeitsentfaltung jedes Einzelnen festgeschrieben gewesen war.

Niobe hatte in ihrer heilen Welt in Tsingtao nicht geahnt, dass es schon so weit gekommen war, dass das Denken in Nationen und Staaten über die Hintertür wieder Einzug gehalten hatte. Hier aber war dies Realität und sie würde mit den Ärmsten Terranovas illegal in Italia einreisen müssen, um ihre Mission nicht zu gefährden. Dabei hatte sie das wertvolle Gut in ihrem geistigen Gepäck, an das sie erst jetzt wieder dachte, wo ihr Kopf wieder einigermaßen klar war. Als sie mit dem Surrogaten den Raum betreten hatte, in denen die entführten Nomaden siechten und starben, hatte sie alle Einzelheiten in ihrem Gedächtnis abgelegt. Sie konnte die Augen schließen und ihn erneut betreten, um sich jedes Detail in Erinnerung zu rufen. Das würde als Beweismittel vor Gericht verwendet werden können. Voraussetzung war aber, dass sie bis zu einem der oberen Richter durchkäme, der, so glaubte sie, noch nicht korrumpiert war. Und da kam der Freund ihres Vaters ins Spiel.

Das Meer des Homers
Jahr 2021 nach der Erleuchtung, 8. Monat

Die Oberfläche des Meers glitzerte im gleißenden Sonnenschein. Die gellenden Schreie der Möwen mischten sich in das ewige Rauschen des Meeres und das Rascheln der Palmwedel im Wind. Mit Worten beschrieben und besungen lag hier das Meer Homers, Herodots und Canunzios, einem Dichter aus dem zweiten Jahrtausend Terranovas. Es war auch ihr Meer. Vielleicht, so sann Niobe mit dem Blick über die Wellen, hatte sich in das erste Licht, das sie je erblickt hatte, ein Widerschein des Sonnenlichts von diesem Meer beigemischt. Sie war in einer Küstenstadt geboren worden und wäre unter dieser Sonne mit dem Salz des Mare Nostrum auf der Haut groß geworden, wenn ihre Eltern nicht Opfer der sinnlosen Tat eines Geistesgestörten geworden wären und in ebendiesen Wellen den Tod gefunden hätten.

Niobe wandte den Blick vom Wasser ab und schärfte ihre Sinne an allem, was sie hörte und sah. Sie musste wachsam sein, denn sie konnte nicht wissen, ob man ihrer Fährte gefolgt war oder sie hier bereits suchte. Viele illegale Einfallstore nach Italia gab es nicht und wer sich in ihre Lage versetzte, konnte vielleicht ahnen, dass sie hier oder an einem benachbarten Ort landen musste.

Niobe trug noch immer eine einfache Robe aus Leinen und eine schwarze Hose am Leib, die sie in den Katakomben der Sternenstadt getragen hatte, um beim Schleichen durch die Gänge möglichst unscheinbar zu wirken. Hier war diese Kleidung so auffällig wie eine Neonreklame an einer schwarzen Basaltfassade. Der

Strand hatte sich seit dem ersten Morgengrauen, das Niobe mit angezogenen Beinen im Sand sitzend erlebt hatte, mit Touristen aus den reichen Distrikten gefüllt. Niobe hatte alleine dort gesessen und konnte von ihrem dem Osten zugewandten Platz der Bucht sehen, wie die Sonne sich erhob, der leuchtende Stern mit seinem Durchmesser von einer Millionen römischen Meilen, in den die Erde tausende Male hineinpassen würde. Alles Lebende harrt in der Dunkelheit ihrer Wiederkehr, ohne die alles in eisiger Kälte und undurchdringbarer Finsternis erstarren würde. Wozu das alles? Wer hatte sich diese Bühne geschaffen, auf der die Menschen dies und jenes trieben und sich aufplusterten wie die Gockel? Niobe hatte noch nie einen Sonnenaufgang gesehen und hatte daher nicht geahnt, dass dies eine solche Wirkung auf sie haben würde. Einen Augenblick lang hatte sie angesichts der kosmischen Dimensionen um sie herum all ihre Probleme vergessen und fühlte sich Lao nahe. Gleichzeitig erschien ihr in diesen Momenten das Vorhaben der Menschen, in diese unendlichen Weiten vorzudringen, umso irrsinniger. Hier auf Terranova waren die Relationen wie für die Menschen gemacht oder umgekehrt die Menschen hatten sich ihren Lebensräumen angepasst. Dort oben waren die Relationen ganz andere und der Mensch mit seinem kleinen Geist und seinen kleinen Schubladen, in die er alles ablegte, wäre hoffnungslos verloren.

Niobe musste handeln. Im hellen Tageslicht schwand ihre grüblerische Anwandlung und für Sentimentalität war keine Zeit. Sie lief den hölzernen Steg zurück zum Palmenhain und versuchte dabei die Blicke der Passanten zu ignorieren, die ihr in bunten Badetuniken entgegenkamen. Oberhalb der palmenbestandenen Bucht war ein großes Gebilde, das im Aussehen an einen Termitenhügel erinnerte und aus einer im Replikator erzeugten Masse gefertigt worden war. Aus ihm strömten die Touristen, die augenscheinlich weniger Geld hatten. Ein wenig abseits war ein Palast aus rotem Porphyr, von dessen hunderten Balkonen die reichen Bürger den Meerblick genossen. Dazwischen war ein Weg, der in den Ort mit seinen Vergnügungstempeln hineinführte. Hier gab es Glücksspiel und Hurerei in allen Facetten und ohne Kaschierung. Beides war in den meisten Distrikten öffentlich verpönt und geschah viel im Untergrund. Hier herrschte die Schamlosigkeit und niemand schien sich an dem Nebeneinander von Arm und Reich, von Ausgebeuteten und Ausbeutern zu stören. Ein Rest der Sklavenhaltermentalität, die so gegen jede Vorstellung der Ethik des alten Terranovas war, hatte sich hier über die Jahrtausende gehalten und blühte heute wieder auf.

Niobe hatte zwar gewusst, dass von hier aus die Mittellosen aufbrachen, um in die heile Welt vorzudringen, aber sie hatte nicht gewusst, dass es ein schwieriges Unterfangen werden würde, überhaupt einen Schlepper zu finden. Das, was sie taten, war auch hier illegal. Es war nur so, dass ihr lukratives Treiben in diesem Moloch aus Gier und Gelüsten weniger auffiel. Die Autoritäten Terranovas schienen diesen Ort absichtlich zu ignorieren, weil sie um die dunklen Seiten ihrer Bürger wussten und dieses Ventil dafür tolerierbar erschien. Die geringe

Präsenz von Sicherheitskräften machte es den Schleppern zwar einfacher, aber gejagt wurden sie auch hier. Daher blieben sie für Niobe, die ziellos durch die schmutzigen Gassen umherlief, zunächst unsichtbar.

Erst ein Zufall brachte sie auf die richtige Spur. Niobe hatte in einer Spelunke ein paar Worte aus einem im Flüsterton gehaltenen Gespräch aufgeschnappt, bei denen es um eine Überfahrt ging. Sie wusste zuerst nicht, was sie tun sollte, weil es zu auffällig gewesen wäre, die beiden Männer an der Bar darauf anzusprechen. Also wartete sie ab, bis der eine gegangen war und bestellte dem Verbliebenen einen Drink. Ihr war im Getränkeangebot unter all den Drinks einer aufgefallen, der einen ungewöhnlichen Namen trug. Während es ordinäre Dinge wie Met und Ales zu bestellen gab, war unter den Mixgetränken eines, das unter der Bezeichnung „Ozean der Verzweifelten" verkauft wurde. Offenbar zeigte das die Wirkung, die sie sich erhofft hatte. Anscheinend war sie am richtigen Ort und hatte zufällig einen Code entdeckt, mit dem das Interesse für eine Überfahrt signalisiert werden konnte. Bestimmt hatte der Besitzer der Spelunke einiges an Denaren dafür erhalten, dass er solche Geschäfte bei ihm duldete.

Der Mann kam zu ihr herüber und setzte sich neben sie. Er war ein wohlgestalteter Mensch mit fein geschliffenen Gesichtszügen. Niobe hatte sich immer raubeinige Männer mit schlechten Sitten vorgestellt, wenn sie an Kriminelle dachte, aber dieser Mann war eine rundum angenehme Erscheinung. Er schmeichelte ihr sogleich mit seinen Augen und tat so, als wäre er an einem Flirt interessiert. Gleichzeitig säuselte er ihr zu, sie solle diesen Raum durch den Vorhang verlassen und dem Gang folgen, vorbei an den Toiletten, bis ans Ende. Dort, so fuhr er fort, sei eine Treppe, die in den Keller führte. Am Ende müsse sie eine Tür öffnen, um in ein Zimmer zu gelangen, wo man ihr helfen könne.

Sie verabschiedete sich von dem Mann mit einem Kopfnicken und ging durch den Vorhang hindurch bis zu der Tür im Keller. Ihre Hand umfasste das kühle Metall der altmodischen Türklinke und sie spürte dabei ihren Herzschlag. Der Raum hinter der Tür war dunkel und nur an einem Punkt in der Mitte durch einen Lichtstrahl erleuchtet. Es befand sich darin nur der Mann, den sie vorhin schon im Gespräch mit dem Schlepper gesehen hatte. Er nickte ihr wortlos zu und stand danach regungslos. Dann ertönte eine Stimme aus einem Lautsprecher. „Sie können hereinkommen."

Niobe sah im selben Augenblick, wie sich eine Luke öffnete, die zuvor unsichtbar gewesen war. Der Mann verschwand dahinter und die Luke schloss sich wieder. Dann hörte Niobe erneut die Stimme aus dem Lautsprecher. „Treten sie vor."

Niobe stellte sich in den Lichtstrahl und wartete. Dann ertönte erneut die Stimme. „Autorisieren sie den Zugriff auf das Handelsmodul." Es verging etwa eine Minute, dann hörte Niobe erneut die Stimme. „Bestätigen sie die Zahlung". Niobe tat, wie ihr geheißen wurde und bezahlte eine hohe Summe an Denaren, von denen sie dank ihres Ziehvaters zum Glück noch ausreichend hatte. „Sie können hereinkommen."

Hinter der Luke war es erneut dunkel und stank erbärmlich. Sie war offenbar in einem der Abwasserkanäle von Malakan. An den Wänden war ein schwach leuchtender Lichtstreifen, den Niobe erst sah, als sich ihre vom Lichtkegel zuvor geblendeten Augen an die Dunkelheit gewöhnt hatten. Sie folgte dem Lichtstreifen, bis sie zum Ende eines Ganges kam, an dem es in keine Richtung mehr weiterging. Dort sah sie neben sich im Wasser eine Kapsel mit geöffneter Luke. Sie stieg hinein und konnte kaum schnell genug ihren Kopf einziehen, bevor die Luke sich schloss und sie alleine in dem klaustrophobisch engen Vehikel eingeschlossen war. Im nächsten Moment spürte sie, wie die Kapsel untertauchte und hörte das Plätschern des Wassers an der Scheibe über ihrem Gesicht. Das Gefährt beschleunigte daraufhin so rasant, dass sie fast bewusstlos wurde.

Es vergingen etwa zwei Stunden, in denen sie durch die Scheibe nichts als Schwärze sah. Dann spürte sie, wie die Kapsel ihre Fahrt verlangsamte und bald zum Stehen kam. Als die Luke sich öffnete, war Niobe erneut im Dunklen und sah den Lichtstreifen an der Wand. Sie stieg aus und konnte kaum laufen, weil ihre Muskeln steif geworden waren. Schleichend folgte sie dem Lichtstreifen, bis er an einer Stelle endete. Sie tastete an der Wand nach irgendetwas auffälligen und fand eine Vertiefung, in der ein kleiner Hebel hervorragte. Sie betätigte ihn und öffnete damit eine Luke, die in einen Raum führte. Jetzt sah sie, dass es nicht der Raum war, den sie schon kannte. Sie war woanders. Sie war im Keller einer Spelunke in einem Küstenort in Sizilia.

Paranoia
Jahr 2021 nach der Erleuchtung, 8. Monat

Die Angst wurde zu Niobes ständigem Begleiter. Sie wusste nicht, ob der Herr in der schwarzen Kutte, der aus der Gasse in das Licht der Promenade trat, sie vielleicht schon erwartete. Auch wusste sie nicht, ob die Frau im roten Gewand, die am Geländer stand und sie aus der verruchten Kaschemme kommen sah, sie diensteifrig bei der Präfektur melden würde. Niobe kam zudem der Gedanke, dass jeder Einkauf mit dem Geld, mit dem ihr Vater ihr Implantat aufgeladen hatte, mögliche Verfolger auf ihre Spur bringen konnte. Sie musste also schnell sein und gleichzeitig alles vermeiden, was die Aufmerksamkeit auf sie lenken konnte. Sie würde daher auch hier nicht einfach in eine Gondel steigen können.

Ein noch dringlicheres Problem war, dass sie sich auch nichts würde zu trinken oder zu essen kaufen können. Ihre Vorräte, die sie aus dem Wüstenort mitgenommen hatte, waren aufgebraucht. Sie war also entweder auf die Hilfe einer vertrauenswürdigen Person angewiesen oder würde sich selbst helfen müssen. Diebstahl kam nicht in Frage. Dies würde sie nicht fertigbringen und außerdem wäre es das Ende ihrer Mission, wenn sie dabei erwischt würde. Dann käme sie zwar auf schnellem Weg vor das Gericht, aber nicht vor einen Richter, bei dem ihre Anschuldigungen gegen die Xian ein offenes Ohr fänden. Ob dies in Rom anders sein würde, hätte kein Orakel ihr weissagen können, aber immerhin würde sie es dort mit der obersten Gerichtsbarkeit zu tun haben. Vielleicht war aber alles vergebens und man würde sie gar nicht erst zum Zug kommen lassen und gleich wegen Verrats und weiterer fingierter Vergehen ins Gefängnis stecken. Ihr Beweismaterial gegen die Xian, das sie in ihrem Kopf bewahrte, würde dann zusammen mit ihr in der Dunkelheit verrotten.

Getrieben von der Angst und einem unbedingten Überlebenswillen, schlich Niobe, fernab von der mondänen Promenade, den Einkaufspassagen und den von Müßiggängern bevölkerten Biosphären, durch die uralten Gassen, in die das Sonnenlicht nicht hineinreichte. Sie unterquerte die grünlich im Licht schillernde Röhre der öffentlichen Gondelroute und entzog sich bald im dichten Pinienwald den Blicken der Stadtbewohner. Hier war es schattig aber dennoch heiß und stickig unter dem dichten Dach aus Zweigen. Auch war dort nirgends ein Weg. Es gab in ganz Italia keine Straßen außerhalb der Orte, da schon seit mehr als tausend Jahren hier kein Individualverkehr mehr stattfand. Jeder Ort war an das Gondelnetz angeschlossen und selbst in kleine Dörfer konnten Einzelpersonen mit kleinen Gondeln in kürzester Zeit gelangen. Eine Initiative des Hohen Rates hatte mit einem Federstreich das Ende des Zeitalters der Verbrennungsmotoren eingeläutet und eine Kehrtwende hin zu einem nachhaltigen Umgang mit allen Ressourcen erreicht. Als dann der Fusionsantrieb zur Massenfertigungsreife kam und mancherorts wieder Straßen gebaut wurden, hatte dies in Italia nicht viel geändert. Man wollte hier nie wieder in Städten leben, in denen Kolonnen von Blech auf steinernen Pfaden den täglichen Verkehrskollaps erzeugten. Auch war hier nicht immer Wald gewesen. Das war ein Ergebnis einer groß angelegten Aufforstung aus ferner Vergangenheit.

Niobe fand einen Weg durch das Unterholz. Auch fand sie dort alles, was sie zum Überleben brauchte. Sie hätte nie gedacht, wozu ihr das Studium der Botanik nützlich sein würde und zu welch einer Überlebenskünstlerin sie sich entwickeln konnte. Nachdem sie schon zwei Tage unterwegs gewesen war und ihren Durst an Bächen hatte stillen und ihren Hunger an essbaren Pflanzen, Pinienkernen und Pilzen hatte sättigen können, fühlte sie fast etwas wie Stolz. Was würden Caius und Ailan denken, wenn sie ihre Ziehtochter sehen könnten? Wie würde erst Lao staunen? Auch dachte sie an Merian, der einmal zu ihr gesagt hatte, dass so viel mehr in ihr stecke, als sie es erahnen könne. Er fehlte ihr, sie alle fehlten ihr, doch es half, sie sich vor Augen zu führen und sich vorzustellen, was sie ihnen erzählen würde. Bald kam sie wieder ans Meer und sah in der Ferne die Brücke, mit der das Gondelnetz des Festlands mit dem auf Sizilia verbunden war.

Die einzige Verbindung zwischen Sizilia und dem Festland wirkte aus der Ferne so filigran und zerbrechlich wie ein kleines Glasröhrchen, dessen Ende im Dunst verschwand. Die andere Seite verbarg sich ganz in diesem Dunst, sodass Niobe nicht abschätzen konnte, wie weit es bis dorthin war. Sie lief oberhalb der Küste auf einer Klippe entlang, bis sie die Röhre erreicht hatte. Vermutlich war kein Mensch an diesem Ort außerhalb der Röhre gewesen, seitdem die Bauarbeiten daran abgeschlossen worden waren. Niobe suchte nach einer Möglichkeit, auf die Röhre zu gelangen, um sie als Brücke über die Meerenge nutzen zu können. Sie war so breit, dass es problemlos möglich sein müsste, darauf zu laufen. Die durchsichtigen Wände, deren Material aus kristallinen Strukturen härter als Diamant bestanden, waren jedoch glatt und boten den Händen und Füßen keinen Halt. Niobe hatte dieses Problem bereits zuvor bedacht und hatte sich vorgestellt, dass sie auf einen Baum klettern könnte, um von dort auf die obere Fläche der Röhre zu gelangen. Als sie nun aber an der Röhre entlang landeinwärts blickte, sah sie nirgends einen Baum, der auch nur annähernd nah genug stand, um von ihm auf die Röhre springen zu können. Es war für den Bau der Röhre eine breite Schneise durch den Wald geschlagen worden. Selbst wenn sie einen Baum gefällt hätte, was ohne Werkzeug eine beachtliche Leistung dargestellt hätte, wäre er noch abseits der Röhre zum Liegen gekommen. Sie musste also eine andere Lösung finden. Da ihr jede Idee fehlte, marschierte sie eine Weile an der Röhre entlang landeinwärts, in der Hoffnung, dass es irgendwo einen Baum oder einen Felsvorsprung gäbe, der ihr den Zugang zum Dach ermöglichen würde.

Bald stieß sie auf etwas, das noch weit besser war als ein Felsvorsprung, von dem aus sie sich in einem waghalsigen Manöver hätte fallen lassen müssen. Sie stieß auf ein treppenförmiges Bauwerk, durch das die Röhre mitten hindurch gebaut worden war und das ihr den bequemen Aufstieg ermöglichte.

Auf der obersten Stufe angelangt, hielt Niobe den Atem an, als sich ihr ein Anblick von unbeschreiblicher Schönheit bot. Versunken im Wald lagen die Ruinen einer ganzen Stadt. Tausende von Menschen glitten täglich in Überschallgeschwindigkeit durch dieses Zeugnis einer vergangenen Hochkultur hindurch und niemand nahm Notiz von den Kapitellen auf den hohen Säulen, die längsseits einer weitläufigen Agora aufragten. Niemand las die Inschriften, die einst das Badehaus zierten, in dem die Städter ihre müden Glieder gereckt und sich von ihrem Tagewerk erholt hatten. Längst vergessen war das hehre Ziel, das man sich einst gesteckt hatte: Mit dem Wissen über die Fehler der Vergangenheit immer danach zu trachten, die beste aller denkbaren Welten zu schaffen. Niobe spürte an diesem Ort wieder diese Verbindung zur Vergangenheit, die so vielen anderen völlig verloren gegangen war. Umso klarer sah sie, wie die Welt, in der sie lebte, längst ins Wanken geraten war. Sie dachte an Merian, der ihr die Augen dafür geöffnet hatte, dass das Hier und Jetzt nur ein winziger Bruchteil dessen ist, was das menschliche Dasein ausmacht. Im Grunde, so kam es ihr in den Sinn, hatte sie es vorher schon gespürt, dass ihr Universum, dass sie erforschen möchte, nicht dort oben lag, sondern hier unten, in einer Gegenwart, in der sie stand und versuchte, nur einen Bruchteil dessen zu sehen und zu begreifen, was das Geheimnis des Lebens ausmachte. Hier stand sie nun und war fassungslos über die Schönheit und Kraft des Lebens, über das die toten Steine zu ihr sprachen.

Niobe wäre so gerne länger an diesem Ort geblieben und hätte gerne mehr erfahren über das Schicksal der Menschen, die hier gelebt hatten, aber es war der beste Zeitpunkt gekommen, um auf die breite gläserne Röhre zu steigen und die Meerenge zu überqueren. Die Hitze des Tages hatte nachgelassen und das Licht würde noch für einige Kilometer reichen. Also nahm sie so viele Eindrücke von diesem Ort mit, wie sie in der Kürze sammeln konnte und beschloss, später wiederzukommen. Vielleicht würde sie auch nicht genau hierhin zurückkehren, aber zu vielen anderen Orten, die die Menschen vergessen hatten. Sie würde Stück für Stück die Geheimnisse dieser Orte lüften und dabei mehr über sich selbst und das Leben lernen können als das Mädchen, das sie einmal war, es sich je hätte erträumen können. Dessen war sie sich sicher. Mit dem Proviant, das sie in den letzten Tagen hatte sammeln können, schritt sie mit der untergehenden Sonne in fast überschwänglich guter Stimmung dem Festland Italias entgegen und überblickte dabei die rot schimmernde See, die ruhig unter ihr dalag.

Niobes Einzug in Rom
Jahr 2021 nach der Erleuchtung, 8. Monat

Niobes Gang über das Meer verlief problemlos. Sie kam zwar erst im Dunkeln auf der anderen Seite an, aber der Mond hatte hell genug geschienen, um ihr zu zeigen, wo ihre Füße sicher trittfassen konnten. Der Abstieg von der Röhre gestaltete sich einfacher als der Aufstieg, da Niobe mühelos auf eine steinerne Kuppe gelangen konnte. Als sie wieder den natürlichen Waldboden unter sich hatte, wich jede Anspannung von ihr und die Müdigkeit trieb sie dazu, sich am Rande einer nahegelegenen Lichtung auf Wiesenbüschel zu betten und zu schlafen. Der nächste Tag empfing sie mit Sonnenschein und sie setzte ihre Reise durch Landschaften fort, die denen auf der anderen Seite der Meerenge stark ähnelten. Sie vermied es, in die Nähe von Ortschaften zu kommen und lief einige Tage ungestört, bis die Vegetation karg wurde und am Horizont abends in jeder Richtung die Lichter der Zivilisation leuchteten. Sie kam in den dichter besiedelten Teil Italias und wusste, dass Rom nicht mehr allzu fern war.

Rom war für Niobe kein Ort der Sehnsucht. Es war das Zentrum einer Macht, deren Zwecke nicht mehr die des Volkes waren und deren Mittel die alten Werte verhöhnten. Von Ferne sah sie zu ihrem Erstaunen nichts, dass die Machtfülle an diesem Ort hätte andeuten können. Sie übersah von einer Anhöhe aus einen Pinienwald, aus dem sich hier und da in geometrisch einfallsreichen Formen die weißen Dächer einer sich scheinbar unter den Baumkronen hinwegduckenden Stadt erhoben. In weiter Ferne sah sie das Ende des Waldes und dahinter ein weißes Strahlen, deren Ursprung sie noch nicht verstand. Sie hatte sich nie ein Bild von Rom gemacht, und hatte eine Wuchtigkeit erwartet, die sie mit kolossalen Habitaten und noch weit gigantischeren Verwaltungsgebäuden empfangen würde. Hier aber lag der Prunk und Protz verborgen und ihr wurde deutlich, dass wahrer Luxus hier nicht an dem Glanz einer Fassade und der Höhe eines Clanhabitats abzulesen war. Hier zeigte sich Reichtum in der Größe der Fläche, der Lage und der Kunstfertigkeit der Ausgestaltung des Palastes, in dem ein Clan wohnte.

Ihr lief ein Schauder über den Rücken, als sie daran dachte, dass sie in das Herz dieser Stadt würde vordringen müssen, deren grüner Waldessaum am Stadtrand ihr wie Camouflage erschien. Die vielen Tage in der Natur, die sie mit der Vielfalt ihrer Vegetation am Leben und einigermaßen bei Kräften gehalten hatte, hatten ihr die Angst vor der Einsamkeit genommen. Jetzt spürte sie dafür eine Scheu vor den Menschen. Wie schnell sich der Mensch doch an die Begebenheiten anpasst, dachte sie, während ihre Füße zum ersten Mal seit längerer Zeit den rauen Untergrund eines künstlich angelegten Weges unter sich hatten. Zuerst lief sie an versprengt in den Pinienwäldern liegenden Häuschen vorbei, von deren Bewohnern keine Spur auszumachen war. Hier lebten auch nur solche Menschen, die sich abschotteten, aber gleichzeitig nicht fernab von allem Komfort der Stadt leben wollten. Das Bild änderte sich rasch. Bald waren unter den Bäumen dahingestreckte Behausungen, deren Formen- und Facettenreichtum jeder Beschreibung trotzten. Manche dieser Habitate griffen die vitruvsche

Formensprache der Antike auf und hatten zu allen Seiten hin Veranden mit Säulen. Dann wurde die klare Formensprache der Antike aber durch ovale, spiralförmige oder in völliger Asymmetrie ausgestalteter Elemente gebrochen. Andere Habitate folgten ganz eigenen Stilen. Eines nur war allen gemeinsam, von farbenreichen Ornamenten abgesehen war der Baustoff ein synthetisch erzeugtes Kompositum aus Mineralien, die dem Weiß einen perlmuttartigen Glanz verliehen.

Je näher Niobe dem Zentrum kam, in dem sich auch das Gebäude des obersten Gerichts befand, desto häufiger sah sie Menschen, die mit teilnahmslosen Gesichtern in weiten Tuniken auf den Wegen entlangschritten. Auch wurde der Verkehr der Gondeln dichter, die in den dafür vorgesehenen Bahnen von unsichtbarer Hand gesteuert dahinschwebten. Es war bereits später Abend geworden, als sie einer abrupten Veränderung im Stadtbild gewahr wurde. Sie hatte den Rand des von Habitaten durchsetzen Waldes erreicht und sah vor sich eine Zeile von Bauten, die zwar höher waren, aber doch nicht Hochhäuser zu nennen wären. Alle waren sie weiß und hatten auch hier einen Glanz, der aber selbst bei dem künstlichen Licht noch hell strahlte. Auch der Weg und die Fahrbahn der Gondeln waren hier aus demselben Material, sodass sich das Bild einer in Porzellan gegossenen Stadt ergab. Hier waren alle Formen in beklemmender Strenge klar und symmetrisch und folgten offenbar den genauen Vorgaben einer höheren Macht, die hier alles ordnete. Auch der Verlauf der Wege war hier geradlinig und führte aus allen Richtungen zu einem gigantischen Platz, in deren Mitte eine hohe Säule stand. Auf dieser Säule, von der Niobe gehört zu haben glaubte, stand kein einzelner Herrscher, sondern eine Gruppe von Menschen in Alltagskleidung. Die Figuren waren in groben Stein gehauen und offenkundig weit älter als die Bebauung ringsherum. Jede Figur stellte eine andere Volksgruppe dar, sodass diese Säule Sinnbild der Herrschaft des ganzen Volkes von Terranova sein sollte. Niobe las auf der Schautafel darunter, dass die Säule anlässlich der Aufhebung der großen Spaltung und der Konstituierung des einen Hohen Rates für ganz Terranova vor tausendfünfhundert Jahren hier errichtet worden war. Hinter der Säule sah Niobe ein neues Bauwerk, an dem an einigen Stellen noch gebaut wurde. Es war mehr als dreimal so hoch wie alle anderen Bauten der Stadt und hatte eine Fassade, die in pures Gold eingefasst war, dessen Widerschein die Häuser an allen Enden des Platzes in seinen Glanz tauchte. Den Architrav über dem Portal zierte der Schriftzug „Der Hohe Rat des vereinigten Terranovas".

Niobe wandte sich, vor dem Ratsgebäude stehend, nach links und hatte dort ihr Ziel vor Augen. In einem weit weniger pompösen Bau aus dem weißen Stein, in dem alle anderen Gebäude ebenfalls gehalten waren, sah sie das Oberste Gericht Terranovas.

11. Teil

Fremde Heimstatt
Jahr 2021 nach der Erleuchtung, 8. Monat

All ihre Hoffnungen ruhten nun auf Lucior Pantasius, einem der sieben Obersten Richter Terranovas, von dem Niobe ihren Vater als Freund aus Studientagen hatte reden hören. Sie schaute an der weißen Fassade des Gerichtsgebäudes empor, das weder einen säulenumstandenen Portikus noch solche Schnörkel hatte, wie sie an vielen anderen Gebäuden prangten. Es waren auch keine Fenster zum Platz hin erkennbar. Dies war das mit Abstand schlichteste Gebäude, das Niobe weit und breit gesehen hatte. Die schmucklose Wand mit dem schlichten Schriftzug „ius" in der ewigen Sprache wurde in der Mitte ihrer Unterkante von einem schwarzen, glatten Quadrat unterbrochen, das der Eingang sein musste. Weder eine Türklinke noch sonst ein übliches Attribut einer Tür waren aber daran zu erkennen. Niobe betastete den schwarzen Stein und fuhr erschrocken zusammen, als jemand sie von hinten ansprach.

„Kind, es wird bald Nacht. Das Gericht hat erst morgen wieder geöffnet. Du tätest gut daran, hier nicht herumzulungern. Dies hier ist zu einem unheilvollen Ort geworden."

Niobe drehte sich um und sah die alte Frau, die mit ihr sprach. Sie trug eine Tunika aus feinster Seide, wie sie in Niobes Heimat Tsingtao hergestellt wurde. Niobe hatte gehört, dass reiche Frauen in der Hauptstadt und den ihr angrenzenden Distrikten seit zwei Jahrtausenden schon die Stoffe aus ihrer Heimat bevorzugten, um ihren Status zu zeigen. In der heutigen Zeit war dies allerdings kein großes Privileg mehr, da der Überfluss in diesen Gefilden bei den reichen Clans in den letzten Jahren eher noch zugenommen hatte und auch das feinste Gewebe hier zur Massenware geworden war. Was an der Frau aber viel bemerkenswerter war als die ausgesuchte Qualität ihrer Kleidung, das war die Farbe ihrer Haut. Sie war so schwarz, wie Niobe es auch jenseits des Mare Nostrum nie gesehen hatte. Ihre Zähne, wenn sie den Mund zum Sprechen öffnete, waren Perlen in einem Bett aus Kohle. Und doch wich jeder Schrecken aus Niobe, als sie in das Gesicht der Fremden sah. Es waren viel Leid, aber auch mütterlich milde Züge darin, die Niobe das Gefühl der Sehnsucht nach einem Menschen spüren ließ. Sie hatte in der Einsamkeit gedacht, sie käme gut damit zurecht, aber jetzt dürstete es ihr nach einem Gespräch.

Sie sprach das seit Wochen erste Wort und es fühlte sich gut an. „Wie meinen sie das? Weshalb ist dies ein unheilvoller Ort?"

Die Frau wog ihren Kopf hin und her und wies Niobe daraufhin an, ihr zu folgen. Während sie den großen Platz verließen und in eine Straße einbogen, ergriff sie das Wort. „Es geschehen schlimme Dinge, seitdem diese Regierung zur Hure der Xian geworden ist. Auch das Gericht, vor dem du offenkundig etwas gesucht hast, ist zu einer Chimäre geworden. Vorne ist ein Löwenkopf aufgepfropft und hinten windet sich der listige Schwanz der Schlange Xian. Der Löwe verspeist jeden, den die Schlange ihm als Dissidenten weist. Heute bist du hier, aber auch schon anderswo auf Terranova gut beraten, wenn du dich wie ein Lamm verhältst."

Niobe hatte die Orientierung verloren, nachdem sie der Frau um einige Ecken gefolgt war. „Das verstehe ich nicht. Weshalb wie ein Lamm? Frisst der Löwe nicht Lämmer?"

„Denke nach. Wie gefährdet ist ein Lamm, das sich in einer Herde aus Milliarden von Lämmern bewegt? Der Löwe jagt zuerst seine Feinde und hat sich längst an ihnen satt gegessen, bevor er zu den Lämmern kommt."

„Du sprichst aber nicht wie ein Lamm?"

„Nein, ich spreche nicht wie ein Lamm. Ich bin der Feind des Löwen, der ärgste unter dem Himmel. Ich kann so sprechen, weil ich weiß, dass der Löwe zwar stark ist, aber nicht besonders schlau. Die Schlange hingegen ist listig, aber ihr Zischen höre ich schon von weitem. Und doch, so fürchte ich, werde auch ich einst dem Löwen ein Fraß werden. Dennoch kann ich dann meinem Schöpfer entgegentreten und ihm sagen, dass ich kein Lamm gewesen bin."

„Weshalb soll ich denn eines sein, wenn es dir so wichtig ist, keines zu sein?"

„Du stellst gute Fragen. Um etwas anderes zu sein als ein Lamm, musst du bestimmte Dinge wissen. Auch ist es der Sache nicht nützlich, wenn du ein dummes Tier bist, das sich freiwillig dem Löwen zum Fraß vorwirft. Das macht den Löwen nur stärker. Wenn du schon kein Lamm sein willst, dann musst du wenigstens die Gabe besitzen, wie eines auszusehen, wenn es darauf ankommt."

Niobe musste kurz lachen, weil die fremde Frau ihr so gar nicht wie ein Lamm erschien.

Sie blieben vor einem Hauseingang stehen. „Ich weiß, was du denkst, aber du kennst mich nicht. Ich kenne aber dich. Für jeden hier in der Stadt bin ich bloß eine gierige Frau aus dem Hohen Rat, die den Xian genauso hörig ist wie mittlerweile die Mehrheit des Rates. Ich würde hier niemandem jemals erzählen, dass ich auch bekannt bin unter dem Namen Dalila, die Anführerin des Widerstands. Ich habe von Ragnar viel über dich erfahren und habe fest daran geglaubt, dass du es hierher schaffen würdest." Dalila geleitete Niobe in die oberste Etage des Hauses, die sie ganz alleine bewohnte. Sie sprach weiter, als beide sich an einen großen Tisch gesetzt hatten und Dalila ihnen Getränke serviert hatte. „Ich weiß nicht, was du für Informationen mitbringst, aber ich hoffe für Terranova, dass sie ausreichen, um einen Skandal auszulösen."

„Aber du sagtest, das Gericht sei eine Chimäre. Wer kann uns dann überhaupt helfen?"

„Wenn überhaupt etwas uns helfen kann, dann ist es ebendiese Chimäre. Die Richter mögen korrupt sein, wenngleich auch noch nicht alle, aber eines ist unverrückbar: Das Gesetz. Die Xian haben es noch nicht geschafft, das eherne Gesetz Terranovas außer Kraft zu setzen und sie können daran zwar herumdeuten und es beugen, aber noch sind Gerichtsverfahren öffentlich und der Betrug am Volk ist noch nicht vollkommen. Ich kann nur hoffen und beten, dass du Material hast, dass brisant genug ist, damit die Richter gezwungen sind, die scharfe Klinge des Gesetzes gegen die Xian zu richten und auch einzusetzen. Du kannst aber nicht einfach dort hineinspazieren und dein Anliegen vorbringen. Das Oberste Gericht verhandelt nur Fälle, die entweder zuerst durch alle anderen Instanzen gelaufen oder von so großer Bedeutung sind, dass die Sicherheit Terranovas gefährdet sein könnte. Du kämest nicht weit genug, um überhaupt das Wort gegen die Xian erheben zu können. Einem einfachen Bürger wird dort kein Einlass gewährt und selbst, wenn du vor einen Richter treten würdest, wärst du wegen deines Verrats an den Xian schneller in Gefangenschaft, als du es dir vorstellen kannst. Das einzige, was bewirken kann, dass du vor den richtigen Richter kommst und er dir überhaupt zuhört, ist mein Einfluss."

„Aber, ist das nicht gefährlich, ich meine, auch für dich?"

„Oh ja, das ist es. Daran denke aber nicht. Es soll dich nicht beunruhigen."

Niobe und Dalila
Jahr 2021 nach der Erleuchtung, 8. Monat

Niobe hörte in die Stille hinein, die Dalila hinterließ, nachdem sie das Zimmer verlassen hatte, um für Niobe eine Schlafstatt herzurichten. In diesem Zimmer war alles altertümlich. Das Sofa war aus Polstern und nicht aus einer Modelliermasse. Statt eines Magazins mit Warenlandeflächen in jedem Raum gab es Regale aus dunklem Holz mit porzellanenen Applikationen und Knäufen. Darin standen jahrhundertealte Artefakte aus allen Teilen Terranovas und Bücher. Dies war erst der dritte Ort in ganz Terranova, an dem sie überhaupt so etwas gesehen hatte. An der Wand hingen in Dalilas Wohnzimmer Gemälde, die vor langer Zeit Menschen mit ihrer Hände Arbeit erschaffen haben mussten. Niobe staunte über die realistischen Darstellungen archaischer Zeiten, die in Ölfarbe auf Leinwand aufgetragen waren. Etwas Vergleichbares hatte sie noch nie zuvor gesehen. Die Bilder, die sie kannte, entstammten immer Maschinen, die Binärcode erzeugten und interpretierten. Hier in diesem Zimmer war alles greifbar, hatte alles eine Geschichte und stand unverrückbar an einem Ort, während die Texte und Bilder der neuen Zeit doch immer etwas Transzendentes hatten, weil sie sich mit einem Wisch, ja mit einem Gedanken schon in nichts auflösen ließen. So waren die Menschen manipulierbar geworden und vergaßen, woran sie bis dahin geglaubt hatten, wenn man ihnen andere Bilder von einer noch schöneren Welt vorgaukelte, die es so aber niemals würde geben können. Die Vergangenheit, die zum maßvollen Verhalten hätte mahnen können, hörte dort auf zu existieren, wo ihre Zeugnisse verloren gegangen waren.

Dalila trat ins Zimmer und Niobe bemerkte sie zuerst gar nicht, weil sie so in Gedanken war. Sie hatte Angst, weil sie wusste, dass so vieles von ihr abhing. Sie hatte Zweifel an ihrem Plan und an sich selbst. Sie wusste nicht mehr, ob das, was sie in den Laboratorien der Xian in der Sternenstadt für so furchtbar und skandalös gehalten hatte, hier überhaupt jemanden interessieren würde. Vielleicht wusste man es bereits und hielt es für normal, dass Menschen zu Versuchstieren gemacht wurden. Vielleicht war auch in höheren Kreisen längst bekannt, dass die Xian eine längere Fahrt ins All planten als sie es der Öffentlichkeit glauben machten. Weshalb, das wusste Niobe nicht. Vielleicht steckte eine geheime Mission dahinter, die vom Hohen Rat beschlossen worden war. Dann wäre sie nichts als eine Verräterin, die den Rest ihres Lebens in Gefangenschaft würde verbringen müssen. Andererseits planten die Xian offenbar eine Vernichtung Terranovas, so wie sie es kannte. Davon konnte der Hohe Rat nichts wissen. Niobe sah starr vor sich hin, unfähig, ihre Angst in Worte zu fassen.

Dalila fasste ihr an die Schulter, wonach Niobe erschrak. „Ich weiß, was du fühlst", sprach Dalila. „Ich weiß, was auf deinen Schultern lastet und welche Zweifel du hast. Du hast Dinge gesehen, die kein Mensch sehen sollte, schon gar keine junge Frau wie du." Dalilas Stimme wurde lauter und fast herrschte sie Niobe mit Worten an. Dabei wirkte sie ein wenig so, als hätte eine fremde Macht von ihr Besitz ergriffen. „Sage mir, was du gesehen hast, bevor du es einem Richter zeigst. Erst dann kann ich dir sagen, was es wert ist und ob Terranova eine bessere Zukunft haben kann als die, die sich die Xian ausgedacht haben."

Niobe befiel eine Angst, in eine Falle geraten zu sein. Sie wusste nicht, ob es überhaupt einen Menschen gab, dem sie noch trauen konnte. Gleichzeitig wollte sie es jemandem zeigen und sich von der Last befreien, nur alleine von dem zu wissen, was sie gesehen hatte. Sie war aber dennoch vorsichtig. „Weshalb glaubst du überhaupt daran, dass ich wertvolle Informationen in mir trage?"

Dalila sprach jetzt wieder in milderem Tonfall. „Ich weiß von Ragnar, dass du in das Innere der Sternenstadt vorgedrungen bist. Nach deinem Aufbruch habe ich durch Spitzel und glückliche Zufälle erfahren, dass die Xian alles in Bewegung gesetzt haben, um dich zu finden. Außerdem wurde ein hochrangiger Mitarbeiter der Xian kurz nach deinem Aufbruch aus ungeklärten Gründen verhaftet."

Niobe unterbrach Dalila mit Schrecken in der Stimme. „Walther?"

„Ja, du kennst ihn also. Ich ahnte sofort, dass dein Verschwinden damit zusammenhängen musste. Hat er dich entkommen lassen?"

„Ja, er war ein seltsamer Mensch, aber ich habe bei ihm etwas gespürt, ein gutes Herz, an dem er unendlich litt, weil sein Geist so verdorben war."

Niobe schwieg einen Augenblick, dann fuhr sie fort. „Ich sage dir, was ich gesehen habe."

Dalilas Gesicht verzog sich ein wenig in einem Schmerz, den Niobe nicht deuten konnte. „Nein, es war dumm von mir. Sag es mir nicht. Wenn ich es weiß, dann bin ich in noch größerer Gefahr und du auch. Außerdem fürchte ich mich davor, entweder weil es so furchtbar ist oder weil es nicht furchtbar genug sein könnte, um in diesem kaputten Staat noch die Gemüter zu erregen. Wir tun das einzige, was jetzt getan werden kann. Wir gehen schlafen und morgen arrangiere ich ein Gespräch mit Lucior Pantasius, dem Richter, dem ich so viel Würde und Anstand zutraue, dem korrupten System die Stirn zu bieten und einem Mädchen vor dem hohen Gericht das Wort zu geben."

Unruhiger Schlaf
Jahr 2021 nach der Erleuchtung, 8. Monat

Niobe fand nicht in den Schlaf. Sie lag mit offenen Augen im Bett und starrte gegen die Decke. Ohne den freien Sternenhimmel über sich und ohne das Säuseln des Windes fühlte sie sich wie eingesargt. Der leise Schmerz in ihrer linken Brusthälfte, die Mühe, die es ihr bereitete zu atmen und die Farbwolken vor ihren Augen waren untrügliche Anzeichen für den Grad ihrer Erschöpfung. War es ihr draußen noch gelungen, den Weg zu erkennen, den sie noch zu gehen hatte, so verlor sich hier alles in Dunkelheit. Die Stimme in ihrem Innern sprach in einer sich endlos wiederholenden Litanei aus Worten des Scheiterns und ließ sich hier nicht mehr ruhigstellen.

Ihr Plan war irrsinnig. Weshalb sollte das Gericht sie überhaupt anhören, selbst wenn sie Dalila als Fürsprecherin an ihrer Seite hatte? Die Wahrheit, vor der sie in all der Zeit ihre Augen verschlossen hatte, war ihr schlagartig bewusst geworden, als sie am Vortag an der Fassade des Gerichtsgebäudes emporgeschaut hatte, das so wenig einladend auf sie gewirkt hatte wie ein unzugänglicher Monolith. Ihr Vorhaben war ohne Dalila völlig aussichtslos gewesen und erschien nun noch immer wenig erfolgsversprechend. Es blieb ihr aber keine Wahl, wenn sie dem Unrecht ein Ende setzen und ihren Bruder wiedersehen wollte.

Kurz vor dem Morgengrauen war Niobe doch eingeschlafen. Sie erwachte erst, als ein lautes Geräusch sie mittags weckte. Es war Dalila, die etwas fallengelassen haben musste. Niobe streckte sich und streifte die Decke von ihrem überhitzten Körper. Der Schmerz in ihrer Brust hatte sich noch verstärkt. Der Schlaf hat ihr die dunklen Gedanken auch keineswegs nehmen können, sondern sie noch tiefer hineingetrieben. Albträume, deren Bilder im Augenblick des Erwachens völlig verblasst waren, hatten ihren Abdruck auf dem Gemüt hinterlassen. Bleierne Schwere in ihren Gliedern hinderte Niobe daran, sich aus dem Bett zu erheben.

Dann geschah etwas, das Niobe nie zuvor erlebt hatte. Sie lag regungslos und noch immer feucht vom Schweiß und spürte in einer tausendfachen Verstärkung des Gefühls, das sie in der Nacht befallen hatte, wie alles ihr entglitt. Das Bild vor ihren Augen löste sich in Schlieren und Flimmern auf. Alles, was sie hörte, war ihr Herzschlag, der sich von lautem Pochen zu einem kaum mehr vernehmbaren Rattern beschleunigte. Sie konnte nur versuchen, an etwas zu denken, das der Panik etwas von der Macht nehmen konnte, die sie über Niobe erlangt hatte. Gedanken festzuhalten, gelang ihr aber zuerst nur mit größter Mühe. In einem der Blitze tauchte das Gesicht Laos auf. Dann sah sie kurz Ailan, ihre Mutter, die sich über sie beugte und sie in den Schlaf streichelte. Dort war Caius, der seine Augenbrauen mit dem Brenneisen formte. Dann wieder Lao. Sie streckte ihre Arme nach ihm aus. Er lächelte sein Lächeln und sie weinte vor Freude. Sie drehten sich im Kreis und um sie herum war alles sonnenbeschienen und freundlich. Langsam wich die Panik und das Leben pulsierte wieder in seinem Takt in Niobes Adern. Sie spürte nun den Stoff des Kissens, das sie mit ihren Händen fest umgriffen hielt. Auch sah sie das Sonnenlicht, das ins Zimmer schien. Dalila hatte die altertümlichen, hölzernen Fensterläden weit geöffnet und stand am Fenster, mit dem Blick auf sie gerichtet.

„Du hast schlecht geträumt."

Niobe schüttelte sachte den Kopf. „Nein, das war kein Traum. Zuerst war ich verloren und dann war ich bei Lao und alles war gut."

„Ich war bei Gericht. Ich habe nicht gesagt, dass du bei mir bist. Du darfst dort nicht hin. Das Personal wurde an den Stellen ausgetauscht, die für die Xian kritisch werden könnten. Der oberste Richter, ein rechtschaffener Mann, sitzt selbst in Haft, weil er wegen angeblichen Verrats angeklagt wird. Das Oberste Gericht ist auch ein Marionettentheater der Xian geworden. Du musst verschwinden, so schnell du kannst."

Niobe schüttelte ungläubig den Kopf. „Was ist mit Pantasius?"

„Pantasius ist noch im Amt, aber er wird dir nicht helfen können."

Niobe hatte sich schon zu lange an diese Hoffnung geklammert, um jetzt aufzugeben. „Das muss er. Er ist ein Freund und er achtet die Werte mehr als jeder andere."

„Du verstehst es nicht, Kind. Auch Pantasius ist eine Marionette. Selbst wenn er alles aufs Spiel setzen wollte, so kann er doch nichts bewirken."

Fegefeuer
Jahr 2021 nach der Erleuchtung, 8. Monat

Niobe konnte nicht anders. Sie musste es wagen und zwang sich zu glauben, dass alles sich zum Guten wenden würde. Davonzulaufen war keine Option. Sie wurde doch überall gesucht. Daher fand sie sich eine Stunde später, nachdem sie sich aus der Wohnung Dalilas geschlichen hatte, im Halbdunkel einer Halle, deren Anmutung von Heiligkeit sie überraschte. Sie war sich dessen bewusst, dass jeder ihrer Schritte beobachtet wurde und ihr Schall in den Hirnwindungen der Hüter der aufgesetzten Würde dieses Ortes nachhallte. Erst in zwanzig Metern Höhe über ihrem Scheitel bogen die Säulen sich, die das Tragwerk der Halle bildeten, und liefen in der Mitte zusammen. Die Schnörkellosigkeit der Außenfassade setzte sich bis unterhalb der Decke auch im Inneren des Bauwerks fort, wurde aber im Übergang zu den Rundungen jäh gebrochen durch farbig bemalte Säulenkronen aus steinernem Akanthuslaub und Ranken, die den nackten Stein umfassten. Dort, wo alle Bögen aufeinandertrafen, war die Decke offen und gab in einem kunstvoll geschmückten Oval den Blick auf den Himmel frei. Hier unten war der Ort der Demut und des kurzlebigen Wirkens der Menschen, dort oben aber war der Ort einer vielgestalten Göttlichkeit, deren Andenken längst verblasst war. Niobe erinnerte sich, dass es in Rom viele Bauten aus der Antike gab, die einst für andere Zwecke dienten und nach einem teils blutig verlaufenen Jahrhundert der Säkularisierung umgewidmet wurden. So musste es auch mit diesem Gebäude geschehen sein.

Am Ende des Raumes, den Niobe mit wachsendem Unbehagen durchschritt, war der Übergang zum funktionalen Teil des Gebäudes. Nachdem sie ein Portal durchquert hatte, gelangte sie in einen weiten Flur, an dessen Ende sich das Treppenhaus befand. Dort waren Treppen in fünf verschiedene Richtungen, abwärts und aufwärts. Sie besah sich die Beschilderung und fand in einem meterlangen Register den Namenseintrag und die Raumnummer des Richters Pantasius, vor den sie treten musste, um nichts Geringeres zu tun, als den mächtigsten Clan Terranovas der höchsten Form des Verrats und der Absicht des Massenmordes zu bezichtigen. Sie musste in das oberste Stockwerk und nahm dafür die mittlere Treppe, die zu weiteren Verzweigungen führte. Oben angelangt gingen vom Absatz der Treppe fünf Flure ab, von denen sie wieder den mittleren nahm.

So wie auch schon der Flur, der Niobe in die Geheimlabore der Xian unter der Sternenstadt geführt hatte, war auch dies wieder einer dieser Orte, die als Sinnbild für etwas stehen. Es gab um sie herum bloß Mauerwerk, in das links und rechts Türen eingefasst waren. Dennoch war dieser Flur kein gewöhnlicher Raum, den man betrat, um etwas darin zu tun und ihn dann wieder zu verlassen. Es war vielmehr ein Raum, der durchschritten werden musste, in dem es dem Anschein nach zwei Richtungen gab - vorwärts zu der Tür, hinter der über das weitere Geschick Niobes und womöglich der gesamten Menschheit entschieden wurde oder... es gab kein oder. Die zweite Richtung, die Umkehr, war keine Option. Niobe spürte angesichts der Enge, die sie nicht nur physisch umgab, einen Anflug der Panik, die sie am Morgen befallen hatte. Doch sie ging weiter und sie erreichte die Tür, sie umfasste die Klinke, sie spürte das kalte Metall, drückte die Klinke nieder, öffnete die Tür und trat in gleißendes Licht. Sie trat einen Schritt vor und stürzte dabei fast hin. Ein kurzer Schrei entglitt ihr, als sie in ein brennendes Inferno blickte, das sich sofort in nichts auflöste und den Blick auf einen Schreibtisch freigab. Dahinter saß ein Mann mit einem merkwürdigen Ding auf dem Kopf.

Vor sich sah sie einen Raum, der nichts von dem Altertümlichen hatte, das in dem Gebäude vorherrschte. Die Wände, Decken und auch der Boden waren komplett mit Bildwandlern versehen, wie Niobe sie von ihrem Zuhause kannte. Jeder Ort Terranovas und jeder Ort der Fantasie konnte in solchen Räumen virtuell erzeugt werden. Als sie dies begriffen hatte und in das Gesicht des Richters mit seinen milden Zügen blickte, legte sich ihre Aufregung ein wenig.

Der Richter schüttelte seinen Kopf, als er sie sah. „Niobe Lingdao. Du bist eine gesuchte Persönlichkeit, geradezu eine Prominente. Dein Antlitz kennt seit gestern fast jeder Bürger. Die Xian missbrauchen ihre Medienmacht mittlerweile dazu, Hetzjagden auf halbe Kinder anzustacheln. Und doch hast du es bis hierher geschafft, ohne gefasst zu werden. Bis hierher, mitten ins Fegefeuer."

Niobe stockte der Atem. „Hetzjagden? Fegefeuer? Was bedeutet das?"

„Du bist so stark und hast ganz die rechtschaffende Art deines Vaters, oder vielmehr Ziehvaters. Leider mangelt es dir an seiner Menschenkenntnis. Dalila hätte es besser wissen müssen."

„Ich verstehe nicht. Was hätte sie besser wissen müssen. Ich bin hier genau wo ich hinwollte. Ich habe belastendes Material, das die wahren Absichten der Xian erkennen lässt. Es ist in meinem Kopf und muss bloß ausgelesen werden."

Aus dem Blick des Richters sprach eine Verbitterung. Seine Worte waren von unverhüllter Ironie. „Oh, das ist wahrlich etwas anderes. Dann können wir ja eben die Xian vor Gericht bringen und die Machtverhältnisse einfach umkrempeln. Danach hat der Hohe Rat wieder etwas zu bestimmen und alles wird wieder so wie es war, als noch jemand die Werte geachtet hat. Was stellst Du dir nur vor, Kind? Egal, was du gesehen hast, es wird niemanden interessieren. Dir steht der Verrat auf der Stirn geschrieben und Verräter hört das Gericht nicht einmal mehr an. Du wirst verurteilt werden, ohne überhaupt gehört zu werden."

Der Richter unterbrach sich und sprach leise und mit einem Wehklang in der Stimme. „Früher wäre es Verrat gewesen, wenn jemand einfach zugesehen hätte bei dem, was die Xian tun, aber heute ist alles anders."

Niobe konnte darauf nichts erwidern. Der Tumult in ihrem Innern fand kein Ventil nach außen, sodass sie äußerlich in einen Zustand der Lethargie verfiel.

Der Richter ergriff wieder das Wort. „Es ist grausam, ich weiß. Auch wenn ich dies eigentlich nicht darf, so muss ich dir noch etwas sagen, was dir den Rest deiner Illusionen auch noch nehmen wird. Nachdem wir von den Xian von Deinem Verrat erfahren haben, wurde uns eine Vernehmung eines hohen Mitglieds der Xian-Kooperative gestattet. Du kennst Walther?"

Niobe nickte und ihr schwante, was geschehen war. Walther war von den Xian gestellt worden und hat dann, um seine eigene Haut zu retten, dem Gericht eine Version der Geschehnisse aufgetischt, die ihm von den Xian vorgegeben worden war.

„Wir wissen von Walther, dass Du unter Vortäuschung falscher Absichten bis in das Innerste der Laboratorien unter der Sternenstadt vorgedrungen bist. Wir wissen auch darüber Bescheid, was du dort gesehen hast. Dort werden Experimente an Hirntoten durchgeführt, wofür die Xian übrigens im Nachantrag eine Genehmigung vom Hohen Rat erhalten haben. Es geht darum, den Passagieren die Reise in das unbekannte Land nicht allzu lang werden zu lassen und sie in einen Dämmerzustand zu versetzen, in dem die süßesten Träume geträumt werden."

„Das ist alles gelogen. Es waren dort nur Menschen von den Nomadenvölkern, die ich vorher noch lebendig draußen herumlaufen gesehen habe. Ich habe außerdem von Walther durch eine Andeutung bestätigt bekommen, was der Widerstand vorher schon wusste, aber nicht beweisen konnte. Die Xian planen, die moderne Zivilisation Terranovas auszulöschen."

„Eine Andeutung sagst Du? Das sind doch nur Hirngespinste, die allesamt wertlos sind vor Gericht. Ich traue den Xian vieles zu, aber diese Anschuldigung muss auch ich, der dir im Innersten wohl gesonnen ist, als absurd abtun. Angesichts dessen, was die Xian schon alles getan haben, interessiert es außerdem niemanden mehr, ob das Leben irgendwelcher Nomaden für den großen Sprung ins ferne All geopfert wird. Es ist traurig, auch ich empfinde das so, aber mir sind die Hände gebunden. Ich muss so handeln, wie es mir obliegt. Wärst du doch nur bei deinem Vater geblieben, bei dem Mann, den ich mehr schätze als jeden anderen auf Terranova. Dann hätte er nur einen Verlust zu beweinen und nicht den seiner beiden Kinder."

Niobe stieß einen kurzen Schrei aus und sprach, während sie die Kühle auf der Haut spürte, dort wo ihr Gesicht nass von Tränen geworden war. „Lao, was ist mit ihm?"

„Ich werde mich dafür einsetzen, dass du ihn noch einmal siehst, bevor ihr beide verurteilt werdet. Danach kann ich nichts mehr für euch tun. Ich werde mich dem Votum der anderen Richter anschließen müssen, weil ihr des Verrats angeklagt seid. Ihr werdet bis an das Ende eures Lebens in Einzelhaft bleiben und euch nicht wiedersehen dürfen. So ist das Gesetz."

Als Niobe dies hörte, verlor sie jeden Halt und stürzte zu Boden. Sie erwachte erst wieder in ihrer Zelle, in die sie vom Sicherheitsdienst des Gerichts gebracht worden war.

In der Zelle
Jahr 2021 nach der Erleuchtung, 8. Monat

Der Raum, in dem Niobe sich wiederfand, war so karg eingerichtet wie das Zimmer, in dem sie ihre letzte Nacht verbracht hatte und doch lag ein Universum zwischen hier und dort und Vergangenheit und Gegenwart. Der Fülle an Geist und Liebe in dem Leben, das vergangen war, stand das klaffende Nichts entgegen, aus dem nur Dunkelheit wie eine teerige Masse drang. Sie hörte in der Stille ihren Herzschlag, der in ihren Ohren nicht mehr wie der Takt des Lebens, sondern wie das polternde Bellen des Zerberus klang. Hier drinnen war das Leben kein Leben mehr, sondern wurde zu einem lebenslangen Sterben. Schlimmer als einfach alles vergessen zu können, war dabei, die Bilder von dem Leben in Freiheit nicht loszuwerden und sich in Sehnsuchtsqualen zu verzehren. Bilder und Gefühle waren ebenso eingekapselt in ihrem Inneren wie ihr Körper zwischen diesen Wänden aus Beton eingekerkert war. Der Faden zwischen Innenwelt und Außenwelt war gerissen, weil es da draußen nichts mehr gab, was mit ihrem Inneren eine Verbindung hätte eingehen können.

Sie hatte erst einen halben Tag dort gelegen und leckte sich bereits über die Lippen, um das Salz zu schmecken, das die fantasierte Meeresgischt dort hinterließ. Ihre Beine zuckten bloß ein wenig, als sie wachträumte. Sie war zuhause und lief den Hang hinter dem Habitat hinauf. Oben hing sie sich an den Ast der großen Esche und schaukelte. Sie streckte ihre Arme aus nach dem, wonach sie sich am meisten sehnte.

Die letzte Begegnung
Jahr 2021 nach der Erleuchtung, 8. Monat

Als die Tür geöffnet wurde, spürte Niobe den Lufthauch und sah in das Licht. Sie wurde von einer Hand geleitet, durch Flure und über Treppen, bis sie in einem anderen Zimmer saß, noch immer im Gefängnis, noch immer mit eingekapselten Gefühlen.

Lao saß am Tisch und sah Niobe, wie sie sich zu ihm setzte. In ihrem Gesicht fand er sich nicht mehr zurecht. Das, was sie einst ausgestrahlt hatte an argloser Freude und Unbekümmertheit war fort. Er wurde sich bei ihrem Anblick schlagartig bewusst, wie sehr er seine Schwester liebte und dass er alles verloren hatte, weil er so dumm gewesen war. Es war alles seine Schuld. Er hatte sich und seine ganze Familie zugrunde gerichtet und er hatte Leben zerstört.

Er weinte und fand keinen Trost darin. Er schlug auf den Tisch und spürte den Schmerz, immerhin ein Gefühl gegen die Taubheit. Er schlug erneut auf den Tisch, er stand auf und stieß den Kopf gegen die Wand. Schmerz war das, was er verdiente, aber er konnte gar nicht so viel Schmerz empfinden, um je sühnen zu können, was er getan hatte.

Dann hörte er die Worte, die Niobe im Flüsterton sagte. „Nein, Lao, bitte nicht." Mit einer blutigen Stelle an der Stirn setzte er sich und war außerstande, auch nur ein Wort zu sprechen.

Niobe sah Lao wie durch einen Schleier hindurch. Sie verstand nicht, was geschah und es quälte sie so sehr, ihn an diesem Ort zu sehen, an dem Ort ihrer beider Verderben bis zum Tod. Sie begriff nicht, warum er hier war, wo er doch zuletzt tausende Kilometer entfernt gewesen war. Das konnte nicht sein. Es musste ein böser Traum sein, aber dafür war der Schmerz zu real. Oder, so schoss es ihr durch den Kopf, war es ihre Schuld? Hatte er von ihr erfahren und sie finden wollen? Niobe war so verwirrt, dass sie keine Worte fand. Erst als Lao aufstand und sich verletzte, wusste sie, dass sie etwas tun musste. Sie flüsterte Worte, nach denen Lao aufhörte, mit dem Kopf gegen die Wand zu schlagen.

Die Zeit war abgelaufen. Sie hatte geweint, während Lao zu ihr herübergekommen war und ihr die Wange gestreichelt hatte. Weitere Worte wären unnütz gewesen, da es keine Erklärung gab für das Unrecht, das beiden angetan wurde. Das Grauen, dem sie sich gegenübersahen, konnte kein Wort erträglicher machen. Nur die Erinnerung an die letzten Berührungen würde bleiben.

Draußen schien die Sonne
Jahr 2021 nach der Erleuchtung, 8. Monat

Die nächsten Tage verbrachte Niobe zunächst in Lethargie. Erst die Ankündigung der Verhandlung brachte ihren Verstand dazu, sich über das Gefühl der Verzweiflung zu erheben und das Regiment wieder zu übernehmen. Die Hoffnung, dass dieser Tag etwas bringen könnte, war Niobe genommen worden, und doch begann sie, sich vorzubereiten. Alles hatte man ihr genommen, zuletzt auch ihre Würde, doch es gab noch diese eine Chance, vor sich selbst ein Stück davon zurückzugewinnen. Wenn sowieso bald alles in Flammen aufgehen würde und die Xian als Triumphatoren zuerst ihre Kolonie gründen und irgendwann später die Alleinherrschaft über das All übernehmen würden, wäre sie wenigstens die einzige Mahnerin. Das, was sie wusste, bloß auszusprechen, auch wenn es in den Hirnwindungen der Anwesenden verhallen würde, war die einzige Genugtuung, die ihr noch bleiben würde. Die Schmach, die darauf folgen würde, wäre zeitlich sehr begrenzt, wenn es stimmte, dass die Xian planten, als Abschiedsgeschenk Rom zu vernichten. Sie kam sich schlecht vor, sich zu wünschen, in dieser Sache Recht zu behalten. Fast wünschte sie sich aber schon, dass es so kommen möge, damit Terranova, als dessen Angeklagte sie vor die Richter würde treten müssen, in Flammen und Rauch seinen Untergang finden würde. Also legte sie sich ihre Worte zurecht und wiederholte sie im Geiste wieder und wieder. Sie schlief damit ein und wachte damit auf und füllte jede Minute der Zeit, die bis zur Verhandlung noch blieb. Dann, an einem Tag, an dem draußen die Sonne schien und in Rom der Handel blühte und das Leben war wie an jedem anderen Tag, wurde Niobe abgeholt und in den Gerichtssaal geführt.

Die Verhandlung, die keine ist
Jahr 2021 nach der Erleuchtung, 9. Monat

Der Saal war anders, als Niobe ihn sich vorgestellt hatte. Es war mehr ein kleiner Raum als ein Saal und an den Wänden links und rechts von der Tür waren bloß je zwei Bänke für Zuschauer. Diese Bänke waren nahezu leer. Als einzige dunkle Gestalt saß dort Dalila, die ihren Kopf in den Händen verbarg. Offenbar hatten die Xian dafür gesorgt, dass die Verhandlung geheim blieb. Vor dem Hintergrund, dass sie Niobe mit so großem medialen Aufwand gesucht hatten, erschien dies Niobe sehr verwunderlich, bis sie begriff, dass dahinter die Angst der Xian stehen musste, dass jemand die Wahrheit über sie aussprechen könnte. Es würde ihr zwar kaum ein Mensch glauben, aber man wollte wohl unbedingt verhindern, dass Verdächtigungen gegen die Xian im kleinen kritischen Teil der Bevölkerung Nahrung erhielten. Da Verrätern neuerdings nicht einmal das Recht zustand, sich von einem Anwalt vertreten zu lassen, war Niobe allein auf der Anklagebank und saß vier Richtern und fünf Volkstribunen gegenüber. Die hohe Zahl der Richter und die Tribune, die hier die Rolle von Schöffen einnahmen, waren immerhin etwas, das die Prozessordnung aus alten Tagen bei Verrat vorschrieb. So sollte das Risiko eines einseitigen Urteils zugunsten des übermächtigen Anklägers ein wenig verringert werden. Darüber, nach welchen Kriterien die Tribune gewählt wurden, wusste Niobe nichts, hatte aber eine böse Ahnung.

So sah also das Ende ihrer langen Reise aus. Hatte sie vor ein paar Tagen noch geglaubt, sie könnte in einem aufsehenerregenden Prozess einen Sturm der Entrüstung über die Machenschaften der Xian lostreten, so war ihr jetzt in vollem Umfang klargeworden, wie falsch sie gelegen hatte. Ihr Glaube daran, dass die Verdorbenheit des Systems das Oberste Gericht noch nicht erreicht haben könnte, war gänzlich geschwunden.

Sie stand zitternd und entmutigt mit gesenktem Blick vor denen, die bereits längst über ihr Schicksal entschieden hatten. Die monotone Verlesung der Anklage hörte sie kaum, während sie versuchte, die Worte wiederzufinden, die sie sich zurechtgelegt hatte.

„Was haben Sie zu ihrer Verteidigung vorzubringen?" Die Stille nach diesem Satz riss Niobe aus ihren Gedanken. Sie musste sprechen, irgendetwas, es würde schon das Richtige sein, da sie doch in den letzten Tagen an nichts anderes gedacht hatte.

„Verehrtes Gericht", begann sie „ich weiß, ich bin schon verurteilt. Ich bin aber nur eine einfache Frau aus einem guten Hause, wo ich eine wertebewusste Erziehung genossen hatte. Mein Leben wäre in anderen Bahnen verlaufen, wäre nicht mein Bruder Lao aufgebrochen, um sich in den Dienst der Xian, ja vermeintlich in den Dienst Terranovas zu stellen. Er wollte an einer so großen Sache mitwirken, die der Zivilisation Terranovas ungeahnten Wohlstand bringen könnte. Die Xian aber haben ganz andere Pläne. Ich habe mit dem Widerstand paktiert und großartige Menschen kennen gelernt, die mir die Augen geöffnet haben. Sie haben mich auch auf diese riskante Mission geschickt, wofür ich ihnen böse sein könnte, aber sie wussten sich nicht anders zu helfen und ich wollte es so. Der Widerstand hatte Informationen zugespielt bekommen, wonach die Xian sich gegen den Hohen Rat und gegen die Werte Terranovas verschworen haben, um allein für ihre eigenen Interessen ins All aufzubrechen. Schlimmer noch, die Xian planen eine Entführung der besten Köpfe des Terranovas, womit unter der Regentschaft der Xian ein neues Menschengeschlecht fernab Terranovas entstehen soll. Es gibt Beweise."

Einer der Volkstribune unterbrach Niobe und sprach auch weiter, als einer der Richter den unstatthaften Einwurf beenden wollte. „Alles Lügen. Das Material, worauf sie sich bezieht, kennen wir. Es stammt von einer volksverhetzenden Untergrundorganisation und wurde aufwändig in einem Studio irgendwo im hohen Norden produziert."

Niobe schüttelte heftig den Kopf. Sie wusste, dass sie auf verlorenem Posten stand, aber sie konnte nicht einfach aufgeben. Auf ihr nächstes Argument, war das Gericht ebenfalls vorbereitet, doch es war das einzige, was sie noch zu sagen hatte. „Nein, das kann nicht sein. Ich habe weitere Belege. Ich habe mit eigenen Augen gesehen, dass die Xian Experimente an lebenden Menschen durchführen, um einen jahrzehntelangen Tiefschlaf erzeugen zu können, mit dem die Reisezeit bis zu einem sehr viel weiter entfernten Ort überbrückt werden soll. Damit sie nicht an den Rändern unseres Sonnensystems abgefangen werden, planen die Xian die völlige Zerstörung Roms."

„Auch das ist eine ungeheuerliche Lüge", rief erneut einer der Tribune. „Es ist geradezu absurd, den größten

Wohltätern Terranovas eine solch krude Absicht zu unterstellen. Sie beruft sich doch dabei auf diesen Walther, aber der hat sie längst mit seiner Aussage als Lügnerin entlarvt."

Niobe hatte damit gerechnet, dass jedes ihrer Worte bloß gegen sie verwendet werden würde und senkte resignativ ihren Kopf. Auf die Frage, ob sie noch etwas zu ihrer Verteidigung vorzutragen habe, blieb sie stumm. Es wurde eine Beratung mit den Volkstribunen im Nebenraum einberufen.

Nach der Beratung stand der oberste Richter auf und sah an Niobe vorbei ins Leere. „Ich verkünde nun kraft meines Amtes und im Namen des Volkes von Terranova das Urteil, welches von den Richtern und Tribunen hier gefällt wurde."

Deus ex machina
Jahr 2021 nach der Erleuchtung, 9. Monat

„Halt", rief eine Stimme, die von der anderen Seite des Raumes erklang. Es war Ly Xian, die zuvor heftig die Tür aufgerissen hatte und außer Atem den kleinen Saal betrat.

„Wer wagt es, das Hohe Gericht zu stören", dröhnte der Richter mit drohender Gebärde.

„Alles, was die Angeklagte hier vorgetragen hat, ist wahr." Ein Raunen ging durch den Saal. „Ich habe selbst Dinge mit angehört und mein Bruder, der ein hoher Berater meines Vaters Thanh Xian ist, hat mir alles erzählt. Auch war ich es, falls dies hier in Frage gestellt wurde, die dem Widerstand das Material hat zukommen lassen. Mein Vater ist dem Wahnsinn anheimgefallen. Sein Plan ist es tatsächlich, zu einem Planeten aufzubrechen, auf dem er das ewige Leben zu finden glaubt. Doch ich weiß, dass es diesen Planeten nur in seiner Fantasie gibt. Alles, was er darüber zu wissen glaubt, basiert auf Daten, die eine Weltraumsonde der Xian an seinen Stab von Wissenschaftlern geschickt hat. Die Wissenschaftler, die mit der Auswertung betraut waren, sind aber einer nach dem anderen an einer ominösen Krankheit gestorben. Es liegt nahe, dass die Sonde nichts Verwertbares im All gefunden hat und mein Vater sich aus krankhafter Angst vor dem Tod an Hirngespinsten festgeklammert hat. Es ist auch richtig, dass er in seinem Wahn die Vernichtung Terranovas plant, damit niemand ihm mehr in die Quere kommen kann."

Der Oberste Richter und somit eine der mächtigsten Marionetten der Xian, war zuerst im Begriff gewesen, der schmächtigen und etwas abgehärmten Frau, die sich unrechtmäßig Zutritt zum Gericht verschafft hatte, das Recht auf das Wort mit seinem Hammer gewaltsam zu rauben und eine Entfernung der Person durch das Sicherheitspersonal anzuordnen. Er erkannte aber, dass es tatsächlich Ly Xian war, die vor ihm stand. Das erzeugte in ihm den Speichelleckerreflex, der durch ausnahmslos jedes Familienmitglied der Xian in ihm ausgelöst wurde, selbst durch dieses. So nötigte ihm die Erscheinung sogar ein leichtes Kopfnicken als Unterwürfigkeitsgebärde ab. Erst als Ly ihre Ansprache gehalten hatte, fand er seinen von einem starken Loyalitätskonflikt geplagten Verstand wieder. Eine Xian hatte gesprochen und ihren eigenen Clan besudelt. Er spürte, wie Wut in ihm aufkochte, als er sich das Ausmaß dieses Verrats bewusst machte. Was erhob sich diese Frau, dieses Mädchen, die Anschuldigungen der Angeklagten zu stützen und damit eine Karte aus dem untersten Stockwerk des Kartenhauses zu ziehen, in dessen Beletage er selber saß? Doch sollte daran nur ein Funken Wahrheit sein, so wären diejenigen, an deren Machtfülle er wie ein Opiumsüchtiger genüsslich gesaugt hatte, der größten Verbrechen schuldig, die ein Mensch sich ausmalen konnte. Die Zerstörung Roms, wer könnte so etwas wollen und was könnte so wertvoll sein, dass es eine solche Tat rechtfertigen würde? Das wäre das Weltende. Also musste er zuhören und handeln. Ist alles bloß Schwindel, dann würde er Ly den Xian übereignen, die mit Sicherheit bereits auf der Suche nach der Verräterin in ihren Reihen waren. So könnte er am Ende noch etwas tun, um die Gunst der Xian ihm gegenüber noch zu steigern. Behutsamkeit war nun das Gebot der Stunde.

„Kind, was sprichst du nur für Sachen? Du bist ja wirr im Kopf", sprach der Oberste Richter und versuchte sich dabei nicht anmerken zu lassen, welche Angst er hatte. Er konnte entweder einer lügnerischen Verräterin Glauben schenken oder sich die Schuld aufladen, der Überbringerin schrecklicher Wahrheiten aus Selbstsucht nicht geglaubt zu haben.

„Wenn es so wäre, dann ließe sich dafür ein Beweis finden", fuhr er fort. „Doch, was sollte uns die Suche danach lohnend erscheinen lassen? Hast Du von Deinem Bruder etwas erfahren, das uns einen Anhaltspunkt geben könnte, dass er dich nicht in ein Lügengeflecht verstrickt hat, weil er selber mit etwas unzufrieden ist?"

Ly war noch immer außer Atem oder jedenfalls ging ihr Atem so schnell wie nach einem Dauerlauf. „Ja, mehr als das. Ich habe den Beweis. Lasst eine bewaffnete Spezialeinheit mit richterlichem Beschluss in die Villa Aurea eindringen. In der Zisterne unterhalb des Hauses befindet sich ein Detonator ungekannten Ausmaßes, der nicht nur Rom zerstören, sondern das Ökosystem des ganzen Planeten aus den Angeln reißen würde, sodass wir danach eine neue Eiszeit hätten. Das müsst ihr überprüfen lassen."

Der oberste Richter entspannte sich ein wenig angesichts der immer wirrer anmutenden Rede Lys. Er konnte jetzt sogar eine Belustigung über die Situation nicht verhehlen und lachte kurz auf. „Ui, ui, ui, das wäre wahrlich nicht gut. Wir machen folgendes. Das

Oberste Gericht beschließt, wie du es geheißen, die Aussendung eines Boten zur Villa Aurea, die sich im Besitz der Xian befindet. Der Bote wird befugt sein, die Zisterne zu durchsuchen. Kommt er ohne Ergebnis zurück, dann musst du die ganze Verantwortung dafür tragen. Da ich einem wirren Kind nicht allzu sehr den Kopf waschen möchte, schon gar nicht, wenn es aus so gutem Hause stammt", während er dies sprach spuckte Ly auf den Boden, „wird keine Anklage gegen dich erhoben, aber du wirst deinem Vater übergeben und musst bis dahin hier in Untersuchungshaft bleiben. Keine Sorge, für Ehrengäste wie dich haben wir eine Zelle, der du den Gefängnischarakter nicht anmerken wirst. Es gibt darin Zugang zum Reichskleidermagazin, du wirst einen Holoraum haben und eine fantastische Aussicht über ganz Rom. Ist das ein Angebot?"

„Das ist lächerlich. Der Bote wird sein Leben spätestens im Atrium des Hauses aushauchen und der Detonantor ist schneller verlegt, als ihr über weitere Maßnahmen nachdenken könnt. Er ist nicht größer als der Tisch, hinter dem ich stehe."

„Das werden wir sehen. Der Bote wird wohlbehalten zurückkehren. Das Ganze geschieht überhaupt nur zur deiner Beruhigung, damit du danach deine Familie wieder so liebhaben kannst wie in der Zeit, bevor du ihr die Herbeiführung des Weltuntergangs zugetraut hättest."

„Dann ist alles verloren", sprach Ly und senkte resigniert den Kopf. Auch Niobe saß mit gesenktem Kopf da und weinte still in sich hinein.

Unruhiger Schlaf
Jahr 2021 nach der Erleuchtung, 8. Monat

„Die Verhandlung über das Strafmaß für den Verrat an Terranova durch Niobe Lingdao wird hiermit vertagt. Ich werde eine Eilanordnung für die Entsendung eines Boten zur Villa Aurea schreiben und dann harren wir der Dinge." Nach dem Wort des Obersten Richters erhoben sich alle Anwesenden und verließen den Saal. Niobe und Ly wurden abgeführt. Allein zurück blieb der Oberste Richter mit einer altmodischen Schreibfeder in der Hand. Anordnungen mit solch hohem Gewicht, wenn es gegen den einflussreichsten Clan ging, mussten per Hand verfasst und unterschrieben werden, bevor sie ausgeführt wurden. Zuerst starrte er eine Weile ins Leere, während sich in seinem Kopf die Gedanken überschlugen.

Er begann zu schreiben: „Diese Anordnung unterliegt der höchsten Stufe strikter Geheimhaltung. Ich, Nathaniel Canasius, der oberste Richter Roms, ordne hiermit an, dass ein Bote zur Villa Aurea, dem rechtmäßigen Besitz des Clans der Xian, geschickt wird. Der Bote sei befugt, sich in die Zisterne unterhalb des Hauses führen zu lassen und dort nach einem illegalen Gegenstand zu suchen, von dem Gefahr für das Leben der Bürger Roms ausgehen könnte. Gleichzeitig ordne ich an, dass eine Einheit der Sicherheitskräfte Roms dazu beordert wird, im gegenüberliegenden Anwesen verborgen Stellung zu beziehen und einzugreifen, sollte der Bote die Villa Aurea nicht nach zehn Minuten wieder verlassen haben. Gezeichnet Nathaniel Canasius."

Er wusste, dass dieser Federstreich in seinem Leben alles verändern würde. Sollte alles eine Lüge sein, so war wenig Hoffnung, dass die Xian nicht erfahren würden, dass er als ihr Funktionär im Gericht untragbar geworden war. Auch wenn selbst die Xian wegen der Geheimhaltungsstufe vielleicht das Dokument nie würden einsehen dürfen, so war es doch sehr wahrscheinlich, dass sie es durch Mundpropaganda erfahren würden. In den Reihen der Sicherheitskräfte Roms gab es Lecks und Xiansympathisanten. Doch er musste so handeln. Es klang unglaubwürdig in seinen Ohren, was Ly vorgebracht hatte, aber dennoch war die äußerst geringe Wahrscheinlichkeit, dass etwas daran wahr sein könnte, zu viel, um es mit einem Lachen abtun zu können. Er hatte selber drei Kinder und bestand auch nur ein Grund für den kleinsten Verdacht, dass irgendeine Gefahr für ihr Leben bestehen könnte, so musste er etwas dagegen tun.

12. Teil

Erlösung
Jahr 2021 nach der Erleuchtung, 9. Monat

Die Stunden in der Zelle nach der Verhandlung im Gerichtssaal waren quälend, doch am Abend war alles Leiden vergessen. Ihre Zellentür wurde geöffnet und ein Gerichtsdiener betrat die Zelle mit den lapidaren Worten, sie solle ihre Sachen nehmen und gehen, da sie frei sei und außerdem Platz benötigt würde um einen ganzen Clan unterbringen zu können. Niobe war sprachlos, als sie den Flur betrat und in langen Reihen, mit elektronischen Fesseln an den Füßen versehen, hunderte Xian an ihr vorbeigeführt wurden. Dann kamen weitere Sicherheitsleute, die Scharen von Menschen aus den Reihen der Politprominenz vor sich hertrieben. Der Zugriff der Soldaten hatte geschehen müssen und er förderte das Zutage, was den Untergang der Zivilisation bedeutet hätte.

Niobe war so voll von Freude und Glücksgefühlen, dass sie mehr sprang als lief, während sie die Straßen Roms durchquerte. Bevor sie sich auf den Weg zum großen Gondelbahnhof begab, besuchte sie noch Dalila, der sie wie von tausend Fesseln befreit in die Arme fiel. Dies war der schönste Tag in ihrem Leben und es war der Tag, der den Weg für ein neues Terranova freimachen sollte.

Wiedersehen in Freiheit
Jahr 2021 nach der Erleuchtung, 9. Monat

So sahen sie sich in Freiheit wieder. Niobe war bereits vor zwei Tagen in Tsingtao eingetroffen, ihrer Heimat, mit all den Orten, die damals, bevor sie aufgebrochen war, ihre ganze Welt gewesen waren. Sie hatte nie zuvor so bewusst die Schönheit des von Azaleen gesäumten Wandelpfads vor dem Habitat wahrgenommen. Die breite Freitreppe, die zum Hafen hinabführte und über der in allen Farben leuchtende Lampions schwebten, die luftig-frische Brise aus der Brücke aus Kristall, die zu den hängenden Gärten in den Biosphären an den Klippen über der tosenden See führten, hatte sie noch nie in solch strahlendem Licht gesehen. Sie hatte nie darüber nachgedacht, dass all das nur existierte, weil zuvor eineinhalb Jahrtausende in Frieden vergangen waren und eine Generation der Menschheit immer auf dem hat aufbauen können, was die vorangegangene Generation bereits geschaffen hatte. Alles war gediehen unter dem Banner der Werte. Niobe hatte nicht geahnt, dass ihre Welt so fragil sein könnte und dass die Menschheit sich jemals wieder an dem Rand eines solchen Abgrunds wiederfinden könnte, vor dem sie zuletzt vor der großen Zeitenwende gestanden hatte. Doch die Zeiten waren heute andere als noch vor hundert Jahren. Das ganze Gefüge war ins Wanken geraten und die Menschheit stand vor neuen Herausforderungen.

Was würde ihr Platz in all der Unruhe sein, die jetzt herrschte, nachdem der Hohe Rat abgesetzt worden war und alles sich neu formieren musste? Würde Terranova zu dem zurückfinden, was es einst gewesen ist? Was konnte Niobe dazu beitragen? Eine solche Frage hatte sie sich früher nie gestellt, aber heute, wo ihre Taten überall bekannt geworden waren und die Menschen sie als Heldin betrachteten, fühlte sie die Pflicht und auch den inneren Drang, Ihren Beitrag für ein neues Terranova zu leisten.

Die letzten zwei Tage war sie viel umhergelaufen, hatte Zeit mit Caius und Ailan verbracht und vor allem darauf gewartet, Lao sehen zu können. An dem Tag, an dem er in Tsingtao eintraf, war der Himmel ohne Wolken. Niobe war auf dem Dach des Habitats und hing einigen Gedanken über ihre Zukunft nach. Sie lag ausgestreckt auf einer Liege und hielt die Augen geschlossen. Daher erschrak sie, als sie spürte, dass jemand dort war, der sie ansah.

Zuerst erkannte sie sein Gesicht nicht, weil die Sonne so hell schien und Lao im Schatten stand. Er hatte sie wohl schon eine Weile betrachtet und er ruhte ganz in sich und wirkte nicht wie jemand, der gerade erst an diesem Ort eingetroffen war.

„Es ist so schön, dich zu sehen, Schwester" begann er. Sie richtete sich auf und beschattete ihre Augen mit der flachen Hand.

„Lao, was stehst du dort im Dunklen? Ich habe mir so lange ausgemalt wie es sein wird, wenn wir uns wiedersehen." Niobe unterbrach sich und schwieg.

„Ist es so, wie du es dir ausgemalt hast?"

„Ja und nein. Ich sah uns, wie wir uns in die Arme fallen", sagte Niobe.

„Dann steh auf und komm."

„Ich stehe auf, aber komm du zu mir."

Lao trat in das Sonnenlicht und ging mit langsamen Schritten auf Niobe zu, die sich von der Liege erhoben hatte und ein Lächeln versuchte. Auch sie begann zu gehen und kam auf Lao zu. Sie trafen sich und nahmen sich in den Arm. Niobe küsste Lao auf die Wange.

Lao war der Erste, der sprach, nachdem sie sich aus der Umarmung gelöst hatten. „Ich bin so froh, dass du lebst. Ich habe alles gehört, was dir widerfahren ist. Du bist der mutigste Mensch, den ich kenne. Dein Mut hat Terranova vor dem Untergang bewahrt."

„Es war Ly, die das getan hat. Mir hat niemand geglaubt."

„Nein, ohne Dich hätte Ly nicht den Mut gehabt, gegen ihre Familie aufzustehen. Du bist ein Vorbild für uns alle."

„Bitte erhöhe mich nicht so. Du hast auch gehandelt, als du gesehen hast, dass es falsch war, was dort passierte."

„Du hast Recht. Wir sind vielleicht beide nicht als Helden geboren, aber wir haben den Rechtssinn unserer Mutter und die Sturheit und Zielstrebigkeit unseres Vaters. Terranova wird Menschen wie uns brauchen, um wieder so zu werden, wie es einst war."

Niobe und Lao schwiegen einen Moment. Dann sprach Niobe. „Was wirst du jetzt tun? Weißt du schon, wo du hingehen wirst?"

„Ich werde zuerst nach Rom gehen. Dort gibt es Aufgaben für uns beide zu erledigen. Dann werde ich dorthin gehen, wo ich meinen Träumen folgen kann."

„Das hast du schon einmal getan und siehe, was dabei herausgekommen ist."

„Du hast Terranova vor großem Unglück bewahrt und die Zeichen für die Zukunft stehen dank dir wieder auf Hoffnung. Wäre ich nicht gegangen, dann wäre das nicht geschehen. Also, was wird als nächstes geschehen, wenn ich meinen Träumen folge?"

„Du willst also noch immer ins Weltall? Ich werde dir aber nicht folgen. Ich habe eigene Pläne."

„Das ist gut so. Wir gehen aber nicht mehr das Risiko ein, uns ganz zu verlieren. Ich habe erste Gespräche mit Vertretern des Widerstands geführt, die in der Interimsregierung sitzen. Es ist so vieles möglich auf einmal. Wir können unsere Zukunft in die Hand nehmen und selbst gestalten."

„Vergiss nicht, wohin ein solcher Gestaltungswille die Menschheit schon geführt hat."

„Ja, ich passe auf, dass alles in die richtigen Bahnen kommt. Was wirst du tun?"

„Ich habe in der Wüste einen weisen Mann kennen gelernt, der erkannt hat, wie wichtig es ist, die Vergangenheit zu kennen, um die Zukunft gestalten zu können. Dieses Bewusstsein ist auf Terranova verlorengegangen. Ich möchte dazu beitragen, dass es wiederbelebt wird. Ich weiß auch schon, wo ich als erstes dafür hingehen werde."

Ausblick in eine ungewisse Zukunft
Der Hohe Rat war Vergangenheit. Lao und Jun, von deren Rolle im Sturz der Xian fast alle Menschen auf Terranova bereits gehört hatten, wurden als erste in den neuen Interimsrat gerufen, dem Caius als Berater zur Seite stand. Viele hatten gefordert, er möge sich der Wahl zum Vorsitzenden stellen, aber er hatte abgelehnt. Im Besitz allzu großer Macht zu sein, war ihm mehr suspekt geworden als je zuvor. Er wollte das tun, was er am besten konnte, von der Galerie aus die Geschehnisse betrachten und sich einmischen, wenn er sah, dass Entwicklungen aus dem Lot gerieten.

Seine erste Einmischung fand bereits statt, als es um die grundlegende Frage der zukünftigen Machtverteilung ging. War Terranova traditionell ein meritokratisches System gewesen, bei dem die besten Köpfe an der Macht gewesen waren, so war daraus zuletzt eine Autokratie geworden, in der korrupte Machthaber ihre eigenen Günstlinge herangezogen und damit Schlüsselpositionen besetzt hatten. Caius konnte sich nun als Mahner durchsetzen, mehr demokratische Elemente einzuführen und das Volk darüber entscheiden zu lassen, wer die Meriten tatsächlich verdienen würde.

Auch wurde im Obersten Gericht unter der Aufsicht von Panasius aufgeräumt. Der Interimsrat stattete das Gericht zudem mit größerer Unabhängigkeit und einer größeren Rolle in der Kontrolle der zukünftigen Mächteverhältnisse aus. Ein weiterer Schritt war die Aufhebung jeglicher Gesetze, die zuvor die Rechte der privaten Medien stark beschnitten hatten. Die Förderung einer kritischen öffentlichen Meinung durch Nichteinmischung und gleichzeitig die Schaffung eines stärkeren Bewusstseins für geschichtliche Zusammenhänge und die Rolle der Politik waren ebenfalls wichtige Punkte auf der Agenda. Kurzum, es gab sehr viel zu tun und die meisten Prozesse standen auch nach Monaten erst am Anfang.

Nicht so das Projekt, ein Raumschiff für rein wissenschaftliche Zwecke zu bauen. Jun und Lao hatten vom ersten Tag in ihren neuen Ämtern dafür gekämpft, dass der ursprüngliche Plan, zu dem einzigen erreichbaren Planeten aufzubrechen, der innerhalb einer habitablen Zone lag, wieder aufgenommen wird. Da die Sternenstadt noch existierte und man an die Vorarbeiten anknüpfen konnte, dauerte es kein Jahr, bis Laos großer Traum in Erfüllung gehen sollte. Die Expedition in die weiteste Ferne, die jemals Ziel menschlichen Strebens war, konnte beginnen. Es war, in Laos Worten, ein Projekt des Volkes, das den Neubeginn einer Ära ankündigte, in der die Menschen in Eintracht und Frieden wieder Großes zu leisten vermögen. Und tatsächlich haftete ihm nichts mehr von der Gigantomanie an, die die Xian einst damit verbanden. Das Resultat der Höchstleistungen, die ein kleines Team von Wissenschaftlern und Ingenieuren in den größtenteils nunmehr verwaisten riesigen Hallen und den bis auf das Nötigste geräumten Laboren der Sternenstadt, war eine wahre Pioniertat.

Das Raumschiff, das die kleine Crew von 10 Männern und Frauen, darunter Lao und Jun, fertiggestellt vor sich sahen, war nicht so groß wie eine Kleinstadt geraten, sondern bloß so groß wie das Habitat eines kleinen Clans. Bald, so lautete das Versprechen, könne neuer Lebensraum erschlossen werden, es würde einen intergalaktischen Handel geben und Menschen könnten mit eigenen Augen mancher Schönheit gewahr werden, wie sie auf Terranova nicht zu finden war.

Als das Raumschiff sich von der Plattform erhob und langsam den Himmel über Terranova, dann die Stratosphäre und dann das All eroberte, standen Millionen von Menschen mit beiden Füßen auf dem Boden und schauten nach oben. Mit ihren Blicken und mit ihrem Geist waren sie eins darin, auf den kleiner werdenden Lichtpunkt in der Ferne zu sehen und zu spüren, wie die neue Ära bereits begonnen hatte. Auch Niobe, Caius, Ailan, Freya, Ragnar, Vara und Merian standen dort und fühlten sich in diesem Moment eins mit der ganzen Menschheit, mit ihrer Vergangenheit und ihrer Zukunft. Niobe wischte ihre Tränen erst aus dem Gesicht, als der Punkt am Firmament nicht mehr zu sehen war.

Der ungeborene Sohn
Jahr 2022 nach der Erleuchtung, 7. Monat

Merian war im letzten Moment von seinem Plan abgerückt, das Raumschiff unter dem Banner des Volkes zu betreten. Er hatte geradezu physisch gespürt, dass er zu anderem berufen war. Die geheimnisvolle Schriftrolle lag in einer Kammer seines Hauses, in der er alle Artefakte von seinen Expeditionen aufbewahrte. Für die Rolle hatte er eigens eine Truhe angefertigt, in der die Temperatur konstant gehalten wurde. Seitdem sie dort lag, spürte er immer dann ein merkwürdiges Ziehen in seinen Eingeweiden, wenn er sich zu weit von ihr entfernte.

Auch nach all der Zeit, die vergangen war, hatte er noch keinen Versuch unternommen, sie zu lesen. Er wusste, dass dies sein Leben verändern würde und dass der Augenblick dafür richtig sein musste. Auch hatte er aus Gründen, die er sich selbst nicht erklären konnte, befürchtet, dass er nicht mehr würde ins All fliegen können, wenn er vom Inhalt der Rolle wüsste. Also hatte er es vor sich hergeschoben und gedachte, alles daran zu setzen, zuerst ins All zu fliegen und dann, wenn er irgendwann einmal wieder auf Terranova sein würde, sich der Rolle anzunehmen. So aber funktionierte es nicht. Als er das Raumschiff betreten wollte, wurde das Ziehen in seinem Innern unerträglich.

Er kehrte nachhause zurück und öffnete die Truhe. Dort war sie, die Schriftrolle, die er in dem so entfernten Winkel Terranovas gefunden hatte. Er setzte sich an den großen Tisch in seinem Blockhäuschen und entrollte das Bündel. Mithilfe des leistungsstärksten Sprachmoduls, das der Markt hergegeben hatte, machte er sich an die Übersetzung. So vergingen die nächsten Tage und Wochen, an dessen Ende Merian endlich Sinnzusammenhänge begriff und so sehr von dem eingenommen war, was er las, dass sein Leben tatsächlich dadurch eine neue Bestimmung erhalten zu haben schien. Jetzt wusste er auch, was jhwe bedeutete und dass er es sein würde, der den Menschen die Botschaft seines Daseins bringen musste.

In der Schrift ging es um eine Gottheit, von der er noch nie zuvor gehört hatte. Besonders bemerkenswert fand er ein Kapitel mit der Überschrift „Der ungeborene Sohn". Darin stand Folgendes:

„Es war einige Jahre nach der Erleuchtung. Nahe Betlehem, über einer Scheune, in der ich in anderen Zeitenlinien mein Kind zu legen pflegte, brannte ein helles Licht. In der Scheune waren ein Ochse und ein Esel, aber das Kind lag dort eben nicht. Das helle Licht wurde erzeugt durch einen glühenden Draht in einem Glaskörper. Im Römischen Reich waren die Nächte zuvor nur erleuchtet gewesen durch Fackeln und tönerne Öllampen. Dann wurde ein Abzweig der Zeitenlinie erreicht, an dem ein weiteres paralleles Universum entstand, in dem mein Sohn an meiner Seite blieb und dem Geschehen vom Thron des Gottessohnes aus folgte. Der Geistesblitz, der alles veränderte, war hier schon Jahre, bevor er geboren worden wäre, auf die Menschheit geworfen worden. Die Folge war, dass über dem Stall dieser Zeitenlinie eine Glühlampe hing und Josef und Maria die Abende bei Lichtspielaufführung mit einer Art elektrischer Laterna Magica verbrachten. Meinem Sohn war dies nur recht. Er hielt sich schon in so vielen Dimensionen gleichzeitig auf, dass es ihm langsam anstrengend wurde, überall wieder und wieder das Heil verkünden zu müssen. Das alles nur, weil ich, sein Vater, so versessen darauf war, meine eigene Schöpfung in jedweder Konstellation auf die Probe zu stellen. Hier, so hatte ich beschlossen, würden die Menschen erst spät, kurz vor dem Moment, in dem Alpha und Omega kulminieren, von mir erfahren…

Erneut Unruhiger Schlaf
Jahr 2022 nach der Erleuchtung, 11. Monat

Habt ihr das gespürt? Die Erschütterung meine ich."

Niobe stand in der Mitte des Forums in Rom mit Lao, Ragnar, Vara und Freya an ihrer Seite. Sie waren gerade auf dem Weg zur Curia, dem marmornen Prachtbau, in dem der neue Hohe Rat tagt, als der Boden vor ihren Füßen rissig wurde und ihnen eine tödliche Hitze entgegenschlug. Durch die Risse schien der Blick auf das Erdinnere frei zu werden. Im nächsten Moment schlugen die Flammen hoch.

Niobe stand inmitten des Infernos und spürte keinen Schmerz. Sie sah die Katastrophe nicht mehr mit ihren Augen, sondern überblickte einem Geisterwesen gleich die Stadt, deren Türme zusammenfielen. Der Schutt schmolz noch im Fallen. Bis zum Horizont war nur noch ein Ozean aus geschmolzenem Stein und Metall, über den ein Lavaregen herunterging. Die Senke zwischen den sieben Hügeln Roms, wo Jahrtausende das Machtzentrums Terranovas gelegen hatte, war zur Hölle geworden.

Danach war nur noch Dunkelheit. Als Niobe die Augen aufschlug, sah sie in das Gesicht Ailans.

„Du hast schlecht geträumt, mein Kind."

Das war es, nur ein Albtraum, wie Niobe ihn in der letzten Zeit oft gehabt hatte.

Epilog

Thanh Xian
Jahr 2017 nach der Erleuchtung, 8. *Monat*

Es schimmerte das wenige Licht, das die Wände abgaben, auf der öligen Oberfläche seiner dunklen Haut. Auf seinen breiten Schultern und seinem Rücken ringelten sich immerfort die Ranken der Jungfernrebe, die in eintätowierten Farbwechslerpigmenten wie auf der Bildfläche eines organischen Displays im Zeitraffer neue Triebe entwickelten, während alte Triebe verdorrten und gänzlich verschwanden. Thanh liebte dieses Motiv der ewigen Erneuerung und Wiederkehr. Überhaupt liebte er Pflanzen und besaß die größte Biosphäre aller Clans Terranovas. Darin wuchsen Exemplare der seltensten Arten. So wie dort sollte es auch an keinem anderen Ort des Habitats, das er und sein Clan bewohnten, so sein, dass irgendein Platz auf Terranova ihm in Schönheit gleichkommen könnte.

Als Vorsteher des mächtigsten Clans Terranovas umgab er sich nur mit den besten, modernsten und feinsten Dingen und blickte nur selten und mit Verachtung über den Rand seiner Besitzungen hinaus auf die Türme des Distrikts Wu Xian, das nicht zufällig den Namen des mächtigsten Clans trug, den er beherbergte. Seine Vorfahren hatten sich in schweren Zeiten, in denen in der östlichen Hemisphäre noch Not und Drangsal herrschten, um das Wohl der einfachen Menschen verdient gemacht. Die damalige Provinz war noch zu Zeiten der großen Spaltung zu einem Zentrum der Industrie und Herstellung von Gütern für den täglichen

Gebrauch geworden. Das war sie auch heute noch, tausendfünfhundert Jahre später.

Es wurde dort mehr produziert als jemals zuvor und doch lebten nur noch wenige Menschen gut davon, die Dinge zu entwickeln und die Geräte zu warten und zu programmieren, die längst alle Abläufe in der Fertigung steuerten. Einige andere profitierten mittelbar davon. Kein Makler, kein Künstler, kein Vermögensverwalter, nicht einmal der Leiter von Omnivox Media, des größten Medienimperiums Terranovas, konnte sich ohne die Fertigungsanlagen der Xian und den Denaren, die sie in den Wirtschaftskreislauf einbrachten, auch nur annähernd das Leben leisten, das sie jetzt führten. Im Übrigen gehörte Omnivox Media mittlerweile dem Clan der Xian, genauer einer Schwägerin, die durch Ränke und Taktieren in den engeren Dunstkreis der Xian geholt worden war. Der Radius des Clans vergrößerte sich stets.

Früher waren die Xian der Politik wohlgesonnen gewesen. Sie hielten die Werte hoch, deren oberster Wächter der hohe Rat im fernen Rom gewesen war. Es war niemandem der Xian eine solche Hybris zu eigen gewesen, sich in Worten oder Taten gegen das zu stellen, was Terranova den tausendfünfhundertjährigen Frieden und Wohlstand für fast alle geschenkt hatte. Die Werte waren für sie unverrückbar gewesen und sie glichen geschmiedetem Titan, das aus der Glut entstanden war, in deren Lodern die Welt während der Zeit der großen Spaltung fast zu Asche verbrannt wäre.

Im Kopf Thanhs war für das restriktive Denken seiner Vorvorfahren aber der Raum zu weit und die Gier nach mehr zu groß. Thanh schloss sich im Handeln seinem Vater an, der damit begonnen hatte, die Macht des Clans weit über die Grenzen der östlichen Hemisphäre hinaus auszubreiten und auch auf der politischen Bühne zu spielen. Das Spiel, das er dort spielte, war zunehmend sein Spiel geworden, das aus starken Charakteren Statisten machte und Statisten zu starken Charakteren erhob.

Thanh hatte erst wenige Minuten auf der Liege gelegen, wo er oft bei einer Massage den Abend ausklingen ließ, als er den Kopf hob und dem Mädchen bedeutete, aufzuhören und zu gehen. Er erhob sich und ließ sich von einem weiteren Mädchen in eine samtene Stoffbahn kleiden, die vielfach umgelegt und gefaltet werden musste, bevor sie fest seinen ganzen Körper bedeckte. Mit einer gedanklichen Geste berief er über die Steuerung seines Implantats ein Treffen mit seinen drei nächsten Beratern ein, die kurz darauf im kleinen Sitzungszimmer eintrafen, das sich direkt an sein Schlafgemach anschloss. Es war ein Zimmer, das in seiner Gestalt so wandelbar war wie alle Zimmer des Habitats. Seine Wände waren nun taghell, als würde die Sonne sie wie ein dünnes Laken durchscheinen. So war seine Müdigkeit schnell vertrieben und er war so wach, wie er es sein musste, um seine neueste, seine größte, überhaupt die größte aller Ideen mit seinen Beratern zu besprechen.

In einer angedeuteten Verbeugung sprach Dung Feng Xian, der in Gestalt und Ansehen größte seiner Berater: „Thanh Xian, du hast uns zu später Stunde gerufen. Wir wollen dir mit unserem Rat zur Seite stehen."

„Danke. Aber lasst die Förmlichkeit. Ihr seid Mitglieder der Xian, ihr seid mit mir durch das Blut verbunden und ihr seid mein engster Kreis von Vertrauten. Sprecht also in aller Offenheit und ohne euch zu verstellen."

„Ja, das werden wir, Thanh", antwortete erneut Dung Feng Xian.

„Ich habe euch gerufen, weil ich unzufrieden bin. Die Märkte sind alle seit langem gesättigt und unser Wachstum stößt an seine Grenzen. Die nächste lange Woge des Aufschwungs, die schon mein Vater erwartet hatte, blieb aus. Der Hohe Rat ist schuld daran. Er nimmt jedem Zündfunken die Luft, die er bräuchte, um zu einem prasselnden Feuer zu werden, an dem wir uns alle wärmen könnten. Er erlässt noch immer Direktiven, die auf seinen überkommenen Werten beruhen und uns die Möglichkeiten nehmen, das unerschöpfliche Potenzial unseres Geistes wie die Schwingen des Phönix auszubreiten und die Xian, ja das ganze Universum, Terranova eingeschlossen, in ein neues Zeitalter zu heben", sprach Thanh, noch immer im Stehen.

Lu Xian, so wie auch die anderen, blickten sich verständnislos an. Lu strich sich mit der Hand über das Kinn, während er Thanh antwortete. „Was den Hohen Rat angeht, so sprichst du für gestern, nicht mehr für heute. Der Hohe Rat frisst uns aus der Hand. Die meisten Mitglieder des Rats stehen entweder auf einer unserer Gehaltslisten, wurden gekauft oder sind empfänglich für Argumente, wenn sie von denen ausgesprochen werden, die für die größte wirtschaftliche Macht Terranovas stehen. Seid unbesorgt und macht, was in eurer

Macht steht. Schert euch nicht um die Werte und die Bürokraten, die sie verteidigen. Zeigt dem Hohen Rat, dass ein kriechender Riese nur eine Schneise der Zerstörung hinterlässt, während ein Riese, der sich aufrichten kann, die Welt auf seine Schultern nehmen kann."

„Die Welt auf seine Schultern nehmen wie Atlas, der Titan", sprach Thanh bedächtig. „Du sprichst weise und du hast fast erkannt, worauf ich hinaus will. Das alleine reicht mir aber nicht. Die Welt ist mir nicht genug. Ich wollte lange bloß eine neue Ordnung für diese Welt, ein Erwachen Terranovas aus seinem jahrhundertelangen Schlaf, in dem jeder sich auf seinem Wohlstand ausgeruht hat und das Streben vergessen hat, dass den Menschen einst groß gemacht hat. Ich habe aber erkannt, dass ich hier nichts mehr bewegen kann.

Der Hohe Rat frisst uns aus der Hand, sagst du? Das ist schön und gut, aber den Entscheidungen, die ich für Terranova treffen will, würde er nicht folgen. Außerdem ist da noch das dumme Volk, das aufbegehrt, wenn sich Veränderungen am Horizont abzeichnen. Ich will unendlichen Reichtum und tausend strahlende Sonnen, denen ich mein Antlitz für alle Zeiten entgegenrecken kann. Für alle Zeiten sage ich und das sage ich mit Bedacht. Ich meine es wörtlich. Seht mich an. Der Zenit meines Lebens ist überschritten, bevor ich auch nur einen Bruchteil meiner Pläne habe umsetzen können. Wir, die Xian, müssen uns von dieser Restriktion befreien, die sich da nennt: Das Alter und der Tod."

Thanh setzte sich nieder und sprach in einem verschwörerischen Flüsterton weiter zu seinen Getreuen.

„Ihr wisst von Casiot, dem unbemannten Raumfahrprojekt, das die Xian allein und geheim durchgeführt haben, was dank eines Wunders der Verschleierung geschehen konnte. Ihr wisst hingegen nicht, dass dabei ein Planet gefunden wurde, der bewohnt ist. Mehr noch, es ist ein Planet, der größer ist als Terranova und auf dem perfekte Lebensbedingungen auch für Menschen herrschen. Ihr wisst auch nicht, dass die Bewohner dort allem Anschein nach humanoide, intelligente Wesen sind, deren Zellen sich regenerieren ohne jemals zu altern. Die Wissenschaft hat schon vor Jahrhunderten festgestellt, wie wir den genetischen Code unterdrücken können, der uns von innen altern lässt, indem er die Enden unserer Chromosomen mit jeder Zellteilung kürzer werden lässt. Leider führte aber eine Deaktivierung dieses Codes nicht zum gewünschten Effekt, sondern es zeigte sich, dass dieser Code nur eine geringe Rolle spielt und das Altern viel stärker von äußeren Faktoren bestimmt wird, wie z.B. Strahlungen, Bestandteile unserer Luft und von Einflüssen, die wir nicht kennen. Auf dem fernen Planeten aber leben Wesen, die uns ähnlich sind, wenn auch, so hat es den Anschein, weniger intelligent. Das liegt wohl daran, dass in ihrer Welt die Begebenheiten sie weniger gefordert haben, Lösungen zu entwickeln. Diese Wesen sind alle jung. Es gibt nur Kinder und junge Erwachsene. Wie und ob sie sterben, das wissen wir nicht. Vermutlich sterben sie freiwillig. Sie folgen vielleicht einem Ritus und gehen irgendwann, wenn sie genug haben." Thanh verfiel kurz in Schweigen und sah in die Gesichter seiner Berater.

Er richtete sich ein wenig auf und sprach nun wieder lauter. „Jetzt kommt aber das Entscheidende. Wir haben auch die Umweltfaktoren dort eingehend untersucht und mein Stab von Wissenschaftlern ist sich einig, auf die Ursache der ewigen Jugend gestoßen zu sein. Die Luft hat eine etwas andere Zusammensetzung. Es kommen dort Gase vor, die es auf Terranova nicht gibt und die wir teilweise zuvor noch nicht gekannt haben. Sie dürften aber alle ungefährlich für uns Menschen sein. Im Gegenteil. Es dringt keine kosmische Strahlung zum Boden des Planeten und das Licht hat keine schädigenden Strahlen." Thanh baute eine weitere dramatische Pause ein.

„Nun kommt mein Plan. Ich will dorthin, und zwar nicht alleine. Ich will euch alle mitnehmen. Alle Xian. Dafür ist es eine unbedingte Notwendigkeit, dass niemand etwas davon erfährt, der uns in die Quere kommen könnte. Es wird die größte Verschleierungsaktion in der Geschichte der Menschheit nötig sein. Wir müssen Terranova vorgaukeln, dass wir etwas für das Wohl aller tun. Wir dürfen nur einen Teil der Wahrheit öffentlich bekannt machen, und zwar den Teil, dass wir eine Vorhut bilden wollen, um den bewohnbaren Planeten zu kolonialisieren, der vor kurzem in relativer Nähe zur Erde entdeckt worden ist. Wir werden auch sagen, es gehe uns um den Abbau von Erzen. Mit allzu viel Altruismus würden wir nur Verwunderung auslösen. Die Wahrheit ist aber die, dass unser Ziel so weit entfernt liegt, dass wir mit einem bemannten Raumschiff, das nie die Geschwindigkeit unserer Forschungssonde wird erreichen können, etwa einhundert Jahre unterwegs sein werden. Wir können daher nur schockgefroren dorthin befördert werden. Da dies so viel Energie erfordert, dass wir auf jeden unnötigen Ballast verzichten müssen, darf niemand erfahren, dass wir in Wahrheit ein ganz anderes Raumschiff bauen als es nach außen hin den Anschein hat. Wir müssen daher den Rat und das Volk belügen, indem wir vorgaukeln, wir bauten ein Schiff für den bewohnbaren Planeten, der mit neu entwickelten Antrieben höchstens ein Flugjahr entfernt läge. Zum Glück hat niemand auch nur annähernd einen solchen Kenntnisstand über das All oder über das Schockfrosten von Lebewesen, wie die Handvoll Wissenschaftler, die in den letzten Jahrzehnten exklusiv für uns geforscht haben. Die Ahnungslosen werden unseren Plan nicht durchschauen können. Dennoch, so ist es leider, sind wir auf die Unterstützung des Hohen Rates angewiesen und wir brauchen Arbeitskräfte und vor allem Experten, die einige Kenntnislücken füllen, die mein Stab von Wissenschaftlern noch hat. Dafür habe ich bereits einen Plan in der Schublade, bei dem es darum geht, fernab von aller Zivilisation eine Sternenstadt zu errichten, in der geforscht und entwickelt wird. Sichtbar wird dabei nur der Teil sein, der der Entwicklung des Raumschiffes dient. Im Verborgenen und gut getarnt durch alle die Aktivitäten an der Oberfläche der Sternenstadt, brauchen wir Laboratorien, in denen wir an der Technik des Schockfrostens arbeiten müssen."

Die drei Berater standen zunächst sprachlos und es wäre ihnen von einem unkritischen Beobachter anzusehen gewesen, dass ihnen der Zweifel am Verstand des

Clanoberhauptes ins Gesicht geschrieben stand. Trotzdem blieben sie folgsam und dachten nicht daran, gegen ihn das Wort zu erheben. Nur Lu Xian stellte eine Frage, die seine pragmatische Natur verriet.

„Wie wollen wir das tun? Wie können wir Widerstände in den eigenen Reihen verhindern?"

„Alle potenziellen Gefährder aus unseren eigenen Reihen müssen wir früh genug kaltstellen und können sie dann wieder auftauen, wenn wir auf dem neuen Planeten angekommen sind."

Lu Xian unterbrach Thanh. „Aber, sind wir nicht zu wenige, um eine neue Zivilisation zu gründen? Wie werden wir dort leben, wenn niemand uns die Dinge herstellt, die uns das Leben angenehm machen. Wie werden wir uns vermehren, wenn nur wir, die Xian, die neue Welt bevölkern? Und noch eine Kleinigkeit sollte bedacht werden. Wie können wir verhindern, dass der Hohe Rat mit aller Macht danach trachten wird, unser Vorhaben zu verhindern, sobald wir im All sind und der Betrug aufgeflogen ist?"

Thanh machte eine wegwerfende Geste. „Um diese Widrigkeiten, von denen Du sprichst, habe ich mich schon gekümmert. Ich habe vergessen zu erwähnen, dass der Hohe Rat unter den sieben Hügeln des Molochs begraben sein wird, in dessen Mitte er sich befindet. Sonardetonatoren sind dort bereits im Erdboden unter der Stadt verankert und werden ihren Dienst tun, sobald wir die Atmosphäre dieses Planeten verlassen haben. Es wird wohl auch zu ein paar Kollateralschäden kommen, aber sei´s drum. Das Problem mit der Vermehrung unseres Geschlechts lösen wir, indem wir das erlesenste Erbgut Terranovas mitnehmen. Die besten Köpfe werden für uns arbeiten, werden uns unser Schiff bauen und dürfen uns auch gleich begleiten. Sie sind unsere Passagiere und es wird ihnen an nichts fehlen. Ihre Freiheit werden sie bald schon nicht mehr missen, wenn sie erst sehen, was wir großes mit ihnen vorhaben. Und wenn wir erst im Glanz der zwei Sonnen das neue Terranova erschaffen haben, dann kehren wir als unsterbliche Triumphatoren zurück und nehmen uns, was uns gebührt."

Wieder war es Lu Xian, der dazu etwas sagte. „Was ist mit all den Menschen, mit all den Unschuldigen?"

„Diese paar Menschenleben sind der Preis dafür, dass wir nicht nur den Clan der Xian, sondern das ganze Menschengeschlecht in ein neues Zeitalter führen." Thanh unterbrach sich. „Ich habe etwas gehört." Er eilte zur Tür und öffnete sie mit einer Geste. Davor war niemand zu sehen.

Inhalt

1. Teil	3
2. Teil	21
3. Teil	56
4. Teil	62
5. Teil	72
6. Teil	88
7. Teil	102
8. Teil	134
9. Teil	175
10. Teil	227
11. Teil	246
12. Teil	279
Epilog	291

Über den Autor:

Markus Haack wurde 1981 in Siegburg geboren. Nach dem Abitur und einem abgebrochenen Germanistikstudium hat er eine Ausbildung zum Buchhändler absolviert. Danach war er für viereinhalb Jahre in Leipzig und hat ein Studium im Fach Buchhandel und Verlagswirtschaft an der HTWK abgeschlossen. Danach hat er im Fach Buchwissenschaft an der Uni Mainz promoviert. Er ist verheiratet und hat eine Tochter. Derzeit lebt er in Mainz.